MOUSSON FROIDE

De la même auteure
aux éditions Viviane Hamy

Baka !, 1995
Sœurs de sang, 1997
Travestis/Le roi lézard, 1998
Techno Bobo, 1999
Vox, 2000
Strad, 2001
Cobra, 2002
Passage du désir, 2004
La Fille du samouraï, 2005
Manta Corridor, 2006
L'Absence de l'ogre, 2007
La Nuit de Géronimo, 2009
Guerre sale, 2011
Ombres et soleil, 2014
L'Archange du chaos, 2015
Kabukicho, 2016
Les Infidèles, 2018
Une femme de rêve, 2020

Dominique Sylvain

MOUSSON FROIDE

Robert
Laffont

ISBN 978-2-221-25309-0
Dépôt légal : mars 2021
Éditions Robert Laffont – 92, avenue de France 75013 Paris

« Tout mon génie est dans mes narines. »

Friedrich Nietzsche, *Ecce homo.*

Prologue

Le jour mordillait les rideaux de sa chambre, l'averse venait de le réveiller. Elle s'énervait sur les tuiles du toit. Le garçon imaginait ses gouttes aussi épaisses que des billes.

La pluie était son alliée. Non contente de laver les poussières du quartier, elle s'occupait aussi des mauvais souvenirs, ces mots lames de couteau qui avaient trop souvent traversé les murs de sa maison. Depuis hier, les cris s'étaient tus. Le garçon aimait penser que le dernier typhon avait capturé son père et le garderait prisonnier.

Ne reviens pas.

Cette fois, maman, pleine d'assurance, avait lancé au père qu'elle ne voulait plus qu'il mette les pieds à la maison. Il lui avait répondu que cette maison, c'était lui qui l'avait payée. Comme par magie, la dispute ne s'était pas conclue par des coups, maman avait été épargnée. Elle ne s'était pas démontée : « Il est sale, ton argent. Ça intéresserait la police de l'apprendre. » Après un silence, les parents avaient continué leur discussion à voix basse.

Le garçon avait vu son père dévaler la rue en pente. Costume clair, col relevé, mains enfoncées dans les poches, il ne s'était pas retourné.

Ensuite, maman avait fait quelque chose d'étonnant. Elle avait appelé un artisan serrurier. Qui en moins d'une heure avait changé la serrure. Le père était enfin dehors, pour de bon.

Le garçon se sentait bien sous son drap. Il savourait son manhwa préféré. *Comme la lune surgissant des nuages* racontait les aventures d'un jeune homme surnommé Kyon-ja, « le fils de chien », dans la Corée du XVIe siècle. Les nobles le méprisaient ; son père était bien né, mais sa mère était une courtisane. Heureusement, il était soutenu par un aveugle très intelligent, qui lui apprenait le maniement du sabre et la discipline.

Bien sûr, s'attarder à la maison était impossible ; il restait deux jours avant les congés d'été, sa sœur et lui devaient partir à l'école. Ils s'y rendaient ensemble chaque matin ; elle bavardait et gigotait sans cesse, ses cheveux dessinaient des vagues de réglisse dans l'air, elle le faisait rire. Ils ne se ressemblaient pas. Leur entourage le disait grand et costaud pour ses huit ans. Elle, c'était tout le contraire. Ouistiti, puce, moineau, tout le monde y allait de sa comparaison avec un petit être mignon et agité. À même pas sept ans, elle faisait des additions de tête en un éclair, s'intéressait à la vie des animaux, au fonctionnement des machines, aux planètes… Elle s'intéressait à tout, en fait.

Il entendit une mélodie. Maman avait mis la radio en préparant le petit déjeuner, cela faisait un moment que ce n'était pas arrivé. Elle adorait la musique et en écoutait dès que le père avait le dos tourné.

De bonnes odeurs se faufilaient jusqu'à l'étage. On allait pouvoir se caler sur la mini-terrasse et manger tranquillement en regardant la ville et le ciel zébré par l'averse. Leur maison était étroite, rafistolée de partout, mais la vue était belle, elle portait loin, jusqu'à la crête des derniers immeubles s'étirant dans le vert. Quand le grand-père maternel vivait encore, il racontait que les quartiers avaient poussé comme des champignons et que le Séoul de son enfance, c'était la campagne.

Le garçon enfila l'uniforme de son école, puis descendit à la cuisine. Sa mère et sa sœur étaient déjà attablées. La pie avait commencé à manger.

— Chang-wook, pardon de ne pas t'avoir attendu ! J'avais trop faim.

Elle avait beau être maigre, sa petite sœur dévorait. Pour se donner un air mystérieux, il se garda de répondre ; mieux valait s'entraîner à la moindre occasion. Il avait noté que ses regards silencieux plaisaient aux filles. Il lui sourit et s'assit en face d'elle. Soupe de bœuf, riz noir, tofu, omelette, *kimchi*, ce repas promettait d'être délicieux. Maman n'achetait jamais de plats tout faits. Après quelques bouchées, elle leur annonça qu'elle avait trouvé un travail dans un grand magasin. On l'avait notamment engagée parce qu'elle était bilingue. Le garçon se sentit fier d'elle.

La radio diffusa une chanson toute douce pour un matin. Les paroles étaient en anglais ; il ne comprenait qu'une partie du refrain. « *Karma police… Karma police…* » Il se mit à fredonner. Sa sœur se joignit à lui, elle avait des grains de riz collés aux lèvres, mais s'en moquait. « *Karma police…* » Emballée, leur mère marquait la mesure sur la table. Chang-wook aimait beaucoup la K-pop, elle préférait les groupes anglo-saxons.

« Nous sommes le 18 juin 1997, et vous vivez un moment historique ! s'exclama l'animateur. Parce que le titre que vous venez d'écouter fait partie du nouvel album de Radiohead, sorti il y a deux jours… »

— Radio… head, ça veut dire quoi ? demanda la bavarde.

Chang-wook se tourna vers maman. Elle expliqua que leur nom n'avait pas vraiment d'importance et qu'elle avait découvert leur musique quelques années auparavant avec « Creep », un texte mélancolique, qui l'avait touchée au cœur dès la première écoute.

— Ça veut dire quoi, *creep* ? lança aussitôt la pipelette.

— Le type bizarre, le détraqué.

— Une chanson sur un *fou* !

— Non, plutôt sur un jeune homme amoureux sans espoir d'une fille qu'il juge trop bien pour lui. Il rôde dans son quartier chic en espérant la voir. Mais il ne se sent pas à sa place.

Chang-wook était impressionné. Avec une chanson aussi étrange que triste, on pouvait séduire les gens. Les toucher *au cœur*. Il y avait souvent pensé, cette fois c'était décidé. Quoi qu'il arrive, il serait chanteur et musicien.

*

Le jour tenait à peine en l'air, pourtant il faisait déjà trop chaud. L'homme avait bu toute la nuit. Sa sueur et sa pisse avaient une odeur de chou pourri.

— Et alors ? Les autres n'ont qu'à se boucher le nez, lança-t-il au poteau électrique contre lequel il se soulageait. Les autres n'ont qu'à fermer leur gueule. Et les autres…

Qu'est-ce qu'il foutait à parler au vide ?

Il s'était passé quoi ? Ah. Oui. Le patron du bar l'avait mis dehors.

Avant ça, il s'était servi dans son portefeuille.

— Soi-disant, j'y arrivais pas moi-même ! J'aurais dû le massacrer…

Il avait son couteau sur lui, mais le bar était plein de monde.

Ça, retravailler la gueule d'un mec, c'était dans ses cordes. Il l'avait déjà fait.

En attendant, il voulait boire.

Les rues se tortillaient. Elles étaient vivantes, des serpents. Ça lui fit penser… au chenil. S'y trouvait un réfrigérateur. Avec du soju dedans. Une rangée de bouteilles vertes et fraîches.

— Putain, on crève… de soif. Allez, j'y vais. Faut juste retrouver le chemin…

Il était arrivé. C'était bien là ? Oui, les clébards, on les entendait depuis la rue.

Tokki, qui bossait dans ce chenil, cachait la clé sous la statue de la courette. Une danseuse de Bali. Belle, ronde. Mais sa peau n'était pas en marbre, elle était en plastique. Il souleva sa base, manquant de la faire basculer, passa sa main dessous. Farfouilla. La clé.

Son pote ouvrait le chenil à 7 heures. Tiens, quand il arriverait, ils se murgeraient à deux. Histoire de rigoler. Quand ça le prenait, Tokki était pas le dernier pour lever le coude…

Tokki, le « lapin », un surnom crétin, à cause de ses dents en avant. Il le garderait toute sa vie, il ne savait pas se faire respecter. Le mec était célibataire, le seul truc malin qu'il avait fait.

Ça lui rappela sa femme ; il marmonna :

— J'en ai trop marre. Bo-ra, elle sert à rien. À part me pomper mon fric…

Cette salope avait fait changer la serrure. C'était pas sa baraque, qu'est-ce qu'elle croyait ?

Fallait que ça s'arrête.

Il pouvait payer un type pour la crever. C'était pas ça qui manquait.

Il tangua jusqu'à la porte, mit un certain temps à glisser la clé dans la serrure. Ah, ces bestioles schlinguaient plus que lui. Qui avait envie de se faire braire avec ça ?

— Jamais je gâcherai mon fric dans de la pâtée pour chien…

Les clébards s'agitaient. Leurs truffes les prévenaient qu'il était le diable… Ça le fit marrer. Il se dit que, dans le fond, il l'était peut-être bien. Pas vu, pas pris.

Quand il ouvrit le réfrigérateur, la vague glacée le gifla. Il s'immobilisa, tête et poitrail au froid, dos et cul au chaud.

Il n'aurait jamais dû se marier avec Bo-ra. Encore moins lui faire des mômes. Il les voyait le moins possible. Mais ils étaient toujours là, dans sa tête. À lui faire des reproches avec leurs yeux humides. Pas plus utiles que ces clébards. Peut-être même qu'ils n'étaient pas de lui. Le garçon avait les traits de Bo-ra, copie conforme. La gamine ressemblait à rien. Ils avaient des bonnes notes, surtout la fille, forte en calcul. Leur mère en était fière, de ses deux casse-couilles. Mais qu'est-ce qu'on en avait à foutre, des bonnes notes ? Il n'avait pas l'intention de leur payer des études, de toute façon.

La salope aimait ses rejetons. Comme une chienne ses petits, tiens… Un temps, elle avait été baisable, même très baisable, tous les mecs étaient jaloux. Contente, jamais de questions inutiles, mais depuis un bail c'était plus ça. Et pourquoi elle se mêlait de ce qui la concernait pas ? Si ça se trouve, elle savait, pour ses trafics. Peut-être qu'elle avait fouillé ses affaires, questionné des gens. Il l'aurait jamais crue capable de l'espionner. Au début, elle profitait de son pognon sans se prendre la tête. Peut-être qu'elle avait fait semblant de croire qu'il l'avait gagné normalement.

— Elle joue à quoi ? C'est pour me faire payer les raclées que je lui ai collées ou quoi !

Il y avait une affiche au-dessus de l'établi. Trois chiots blancs dans un panier en osier avec un nœud bleu. Mignons. Comme dans un Walt Disney.

Vrai, Bo-ra, sans ses petits, elle n'aimerait plus sa vie. Elle sentirait sa douleur.

— Une douleur que t'arrêtes d'une seule façon…

C'était pas la première fois qu'il y pensait. Mais ce matin…

Les bouteilles de soju. Droit devant. Il s'en cala autant qu'il put entre les bras.

Les chiens beuglaient. Ils se prenaient pour des gardiens, ces bâtards ? On aurait dit qu'ils lui parlaient. *Tu pues, tu pues, voleur, barre-toi.*

Il s'affala contre le mur et prit une première lampée. C'était froid, mais ça brûlait le bide. Les chiens se foutaient de sa gueule. *Saoulard, va cuver ailleurs.*

Il aurait voulu être bien, peinard, mais il y arrivait pas. Sa salope de femme lui tordait les nerfs. Elle le faisait passer pour un con.

En fait, c'était elle qui aurait dû dégager. Elle croyait qu'une serrure allait tout changer ? Il harangua les chiens :

— Je peux la détruire… Un diable, ça sait faire… Pas vrai ?

Il était presque sûr d'avoir vu un clébard rigoler. Marrant, on était peut-être vraiment dans un Walt Disney…

Il faisait chaud. Quoi, il avait roupillé ? Ah, non, un moment d'absence. Le jour était là, mais pas Tokki.

La sueur lui dégoulinait dans les yeux, il s'essuya avec sa manche, regarda la pendule du chenil. Sept heures passées. Ce connard était en retard.

Il voulut se relever. Difficile.

Le monde tanguait, mais lui, il réussirait à se mettre debout. Marre d'attendre.

Son crâne lui faisait mal. Les chiens l'insultaient. Fallait qu'ils la bouclent.

Il s'avança vers une cage. Le dogue grogna, bava, montra les crocs. Sale bestiole. Il agrippa la cage, la secoua, brailla :

— Ta gueule ! (Boule de nerfs, le chien fonça.) Ah ! Putain !

Il avait réagi trop tard. La douleur avait mordu son cerveau comme une pastèque. Sa main. Du sang. La bestiole y avait planté ses crocs.

Les dents du molosse dans sa chair, ça l'avait dessaoulé.

Son pote avait des gants quelque part. Des gants bien épais de dresseur, pour les bestioles en qui il avait pas confiance. Il les vit, accrochés au mur entre l'établi et l'affiche aux chiots blancs. Il les enfila. Il avait des pattes d'ours, maintenant. Un ours, c'était plus balèze qu'un gros clébard.

Retour sur ses pas pour ouvrir la cage de la main gauche. Le dogue aboyait, mais tremblait comme de la gelée. Il était pas si con que ça. Il avait compris que la rigolade était finie.

Il sortit son couteau de sa poche et appuya sur le cran d'arrêt. *Schuuifff*, fit la lame. Il agrippa la gueule de la bestiole de la main gauche. De la droite, il lui enfonça le couteau dans le cou. Le chien gesticula follement, couina. Le sang avait explosé.

— J'en ai sur la tronche, c'est dégueulasse !

Décidé à le réduire en charpie, il le lacéra…

Après, il se sentit fatigué. Les autres clebs étaient devenus dingues. Y en avait un qui hurlait à la mort.

Il pouvait tous les tuer. Il pouvait.

Pas envie. Trop crevant.

Il s'accroupit, caboche entre les mains. Ses tempes étaient sur le point d'exploser. Tokki allait arriver. Il verrait le carnage. On s'en foutait… C'était qu'un con, de toute façon.

Il releva la tête. Regarda le couteau ensanglanté.

Les clébards hurlaient. Pénible. Fallait se barrer d'ici.

C'était pas les chiens qu'il devait dessouder.

Il remit les gants sur leur crochet, essuya son couteau sur son pantalon, le rempocha, se précipita dehors. La Balinaise fixa ses yeux en plastique sur lui. Elle lui sourit. Une déesse ? Il lui lança :

— On se comprend, tous les deux, pas vrai ?

*

Ils marchaient côte à côte sous le même parapluie. Sa petite sœur fredonnait. « *Karma police... Karma police...* » Chang-wook se dit qu'à cause de sa voix grêle, cette musique le démangerait longtemps, comme la piqûre des moustiques réveillés par la mousson. Mais bon, c'était vraiment une belle chanson.

Il s'imagina sur scène, debout devant un micro avec une guitare. Des projecteurs braqués sur lui. Une petite foule, massée dans l'ombre. *Merci d'être venus si nombreux et surtout si nombreuses à ce concert ! Je vous présente Chang-wook, leader et chanteur du groupe...* Ah oui, les filles le trouveraient intéressant.

Et puis, d'un seul coup, le père fut là. Au coin de la ruelle.

Debout, trempé, bras ballants, tête des mauvais jours. Il se précipita vers eux. Chang-wook fut terrorisé. Comme chaque fois que le père montrait ce visage-là. Et le monde chavira. Cœur figé, il serra la main de sa sœur. Se tourna vers elle. Elle n'avait rien remarqué et chantonnait en regardant les pavés luisants. « Non, non... », articula Chang-wook. Il parvint à reculer d'un pas. Sa sœur avait levé la tête vers lui.

Le poing du père. Il percuta son cou fragile. Sous ce poing, une trace rouge. Chang-wook ne comprit plus ce que voyaient ses yeux. Ébranlé par l'impact, il avait lâché la petite main et le parapluie.

Sa sœur était tombée. Allongée sur le sol, elle ne bougeait plus. Le père la frappait et la frappait encore. *C'est… un couteau… qu'il tient…*

Chang-wook aurait dû agripper le parapluie et frapper le père. De toutes ses forces, comme le « fils de chien ». Il s'en sentait incapable. Son corps ne répondait plus.

Un cri. C'était venu du haut de la côte.

Il tourna la tête, vit sa mère. Elle se mit à courir en hurlant. Vers le père, toujours accroupi, qui avait cessé de s'acharner.

Chang-wook entendit une voix. C'était celle d'un voisin. Perché sur son balcon, il téléphonait. Il déclara qu'un homme venait de poignarder sa fillette. Qu'il fallait venir d'urgence. Il donna l'adresse, la répéta. Ensuite, il s'adressa au père :

— Arrêtez ! Laissez-la. J'ai prévenu la police !

Le père se redressa. Couteau toujours en main. La pluie ruisselait sur son corps. Il resta immobile en regardant maman. Qui serrait la petite sœur, inerte, dans ses bras. Qui pleurait, gémissait des mots incompréhensibles. Mais… est-ce que le père était en train de sourire ? Oui, c'était ça, il souriait.

Et le père partit à reculons, lentement. Il tourna les talons, s'en alla. La ruelle l'avala. Les sanglots de maman étaient labourés par le bruit de la pluie.

Chang-wook s'accroupit, courba la nuque et serra ses genoux entre ses bras le plus fort possible. Mâchoires soudées, il tremblait sans plus pouvoir se contrôler.

Ce n'était qu'un cauchemar. Le sommeil le recracherait dans la vraie vie. Sa sœur, il ne lui était rien arrivé…

Une sirène s'était mise à mugir. Il releva la tête, deux cônes de lumière l'aveuglèrent.

Gyrophares. C'était une voiture de police…

Je dois me réveiller…

1

Vingt-cinq ans plus tard.
Montréal, mardi 4 janvier 2022

La qualité du silence. C'est ce qui tira Jade du sommeil. Elle sut que la neige était de retour après une courte période d'interruption, les sons du quartier étaient absorbés. Agrippant son smartphone, elle se leva et quitta sa chambre.

Une pâle silhouette trapue dans le halo que diffusait la ruelle. Jindo, posté devant la porte vitrée de la cuisine. Qu'est-ce qui le titillait à une heure aussi matinale ? Certainement pas les provocations des chats du voisinage par une telle froidure.

Son labrador bondit à sa rencontre. Elle lui tapota les flancs, puis observa l'extérieur. Les flocons scintillaient sous les lampadaires, et c'était ce spectacle qui ravissait son chien. Pour le moment, aucune trace de pas ou de pneus sur la chaussée immaculée.

Elle entrouvrit, Jindo se rua dans le jardin cotonneux. Son poil clair ne créant qu'un faible contraste dans la blancheur, il tourna sur lui-même comme un derviche, puis entreprit de forer de vigoureux sillons. Le souffle glacial de l'hiver refroidissait déjà la pièce. Jade referma sa porte et consulta l'appli météo de son smartphone. Température – 10 °C, ressenti – 15 °C.

Elle constata que les réserves de son réfrigérateur étaient maigres. Malgré le pense-bête collé sur la porte, elle avait entre autres oublié d'acheter des œufs. *Bon sang, il me faudrait un pense-bête pour ne pas oublier les pense-bêtes…* Il allait falloir s'organiser, faire les courses. Organisation, organisation, organisation. Un mot hideux. Heureusement, il restait du café. Elle en aurait besoin. Aujourd'hui, une descente matinale était au programme.

Couinements à la porte. Le batifolage était déjà terminé, quelqu'un avait froid, et surtout faim. Le labrador, ou le chien le plus vorace de la planète. Jade le fit rentrer. Après s'être fait essuyer pattes et poitrail, il se planta à côté de sa gamelle, plein d'espoir. Il salivait en attendant sa préparation spéciale « gros chien », mais, comme d'habitude, la portion serait raisonnable. Un Jindo gavé n'était pas un Jindo efficace. Sa faim était un levier.

Il engloutit son repas en un clin d'œil, puis lui fit sa bouille enjôleuse. *Assez mangé. Pas question de céder à la douceur de ton regard.* Elle avala un rapide petit déjeuner, enfila son manteau sur son pyjama, mit son bonnet, ses gants, se chaussa et empoigna la pelle. Sachant ce qui se préparait, Jindo voulut lui tenir compagnie. Depuis le perron, il la regarda déblayer le devant de la maison et l'escalier en fer forgé menant à l'appartement de sa loueuse et voisine.

Une fois son devoir accompli, elle fila prendre sa douche.

*

Chlakakac… Chlakakac…

Couché derrière la porte de la salle de bains, j'écoute l'eau crépiter. Je l'imagine sous le jet, l'eau ruisselant sur sa courte chevelure noire, son fessier galbé comme celui d'un jeune homme, ses pieds délicats. Visage tendu vers le pommeau, ses sombres prunelles obturées par les stores nacrés de ses paupières, Jade s'offre un moment de paix. Un moment qu'elle a parfaitement le droit de savourer. Son travail est éprouvant – je suis bien placé pour le savoir –, mais sa sagesse lui permet de le supporter avec grâce. Plus j'y pense et plus je me dis que j'ai de la chance. Partager sa vie avec une personne d'humeur égale et soucieuse des autres n'est pas donné à chacun.

Chlakakac… Chlakakac…

Aucun doute, le retour de la neige lui a fait plaisir autant qu'à moi. Dans sa région natale, elle fait partie intégrante de la vie et personne ne va trop vite en besogne pour l'éliminer après qu'elle a modifié le paysage. Les gens de sa communauté considèrent même qu'il faut lui laisser un peu le temps d'exister avant de dégager les routes de leur carcan immaculé.

Chlakakac… Chlakakac… Chlakakac…

Si elle est capable de laisser la neige exister, Jade est tout aussi douée pour l'exterminer lorsque cela se révèle nécessaire. Et avec une énergie folle. Avant sa douche, elle a dégagé les abords de la maison à une vitesse ahurissante. C'est elle qui, sans que sa propriétaire ait besoin de lui demander ce service, se charge de libérer les accès tout au long de l'hiver montréalais. La regarder s'agiter est fort divertissant.

Bien sûr, je lui donnerais volontiers un coup de main, mais le maniement de la pelle n'est pas mon fort. C'est même une impossibilité physiologique.

Il en va ainsi lorsque, à défaut de mains, on est pourvu de pattes.

Constat indiscutable, je suis un chien. Qui plus est affublé d'un nom absurde. C'est un peu comme si l'on nommait « Bouledogue » un malinois ou « Labrador » un basset. Le jindo est un chien d'origine coréenne, malin, audacieux et d'une fidélité remarquable. J'ose espérer que je possède ces qualités, pour autant, on aurait pu me choisir un sobriquet plus intéressant. Comme Ben-Hur, Raspoutine ou Mao. L'idée est celle de Greta, la sœur de mon humaine, une adoratrice des films noirs coréens, tombée en pâmoison devant un jindo, qui jouait le rôle du chien placide d'un gangster ultraviolent. Il faut dire que Jade et moi vivons un peu sous le signe de la Corée. Min-young, la propriétaire de ces lieux, est une dame qui a quitté son Séoul natal il y a longtemps. Accessoirement, elle est aussi la mère de Mark Song, un collègue et ami de Jade. Et peut-être même son meilleur ami. Il l'est devenu lorsqu'elle et moi avons emménagé ici.

J'aime bien Min-young. Et j'apprécie de l'apercevoir presque chaque jour, notamment parce qu'elle rate rarement l'occasion de me donner des friandises en douce. Elle se réserve l'étage de cette maison de brique, tandis que le rez-de-chaussée et le jardin sont le domaine de Jade. Elle est aussi dynamique que mon humaine, mais dans un style différent. Tandis que l'énergie de Jade évoque la puissance du malamute attelé à son traîneau, celle de Min-young rappelle la frénésie d'une souris. Je l'entends souvent trottiner au-dessus de ma tête. Elle passe pas mal de temps à faire la cuisine pour son cher Mark, lequel est trop occupé pour se nourrir correctement.

Chlakakac… Chlakakac… Chlakakac…

Cette douche n'en finit pas. Jade a-t-elle oublié l'heure ? J'aurais pu en profiter pour me vautrer sur son lit et y retrouver son odeur rassurante, mais cela m'est interdit. Tout comme l'ingestion de sucre, les vadrouilles en solo truffe au vent et la course aux écureuils, ainsi qu'aux chats, ces créatures d'une insupportable impolitesse. Ces interdictions, je m'y plie, parce que j'aime faire plaisir. Mais cela implique de m'accepter tel que je suis. *Canis lupus familiaris.* La première espèce sauvage à avoir été domestiquée par l'homme. Une grande histoire d'amour qui remonte à quinze mille ans minimum, si j'ai bien compris.

Je suis sans conteste un être dressé, mais, paradoxalement, c'est plus par choix que par contrainte. Considérer Jade comme ma maîtresse me convient. Mon humaine a un côté instinctif, une force vitale incandescente, et ses gestes et son regard sont d'une puissante éloquence. Elle a une certaine noblesse animale, en fait.

Si j'étais doté du langage articulé, il y a bien des choses que j'aimerais lui dire. Comme : « Tu sais, Jade Assiniwi, mes parents labradors m'ont appris à pressentir le danger, et à faire le tri entre les humains respectables et ceux avec qui la prudence s'impose. Toi, tu es très respectable. » Ou bien : « Douce étourdie, ne t'inquiète pas, même si tu as une mémoire flageolante, tu es très bien comme tu es. »

Bon, inutile de me griser, elle et moi n'aurons jamais ce type d'échange. Mon incapacité à maîtriser le langage articulé est l'un de mes regrets. Ma maîtresse est en effet une femme qui sait écouter. Une autre de ses qualités.

Ah, la douche s'est tue, Jade va réapparaître. J'entends ses pas sur le carrelage et renifle les effluves de son savon mêlés à ceux de sa peau. Agréable, mais pas renversant. De mon point de vue, les humains ont tendance à trop se laver. Pourquoi refusent-ils le naturel à ce point ? Mystère. L'un de mes petits plaisirs est de lécher abondamment Jade lorsqu'elle revient dégoulinante de sueur d'un jogging ; odeur enivrante et apport en sel garantis !

À l'instant, je sais bien que les effluves qu'elle va dégager seront aussi discrets que reposants. Elle ne se parfume jamais avant une intervention. C'est par égard pour moi. En effet, il est bon, voire indispensable, pour ma truffe de ne pas être sollicitée en journée par des senteurs agressives. D'une puissance inouïe, au risque de m'ensevelir sous les sensations et de m'étourdir, elle me permet de capturer presque toutes les odeurs que recèle cette planète. Je peux non seulement les saisir au vol, mais également les décomposer. En d'autres termes, je suis un animal macrosmatique, un être doué en olfaction. Pour un humain, le savon de Jade ou la soupe au poulet de Min-young ont une odeur unique. Pour moi, savon et soupe exhibent une myriade d'effluves, bien distincts et immédiatement identifiables. Ma truffe est une cathédrale. Sans elle, jamais ma jeune humaine et moi n'aurions cheminé ensemble dans cette vie.

Elle sort de la salle de bains dans le plus simple appareil, me gratouille les oreilles en passant et file dans sa chambre.

Notre vie étant réglée, je connais la suite du programme. Elle va mettre son uniforme, sortir son arme du petit coffre blindé et la caler dans son étui de ceinture. Elle revêtira son manteau grand froid, lequel la fera instantanément doubler de volume. Elle agitera mon harnais pour me faire comprendre qu'il est temps de l'enfiler. Étant du genre extrêmement distrait, elle oubliera peut-être de fermer à clé la porte côté jardin et ruelle, et se dirigera vers celle donnant sur la rue Saint-Denis. Je tenterai de la prévenir avec les moyens du bord et avec plus ou moins de succès. Elle m'écoutera, ou pas, et constatera que, après sa longue douche, le temps aura filé. « Vite, Jindo, on y va ! », me lancera-t-elle.

Ensuite, comme presque chaque matin, nous plongerons tête la première dans l'horreur.

Pour l'instant, j'entends sa voix claire résonner à travers la porte. Elle se fredonne l'une des chansons que Mark Song adore interpréter dans la cave pour un public imaginaire. Elle chante juste et bien. Presque comme un ange.

Un ange au pays des monstres.

Jade et moi n'en avons pas l'air, mais nous sommes des chasseurs d'ogres.

Une seule certitude en ce bas monde : la droiture et l'altruisme de ma jeune maîtresse sont mes boucliers contre les effets délétères de l'infamie. La cruauté est une notion qui m'est étrangère, et essayer de comprendre ce qu'elle apporte aux humains me donne envie de hurler à la lune. Un sport qui est plus dans l'esthétique d'un husky que dans celle du labrador. On ne se refait pas.

*

Min-young se redressa dans son lit et sentit son arthrose la mordre. Le jour n'était pas encore levé. Elle venait de faire un rêve bizarre. Jindo et elle descendaient le Saint-Laurent en canoë. Mark, resté sur le quai, leur souhaitait bon voyage. Ils avaient quitté le port de Montréal et mis le cap sur l'Atlantique. Jindo voulait voir les baleines. D'ailleurs, il le lui avait dit. Car, dans son rêve, il était doté de la parole.

Elle s'attarda quelques secondes sur ce détail. De fait, ce chien était assez spécial et, à certains moments, on s'attendait presque à l'entendre participer aux discussions. Parfois, c'en était troublant.

Elle se concentra sur son programme de la journée. Avant d'aller au travail, elle devait s'activer afin que son fils puisse avoir au moins quelques repas corrects cette semaine. Non seulement elle lui cuisinerait des plats pour les soirs où il rentrait tard, mais elle se lancerait dans une nouvelle préparation de *kimchi*. Une fois lavé et coupé, le chou devait patienter quarante-huit heures à l'air libre, puis macérer deux à trois semaines. Il n'y avait pas une seconde à perdre.

Hier soir, elle avait fait les courses en conséquence, et Jade lui avait donné un coup de main pour rapporter les produits à la maison. La Petite Italie était un endroit merveilleux, on y trouvait non seulement les meilleurs produits italiens, mais aussi tous les ingrédients des cuisines du monde. Et le quartier abritait le généreux marché Jean-Talon.

Elle entendit un bruit familier et fila se pencher à la fenêtre donnant sur la rue Saint-Denis. Il avait pas mal neigé, ce qui expliquait pourquoi l'arthrose s'en donnait à cœur joie. Jade, toujours aussi serviable, avait déjà dégagé les accès à coups de pelle. Protégée par son gros manteau à capuche marqué POLICE, elle faisait monter Jindo à l'arrière de son véhicule de fonction. Min-young leur fit de grands signes. Jade lui répondit d'un petit geste de la main et d'un sourire.

Ils repartaient à l'attaque. Heureusement, les criminels que traquaient la jeune fille et son chien n'étaient a priori pas aussi dangereux que des mafieux. Juste des dégénérés. Bien sûr, l'un d'eux pouvait sortir une arme, mais les probabilités étaient minces. Ces gens ne trouvaient leur plaisir qu'en s'attaquant à plus faible qu'eux. C'était ce que Mark lui avait toujours répété. Et son fils savait de quoi il parlait, puisque, contrairement à Jade, il était en contact direct avec ces salopards.

Elle prit rapidement son petit déjeuner, enfila son tablier et se mit à l'œuvre. Bientôt, les ingrédients ornèrent le plan de travail : chou chinois, radis blanc, piment *gochugaru*, ciboule, sauce soja, gingembre, sucre et sel de mer. Comme d'habitude, elle allait mettre tout son cœur dans la confection du meilleur *kimchi* possible.

Elle alluma le téléviseur et se connecta à Netflix. Tout en cuisinant, elle avait bien l'intention de regarder la série coréenne *Cette fille n'est pas pour toi*, l'histoire d'une jeune garde du corps d'extraction modeste qui protégeait le fils du fondateur d'une grande entreprise. Sexy mais prétentieux, il n'avait jamais vécu que dans le luxe. Leurs débuts étaient houleux, puis ils se découvraient des points communs. Mais leur amour naissant déplaisait à la riche famille de l'héritier. Dans le fond, c'était une histoire de lutte des classes.

Elle soupira. Avant, elle écoutait de la musique sans arrêt et ne regardait jamais de séries télé. Désormais, elle était devenue accro, elle en avait bien conscience. Engloutir ces comédies sentimentales les unes après les autres était un moyen de lutter contre la nostalgie. Ce n'était pas de gaieté de cœur qu'elle avait quitté sa Corée natale. Le temps ne changeait rien à l'affaire, au contraire. Et même si sa nouvelle vie au Québec était confortable, elle n'oubliait pas ce qu'elle avait perdu.

En fait, plus elle regardait ces séries peuplées de splendides créatures des deux sexes, plus elle regrettait les opportunités manquées. Mark aurait pu devenir une star. De la K-pop et de la télé coréenne. Il avait beaucoup de présence, était bon guitariste, chantait à la perfection et se débrouillait au taekwondo. En lisant les biographies des acteurs en vogue, elle s'était aperçue qu'ils étaient souvent des artistes complets, capables de jouer dans des drames et des comédies, de chanter, de danser et d'effectuer eux-mêmes certaines cascades. Si leurs vies n'avaient pas été bouleversées subitement, Mark et elle vivraient à Séoul où il serait adulé et gagnerait beaucoup d'argent. C'est-à-dire de quoi être à l'abri du besoin, même lorsque, l'âge venant, son étoile pâlirait.

Tout cela n'était qu'un rêve. Depuis qu'ils s'étaient expatriés, Mark n'avait plus jamais exprimé l'envie de devenir un artiste. Bien au contraire, très vite, il avait choisi sa voie, la police. Il n'avait pas dévié de cette décision. Il exerçait à la section criminelle depuis neuf ans, et jamais elle ne l'avait entendu se plaindre des difficultés du métier, même depuis son intégration au service des agressions sexuelles, huit ans auparavant. Une épreuve chaque jour renouvelée. Ce choix n'était pas un hasard.

Il voulait recoudre son cœur. Son cœur déchiré par le passé. Il espérait exercer une réparation à sa manière.

Difficile de croire que cela fonctionnait. Sa profession, il la vivait comme une obsession. Certains jours, ses affaires le dévoraient de l'intérieur. Il passait la voir avec une tête de déterré. Exténué, il trouvait à peine ses mots. Et puis, la fois suivante, cela revenait. Il était encore jeune et récupérait somme toute assez bien. En tout cas, ce travail, c'était au moins un élément stable dans son existence.

On ne pouvait pas en dire autant de sa vie sentimentale. Il avait si souvent changé de partenaire ! À peine avait-on le temps de s'habituer à l'une d'elles que sa remplaçante pointait le nez. Avec Diane Morand, journaliste spécialisée dans les enquêtes criminelles pour *Le Journal de Montréal*, Min-young avait cru que son fils avait trouvé son ancrage. Vue de l'extérieur, leur histoire semblait idyllique. Jolie et maligne, Diane avait eu son heure de gloire avec la publication d'un essai sur la pègre montréalaise. Min-young avait pris la peine de le lire par curiosité. Du beau travail.

Malgré ses défauts, elle avait cru à la solidité de leur couple. La première fois, quand Mark les avait invitées toutes les deux au restaurant, Diane lui avait fait l'effet d'une femme certes dotée d'un certain humour, mais au tempérament froid et prétentieux. Elle analysait bien, mais, sous les plaisanteries, ses réflexions dégageaient un parfum de mépris. Elle s'était lancée dans un discours sur l'appauvrissement intellectuel généralisé. Notamment sur ces éditeurs et ces producteurs qui préféraient « fourguer de la romance à tour de bras » à un public avide de mièvreries et de titillations sexuelles pour secouer la banalité du quotidien. Qu'y avait-il de mal à aimer les séries télévisées à l'eau de rose ? Et qui était Diane pour donner des leçons de raffinement à ses congénères ? Elle était diplômée de la prestigieuse université McGill, elle avait publié des articles très remarqués et elle passait même à la télévision, mais cela n'en faisait pas une femme accomplie.

Bon, de toute façon, c'était une affaire entendue, Mark et elle étaient en instance de divorce. Après un an à se fréquenter et même pas deux ans de vie commune.

Il était clair que, tant qu'il n'aurait pas terrassé ses vieux démons, il ne déposerait pas les armes aux pieds d'une femme. La bonne personne devait exister quelque part. Min-young espérait que, après toutes ces épreuves, son fils aurait un meilleur destin que le sien.

Les lamelles de chou chinois jaunes et vert pâle dégorgeaient dans la saumure. La première phase. Ensuite, il faudrait rincer à grande eau, égoutter, mettre en bocal, puis laisser fermenter.

Patience, patience.

L'existence de Mark ressemblait au *kimchi*. Tout finirait par s'arranger. Une question de temps.

2

Mark se lève, mais c'est juste un mot. Sa nuit, il n'est pas certain qu'elle ait existé. Depuis longtemps, il ne sait plus s'il dort ou pas. Ses rêves, ses cauchemars sont des hallucinations. Ou pas.

Ça ira. La nuit prochaine, je dormirai. Son dos est douloureux, ses jambes aussi. Il se fait un café soluble, prend les cachets avec. Dans le frigo, des restes de ce que sa mère a préparé. Il avale ce qu'il trouve. Déjà, ça va mieux. Son esprit reprend de la force.

Il voit le ciel, les toits, les façades, les fenêtres qui se réveillent, les trottoirs ensevelis. Les déneigeuses ne sont pas encore passées. La neige n'est pas salie.

Sans même s'en rendre compte, il est dans l'ascenseur. Tout ce qui s'est passé entre lui qui regarde la pureté de la neige et lui dans l'ascenseur a été avalé. Mémoire aspirée.

Le miroir lui renvoie l'image de son corps enveloppé dans sa doudoune à la capuche bordée de fourrure de coyote. *Ça va, c'est bon, je l'ai sur le dos.* Pilotage automatique.

Il descend au parking, s'arrête devant sa voiture. Dodge Charger, véhicule de fonction, carrosserie blanche. Pour être sûr qu'il ne rêve pas, il caresse sa peau de métal. C'est froid, alors c'est la réalité.

Il se cale derrière le volant. Un parfum dans la voiture. Peut-être qu'une femme y est montée. Fragments. Un visage, un rire. Non, il ne sait plus. Si, en fait. Une brune. Rencontrée dans un bar. Une partie de la nuit, chez elle. Avant de fuir comme un voleur.

Son smartphone gémit dans la poche où il l'a laissé la veille. Un message de la prison. L'autre veut le voir. Celui qui l'aime comme un dingue. Parce qu'il *est* dingue. Il croit entendre sa voix : *Je veux qu'on parle, Mark. Cette fois, ce sera la bonne. Je te dirai où est le corps.*

Encore un foutage de gueule ? Il n'y a qu'un moyen de savoir.

Une bouteille d'eau traîne quelque part. Il casse son dos pour la retrouver, il prend un autre cachet.

Le même gardien que d'habitude lui a dit quelques mots et l'a fait entrer.

Une odeur de bouffe trop cuite squatte cette prison. Toujours la même, à n'importe quelle heure. Elle fait penser à du potage à l'os de bœuf. Les Québécois n'avalent pas ça. Les Coréens, seulement. Ce n'est donc pas possible. *Juste mon imagination ? Qui couve des détails bizarres.*

L'autre l'attend. Ses yeux sont maquillés toute l'année. Parce qu'il s'est fait tatouer un trait noir autour. Ça borde de suie son regard bleu. Yeux de guépard.

Cheveux blonds teints et racines brunes dans le temps. Maintenant des cheveux bruns ras. Ses mains menottées posées sur la table. Croisées. Seuls ses doigts s'agitent. Il est excité, ne peut pas le cacher.

Parce que tu crois que tu m'aimes, mec. Mais t'es qu'un dingue, qui pense qu'aimer, c'est dévorer.

— Tu veux me parler ?

L'autre lui sourit. Ses lèvres tremblent aux commissures. Ses yeux sont humides.

— Mark… Tu es venu…

— Dis-moi ce que tu voulais me dire.

L'autre avale sa salive. Le regarde comme si son visage était de la flotte et qu'il était un naufragé.

— Alors... T'as essayé avec un mec ? T'as fait ce que je t'ai dit ?

— Non.

— T'as tort. Je sais qui tu es.

— Tu crois ? soupire Mark.

— Je sais ce que t'aimes vraiment. J'en sais plus sur toi que n'importe qui.

Mark se lève. L'autre sursaute. Pauvre chien à qui on retire un os gluant de viande juteuse.

— Attends ! Je déconnais.

— Dis-moi ce que tu voulais me dire.

— Le corps. Le corps du petit blond de Vancouver.

— Le corps du fugueur Michael Thomson. Dix-sept ans. On parle bien de lui ?

— C'est ça. Michael a laissé sa peau douce dans la forêt Ouareau.

Un parc régional, carrément. Une immensité. Comté de Matawinie. À environ une centaine de kilomètres de Montréal.

— Elle est vaste, cette forêt-là.

— C'est là que le chemin Notre-Dame-de-la-Merci s'enfonce dans la forêt. Il faut s'y engager sur deux cents mètres à peu près. Je suis venu en pick-up. Pas possible d'aller plus loin, je me serais embourbé. Je l'ai enterré là, sur la droite. Où y a des roches noires. Mais pas profond. Les bêtes l'ont peut-être bouffé, tu t'en doutes bien...

Il se fout de nous, je le sais, j'ai appris à le lire. Son petit sourire.

— On n'est jamais sûr de rien. C'est ça que je dois comprendre ?

— Peut-être que vous n'allez rien trouver, tes gars et toi. Ça voudra pas dire que j'ai menti, hein, Mark? Les animaux, ils font ce qu'ils veulent.

Trois fois qu'il nous mène en bateau. Il désigne un lieu, donne des détails. L'équipe fouille, s'échine. Pour rien.

— Les animaux font ce qu'ils veulent, et toi, tu mens, Timothée.

L'autre en a le souffle coupé. *M'entendre prononcer son prénom, du miel.* Pour tout le monde, c'est l'Équarrisseur.

— Il sentait bon, le petit Michael. Hé, Mark, tu ne te rassois pas?

— Non.

— Tu crois que je te mens?

— Je sais que tu me mens.

— Laisse-moi respirer ta main. Laisse-moi le faire. Après, je te dirai vraiment où est le corps du petit fiancé…

Mark s'en va.

— Hé, attends!

L'autre a geint comme un môme. Mark se souvient de ce qu'il a lu dans son dossier. Grâce aux cachets, tout est bien revenu, il voit clair. Timothée Lavigne. Vingt-quatre ans. Voulait devenir célèbre. Y a réussi. Sept personnes sont mortes à cause de ça. Et peut-être plus. Ses amants. Tous, ses amants. Des corps qu'il aimait tant qu'il les a découpés et un peu bouffés. Et avant ça, une enfance de merde. Terrible. Aucune chance. *Mais, même privé de chance, t'es quand même une ordure. Constat.*

— Mark… Juste un peu…

— Il est où?

— Tu ne sais pas à quel point je t'aime… À la vie, à la mort…

— Il est où?

— En fait, c'est bien avant le parc. Près de la localité de Saint-Côme. Le sentier, son nom, c'est Montagne du Tranchant. Le reste de l'histoire est vrai.

— D'accord.

Mark tend la main vers la bouche de l'autre. L'autre mate sa paume comme un trésor. Il attend, il savoure le moment, l'avant. L'instant d'éternité. Et il hume sa main, et il la lèche. Langue douce. Léger contact de nacre des dents qui pourraient mordre. Il a fermé ses yeux de guépard pour faire ça. Il les rouvre. Des yeux de dingue.

Mark retire sa main et essuie la salive sur son pantalon.

Il s'en va. La voix de l'autre vibre dans son dos. En gros, il lui répète qu'ils sont pareils et qu'il finira bien par l'admettre. « On a un lien sacré », qu'il dit. Le gardien ouvre la grille et referme derrière Mark. Bruit sec de métal. Comme le fond de ses prunelles, au maton. Du jugement, des mots qu'il ne dit pas, once de dégoût, dose de pitié. *Pourtant, tu devrais être blasé à force d'être enfermé avec les psychopathes et les enfoirés, non ?* Pitié pour qui, d'ailleurs ? Pour l'Équarrisseur ? Non ? *Pitié pour moi. Eh oui, pour recevoir, il faut donner, mon grand.*

Retour dans la voiture. Mark appelle Bernard, le vétéran de son équipe. Il lui répète ce que Timothée Lavigne lui a raconté. Le petit fiancé dans les bois. Saint-Côme, le sentier, les roches noires. Le corps perdu. Retrouvé, peut-être. Une famille pourra faire son deuil. Ou pas, si Lavigne a menti.

Mais j'y crois. J'y crois assez.

Bernard dit qu'il va faire le nécessaire. Mark coupe la communication. Il regarde ses mains sur le volant. Qui tremblent. Il pense au vieux walkman dans la boîte à gants, le récupère, met les écouteurs, fait démarrer. Frank Zappa. Ses vrilles de magicien. Sa voix chaude, grave. Ses délires. Très bien pour effacer les yeux de guépard de l'autre.

It was the blackest night

There was no moon in sight…

La clé de contact ressuscite la Dodge. Sa mémoire est de retour. Il sait où il doit aller.

3

Prison d'Uiwang, mardi 4 janvier 2022

Impossible de pioncer. Rien à voir avec les ronflements des cinq gars qui partagent sa cellule. C'est sa dernière nuit au trou, l'excitation lui broute les nerfs.

Park Yong-hwan se remet sur le dos pour la centième fois et fixe son regard sur le plafond. Il connaît les lézardes par cœur, elles dessinent un vélo avec une roue tordue, plus grosse que l'autre. Coup de chance, aucun p'tit vélo ne lui a jamais roulé dans la cervelle. Ces années en tôle, ça aurait pu mal finir, il aurait pu virer dingo, mais il a tenu bon. Il a pris tout ce qu'il y avait à rafler pour rester en un seul morceau et avoir la cervelle occupée. L'office tous les dimanches pour se défouler en gueulant des insultes à pleins poumons pendant les chants, les discussions débiles avec le pasteur, la livraison du courrier et des repas aux codétenus, sans compter l'atelier de menuiserie, le jardinage et les cours d'informatique. Il a un certificat en plomberie et en chaudronnerie. Il a aussi appris une langue. Dure à prononcer et à retenir, mais indispensable pour le futur. Le français.

Et les visites de Tokki. Le seul à venir le voir à Uiwang. Trois fois chaque année, il se tapait la cinquantaine de bornes depuis Séoul. Par charité chrétienne. Régulier comme un métronome, le gars. Il lui racontait ce qui s'était passé dans le pays. Ou du moins ce qu'il en avait compris, c'est-à-dire pas grand-chose.

Et, grâce à ça, il a gagné. Malgré le défilé des années, il est resté lui-même.

Ce bon vieux Yong-hwan. Ce bon vieux *Yogwe*, ce bon vieux *démon*.

Il étouffe un rire.

Ce surnom, il le tient depuis l'école. Les autres déformaient son prénom et se foutaient de lui. Il lui avait fallu un moment pour percuter. Et pour admettre que ce surnom, il lui allait comme un gant. Il était noble. Un *yogwe*, c'est une plante ou une bestiole qui a viré diabolique. Un *yogwe* ne ressemble plus à ce qu'il était à sa naissance. En échange, il gagne des pouvoirs. Des pouvoirs maléfiques.

« Hé, t'es qu'un Yogwe, parce que tu viens de ce quartier de merde ! » « Ouais, t'es pauvre et tu pues ! » « Tire-toi, Yogwe. On veut pas de toi. Retourne dans ton caca ! »

Le quartier de merde, c'était Guryong. L'enfer à deux pas du paradis. Une route à six voies séparait le bidonville du quartier chic de Gangnam. Guryong, en fait, ça veut dire « neuf dragons », mais personne ne sait pourquoi. Ça n'avait rien d'excitant, rien de magique. C'étaient que des bicoques en contreplaqué avec des toits en bâches. Des trous à rats sans gaz ni électricité. Pour se chauffer en hiver, sa famille brûlait des briquettes en charbon. Les plus malins détournaient les lignes à haute tension pour avoir du courant. Les ruelles étaient en goudron défoncé. Ou en terre. À la mousson, on se foutait de la boue jusqu'aux genoux.

Son père partait travailler en costard. Toujours le même, attaqué par les mites, mais ça faisait son effet.

Il ne voulait pas qu'on sache qu'il vivait dans la mouise. Yong-hwan revoit le costume de l'homme qui a été son paternel, mais pas sa trombine. Le gars est tombé malade, il est mort, fin de l'histoire. Il ne se souvient même pas de quoi.

Après ça, il est resté à Guryong avec sa mère qui gueulait tout le temps et sa grand-mère déglinguée. Difficile de comprendre ce qu'elle voulait ou ce qu'elle baragouinait avec sa voix de corneille, la vieille. Sa mère lui braillait dessus parce qu'il se bagarrait avec certains mômes de l'école. Et parce qu'il n'arrivait pas à lire correctement. Et parce qu'il lui tenait tête. Elle, il s'en souvient un peu. Il lui manquait une dent en bas, à droite. Elle lui répétait qu'un abruti comme lui n'arriverait à rien. L'alphabet ne voulait jamais se mettre dans le bon sens. Il lui a fallu plus de temps que les autres pour comprendre quelque chose aux lignes qui dansaient dans les bouquins.

Sa grand-mère, elle a clamsé l'année où il a grandi d'un coup. Ses pantalons avaient connu des feux de plancher. Ça faisait rigoler les plus cons.

Sa mère, un jour, elle a disparu. Sans prévenir. Personne n'a su ce qui lui était arrivé. Lui a toujours pensé qu'elle en avait eu marre de Guryong et qu'elle avait trouvé un mec à l'aise pour s'occuper d'elle et lui offrir le dentiste. Le prix à payer était de laisser son rejeton. Alors c'est ce qu'elle avait fait. Sans se poser de questions.

En tout cas, il est resté dans la maison. Cette bicoque pourrie était à lui, à personne d'autre. Aucun des habitants du coin n'a essayé de la lui piquer, ses yeux de *yogwe* leur foutaient la trouille. Mais il fallait bien bouffer. Il a fini par traverser la route à six voies pour mendier dans les rues dégoulinantes de fric de Gangnam. Et il a passé de moins en moins de temps à l'école. Ça a duré. Il a fait les poubelles. Et cru que la froidure aurait sa peau.

Un jour de plein cagnard, il a rencontré son destin. Il avait la gueule d'un grand type en beau costume léger et Rolex en or qui lui bavait sur le poignet. Un bon client. Yong-hwan lui a demandé de lui filer de quoi bouffer. L'autre s'est retourné et lui a jeté : « Pourquoi j'donnerais mon fric à un p'tit merdeux comme toi ? » Yong-hwan lui a répondu aussi sec : « Parce que vous avez l'air d'avoir trop de temps libre. Autant faire un truc utile. » Le bonhomme est resté immobile un moment. Ensuite, il s'est penché vers lui, l'a agrippé par ses fringues et traîné jusqu'au fin fond d'un bar à karaoké où un gros lard beuglait une chanson à la mode. « Tu veux me montrer c'que t'as dans le ventre, morpion ? C'est l'moment. »

Il s'est éclipsé deux secondes et est revenu avec un seau plein d'eau et de glaçons. « Tu vois le gangster qui chante ? Balance-lui le seau sur la tronche. Ou t'auras affaire à moi. » Ça ne laissait pas beaucoup de choix. S'il refusait d'obéir, il se prendrait une branlée. S'il jetait l'eau à la gueule du goret, ce gars serait obligé de lui faire payer son humiliation. Yong-hwan n'a pas hésité : il a saisi le seau et se l'est renversé sur la tête. Pendant une seconde, le grand type s'est transformé en statue de sel. Ensuite, Yong-hwan a vu une lueur danser dans son œil. Le gars s'est mis à rigoler. « Toi, j't'ai bien senti dès le départ. T'es pas banal. »

Et ça a été le commencement. De sa seconde vie. La vraie. Le type en beau costume s'appelait Goro. Yong-hwan n'a jamais demandé si c'était son nom ou son prénom. C'était « Goro » pour tout le monde, et ça sonnait bien. Sapé comme un prince, des billets plein les poches, il gardait toujours son calme, à condition qu'on le respecte. Et les gars qui l'avaient vu s'énerver n'étaient plus là pour en parler.

Goro lui a présenté ses potes. Des mecs comme lui, des *geondal*, des « bons à rien ». Goro était un lieutenant dans l'organisation. Il connaissait du monde dans la politique et dans le business. Des gens qui avaient besoin qu'on leur rende des services.

À partir de là, le gamin né dans la boue s'est approché des étoiles. Plutôt que de passer ses journées à se demander comment joindre les deux bouts, il s'est mis à vivre.

Goro lui a offert du boulot, Goro l'a emmené au bordel, Goro lui a appris à s'habiller, à ne jamais rien dire d'inutile et à saisir l'occasion au vol. «Avec ta gueule, tu plais aux femmes. Crois-moi, Yong-hwan, c'est très utile. » Et avant tout, il lui a montré comment se faire *respecter*. Couteau, sabre court, batte de base-ball, hachette, il était balèze avec tout. S'il avait fallu, il aurait même pu dessouder un mec avec un balai à chiottes. Le truc, c'est de jamais hésiter. « T'as l'choix, Yong-hwan : viander ou t'faire viander. Les mauvais hésitent. Les mecs doués attrapent la chance par le cou. »

Ça a duré des années. Les meilleures de sa vie.

Goro, les services, les mecs à bastonner ou à évacuer, le fric qui coulait à flots, il n'en a jamais parlé à sa femme. Celle qu'il a rencontrée parce qu'il protégeait, et donc rançonnait, le magasin d'électronique dont elle était l'employée. Il lui a menti dès le premier jour. «Je suis représentant. Je vends des téléphones. » Dix-huit ans, naïve comme pas permis, elle l'a trouvé beau et viril.

Bo-ra. Sans trop réfléchir, et parce qu'elle était bandante dans le genre bichette aux abois, il l'a tirée du merdier dans lequel elle avait plongé jusqu'au cou. Il lui est apparu comme le sauveur, le mec prêt à faire de la tôle pour assumer à sa place. Quand elle est tombée enceinte, il a pensé se barrer. Filer à

Gwangju, au sud-ouest du pays, où le gang avait une « succursale ». Mais Goro l'a entrepris. Il lui a dit que cette fille avait de l'allure et qu'il devrait l'épouser. Qu'elle lui serait « utile » pour se donner du style. « Qui sait, un jour, avec ta gueule et c'que t'as dans le crâne, tu pourras faire d'la politique. Pense toujours à la vie comme à un escalier. » Yong-hwan a suivi ses conseils. Mais, pour une fois, Goro s'est planté. Il n'a pas vu venir la vague noire. Ce moment où le gouvernement a arrêté les frais. En 1990, une loi a interdit les gangs. Beaucoup de *geondal* ont fui le pays ou réduit leurs business, et les flics se sont mis à surveiller les repentis. Goro s'est barré. Un direct pour les États-Unis. Il a dit qu'il reviendrait une fois les choses tassées. Mais il a dû se plaire là-bas et n'a plus jamais refoutu les pieds en Corée.

Mais lui est resté à Séoul. Il y avait sa maison, dans un bon quartier. Une maison qui n'avait rien d'un clapier. Un bon paquet de fric de côté. Planqué dans la baraque. Il fallait qu'il réfléchisse. Qu'il trouve une solution. Ce n'était pas que le business des gangs était mort, c'était qu'il fallait la jouer beaucoup plus discrète. Avant de mettre les bouts, Goro l'a branché sur une bande qui faisait dans la contrebande d'alcool. En attendant de trouver mieux, Yong-hwan a travaillé pour ces branleurs sans classe. Ça payait nettement moins que dans les années dorées avec Goro.

« En attendant de trouver mieux… »

Il n'a jamais trouvé mieux.

Au fil des mois, il s'est abîmé l'énergie. Il avait toujours aimé picoler, mais là, il est passé à la vitesse supérieure. Le *soju*, il en avait besoin pour supporter l'ennui. Le vide. Il réfléchissait moins bien, moins vite. Goro, ses conseils, son sens de la rigolade et du style lui manquaient.

Et un autre seau lui est tombé sur la gueule. Un seau de merde. Il y a eu *ce* moment. Ce moment où il n'a pas tué utile.

La seule fois.

Ce qu'il n'a pas compris tout de suite, c'était que sa troisième vie commençait. Une vie qui durerait vingt-cinq longues années.

Maintenant, à bientôt cinquante-quatre ans, il va sortir du trou.

Sa quatrième vie, à quoi elle ressemblera ? En tôle, il a eu largement le temps de gamberger. Il s'est fixé sur une idée. Souvent, il s'est imaginé en parler avec Goro. « Ta quatrième vie, elle sera c'que t'en feras, Yong-hwan. C'est toi le patron. On te doit le respect. Le temps ne change rien à ça. » Dans son imagination, c'est ce que le Grand Frère lui a répondu, chaque fois.

Le respect. Il sait comment le retrouver.

Sa quatrième vie, elle commence demain matin. Et comme ce sera la dernière, il a l'intention de la vivre à fond. Mais, pour ça, il lui faut de la thune.

Ça tombe bien. Le respect et l'argent, il les récupérera chez la même personne. La salope qui n'a jamais déménagé de son esprit.

Elle habite sa haine depuis vingt-cinq ans. Yogwe le démon est de retour. Il a deux ou trois bricoles à dire à cette chienne.

4

Montréal, mardi 4 janvier

Rallier l'avenue Sainte-Croix par la route Transcanadienne n'a nécessité qu'un quart d'heure. Le trajet en voiture a été bref et des plus agréables. Quand l'essentiel de sa population dort encore et que la neige a repris ses droits, Montréal gagne en majesté. Mais c'est une élégance calme, empreinte de bonhomie. Les reliefs sont atténués, les ferronneries des multiples escaliers bordant les maisons sont englouties dans la ouate, les buissons des trottoirs ressemblent à des marshmallows. Rien que des sensations relaxantes.

Très bientôt, les employés municipaux vont arriver avec leurs déneigeuses. Et ils nous massacreront un peu cette beauté. Quant à mes pattes, j'ose à peine y penser. L'effet du sel et des solvants sur les coussinets d'un chien est pénible.

Mon humaine vient de se garer devant une maison en briques sombres et au toit d'ardoise, bordée par un petit parc. Si j'ai bien compris ses échanges téléphoniques avec ses collègues, c'est celle d'un suspect retors. Une autre voiture de patrouille est déjà là. C'est la Dodge Charger blanche qu'utilise souvent

Mark Song. Jade et lui font partie de la même organisation, le SPVM ou service de police de la ville de Montréal. Le lieutenant est chef du groupe « agressions sexuelles » à la direction des enquêtes criminelles. Jade fait partie de l'escouade canine.

Elle soulève le hayon de notre Chevrolet Tahoe et me laisse baguenauder. Il me faut me soulager avant de me mettre au travail. Dans ces moments de concentration extrême, pas question de s'encombrer avec des détails prosaïques.

Un instant, nos respirations dessinent des volutes dans l'air glacé tandis que Jade observe les lieux. La maison semble grignotée par les ans, une façade est bordée par un échafaudage recouvert de bâches en plastique chahutées par le vent. Une lumière filtre depuis le rez-de-chaussée. Le quartier est paisible au point de paraître engourdi. Des arbres magnifiques bordent le trottoir. Des érables de Norvège et des ormes de Russie, qui cohabitent en toute fraternité. Le parc regorge quant à lui d'épinettes du Colorado et de micocouliers occidentaux, et abrite quelques frênes de Pennsylvanie. Je les hume et leur adresse un salut silencieux. J'ai le plus grand respect pour ces admirables créatures. Leur générosité et leur sens du collectif sont sans pareils. Et jamais, au grand jamais, je ne me permettrais d'uriner sur leur robe et leurs racines.

Je lève la patte sur une clôture métallique, puis défèque sur un tas de brindilles. Jade arrive aussitôt avec son sac en plastique, récupère mon cadeau d'une main experte et va le déposer dans le premier conteneur à ordures. Voilà, le problème de mes tribulations digestives étant réglé, nous pouvons passer aux choses sérieuses.

— On y va, mon pépère ! me lance-t-elle d'un ton décidé, comme à l'accoutumée.

Ce n'est pas que j'apprécie la trivialité de l'expression, mais je comprends l'intention. Jade veut réduire le stress, celui qui ne manque pas de nous menacer chaque fois que nous démarrons une nouvelle mission.

Nous franchissons une grille aux gonds plaintifs, remontons une courte allée de graviers, avalons un escalier de pierres grises, faisons halte devant une porte en bois sombre garnie d'une décoration oubliée, une couronne de pommes de pin et de rubans multicolores entrelacés ponctuée de têtes de Père Noël hilares. Le contraste entre ces visages débonnaires et la sinistrose que dégage cette maison est frappant.

Je reconnais la sergente qui nous attend, elle fait partie de l'équipe du lieutenant Song. Elle nous demande de la suivre. Je flaire des remugles mêlés, récents et datés, ceux d'un homme, la quarantaine, qui apprécie la malbouffe, délaisse les salles de sport et a un goût immodéré pour la masturbation. Nous progressons jusqu'à un salon. C'est de là que provient la lumière. Je reconnais déjà l'odeur du lieutenant. Celle d'un homme compliqué. Sa peau sent naturellement bon, mais ces effluves sont gâchés par les produits qu'il ingurgite. Excitants, somnifères, alcool, caféine, antidouleurs… La liste est longue, malheureusement.

La porte est ouverte, j'entends des pas, reconnais leur son particulier, leur rythme. L'odeur agréable s'intensifie. Mark Song s'encadre dans l'embrasure.

Je ne suis pas un spécialiste en beauté humaine, mais il faut admettre que même dans ce piètre décor, et malgré tout ce qu'il inflige à son organisme, l'éclat de Mark est indéniable. Chevelure de crin noir brillant sous la lumière du plafonnier. Dans son visage sculpté, ses grands yeux en amande dégagent une combinaison de virilité et de fragilité. Son nez à l'arête parfaite est juste assez fort pour dynamiser la finesse de ses traits, sa peau est une crème à la vanille sans défaut, ses lèvres charnues deux mini-canapés à baisers. Non pas que j'aie la moindre envie de lui lécher les babines, mais je comprends ce que certaines femmes lui trouvent. Mark a de la chance. Il fait partie de ces gens qui peuvent se faire du mal en continu et rester séduisants malgré tout. Mais le temps est très méchant avec les humains. Leurs grands corps guère rustiques nécessitent beaucoup d'entretien. Leur épiderme n'est pas protégé par une épaisse couche de poils, de solides sabots ou des griffes à la dureté de silex. Et leur stabilité psychique tient à presque rien. Certains, comme Mark, dansent au bord du précipice. C'est peut-être parce que leur longévité est bien plus grande que celle des chiens. Ils ont sans doute l'illusion d'avoir de belles réserves.

En fait, chaque fois que je croise le lieutenant Song, je me dis que les années font leur travail sur lui malgré tout. C'est comme si une mer s'occupait de son cas avec une patience infinie. Vague après vague, elle compte le dévorer. Elle prend tout son temps. Et c'est un gâchis annoncé.

À sa mine, Jade est du même avis que moi. Elle l'attire un peu à l'écart. Lui parle à voix basse :

— Salut, Mark. Ça va ?

— Oui. Toi ?

— Je ne te balance pas une formule toute faite. C'est une vraie question. En fait, tu ne m'as pas l'air frais.

— Illusion d'optique.

— Dormir, de temps en temps, ça ne te tente pas ?

Il hausse les épaules, lui décoche un sourire qui le rajeunit brièvement, se passe la main sur la nuque dans un geste désormais familier. Jade lui tapote l'épaule tout en secouant la tête d'un air navré. Ils rejoignent la sergente.

Mark s'engouffre dans le compartiment travail. Sans trop chercher ses mots, malgré son état décrépit, il explique que le propriétaire de cette maison, un certain Chauvignon, a vraisemblablement tenté d'enlever une fillette. Il a voulu la faire monter dans sa voiture, elle s'est enfuie. La petite n'a pas été capable de le décrire, mais un témoin providentiel a relevé le numéro de la plaque minéralogique et recueilli l'enfant. La plaque a mené au suspect, qui prétend qu'on lui a volé sa voiture. Laquelle est introuvable. Quarante-trois ans, représentant en pharmacie, Chauvignon est toujours questionné dans les locaux du service des enquêtes criminelles. Son domicile, la maison où nous nous trouvons, a été fouillé de fond en comble par les techniciens de l'Identité judiciaire. Caméra, appareil photo, smartphone, ordinateur, tablette, l'équipe n'a rien trouvé.

Jade l'écoute en hochant la tête. Elle a cet air très concentré que je ne lui connais que dans ces moments-là. Elle a beau s'inquiéter pour la santé de son collègue et meilleur ami, elle sait compartimenter. Son regard vire au trou noir tandis que sa respiration ralentit.

Nous pénétrons dans le salon. Le parquet aux larges lattes marron évoque un pont de bateau ancien. Je scanne la pièce du regard. Elle est gavée de meubles et de bibelots, comme si les possessions de plusieurs générations s'étaient accumulées depuis des lustres. Un côté petit musée mal entretenu. Les techniciens de l'Identité judiciaire ont dû souffrir avant de s'avouer bredouilles.

Jade s'accroupit devant moi. Nos regards se capturent. Son index se dresse entre nous.

— Jindo ! Cherche ! Allez !

C'est la commande habituelle. La partie commence.

Je passe en mode radar et colle ma truffe au sol. Dans cette multitude d'odeurs entremêlées, je dois en isoler une. Elle est délicate, et ce lieu est un labyrinthe abandonné depuis un moment à la poussière et aux acariens. Mais je sais que je vais y arriver.

Min-young, qui est presque aussi obsédée par la nourriture que moi, aime expliquer mon talent à ses nouvelles connaissances de la manière suivante : « Ma locataire est la maîtresse d'un chien policier qui a reçu un entraînement spécial. Pour apprendre à repérer une odeur unique. Et ce labrador y arrive parce qu'il est capable de démonter l'ensemble comme un puzzle, senteur par senteur. Mettez un hamburger sous le nez d'un humain, il identifiera une odeur de hamburger. Collez-en un sous la truffe de Jindo, il sentira le pain, la viande, le fromage, les graines de sésame et même… la laitue. »

Un hamburger est bien plus riche en composants olfactifs que ce que la mère de Mark prétend, mais sa démonstration tient malgré tout la route. L'odeur de ce que je suis entraîné à rechercher est infime. Elle n'a en effet pas plus de puissance que celle d'une feuille de salade. J'ai évacué toutes les autres de mon esprit, je suis focalisé sur une cible unique. Je renifle la salle dans tous ses recoins. Rien à signaler. Je poursuis mon travail dans l'entrée, avise l'escalier, m'y engouffre, Jade, Mark et la sergente sur mes talons. Je flaire la porte de la première pièce sur la gauche. Mark l'ouvre pour moi.

C'est une petite chambre aux volets fermés. Mark actionne l'interrupteur. Un lit est recouvert d'une couverture patchwork multicolore. Un meuble bas soutient un téléviseur. Un tableau montre un gentilhomme du XIXe siècle en redingote, au sommet d'une montagne, le regard tourné vers une belle vallée ensoleillée. L'armoire sent le nettoyant pour bois. Ici, contrairement au reste de la maison, tout est propre. Mon nez ne repère rien d'intéressant.

Nous ressortons. Je m'intéresse à la pièce suivante. Mark a déjà ouvert la porte.

C'est une chambre plus grande, tapissée d'un motif floral bordeaux étouffant. La fenêtre est orientée vers le parc, mais l'échafaudage extérieur obstrue la vue. Les bâches en plastique qui claquent au vent ondulent comme des fantômes et produisent un bruit lugubre. Un lit double à baldaquin mange presque tout l'espace. Les draps n'ont pas été lavés depuis plus d'une semaine. La commode aux tiroirs mal fermés est recouverte d'une fine couche de poussière. On retrouve le même parquet sombre et vétuste qu'au rez-de-chaussée. La salle de bains attenante abrite des toilettes entartrées et une douche appréciée par une confrérie de bactéries. Personnellement, je n'y vois aucun inconvénient, mais il faut admettre que, pour la demeure d'un représentant en pharmacie, l'endroit n'est guère hygiénique. Sa maison est-elle le miroir de son état intérieur ? Bientôt, ma cible, je la localise. Pour l'instant, elle n'est pas plus repérable qu'un fil de soie, mais ce fil, ma truffe est à deux doigts de le saisir. Il suffit de remonter la piste. Lentement, oui, très lentement, sans laisser la moindre surface de côté.

Ça y est. C'est là. Sous une latte bien lisse, qui ne détonne en rien avec l'ensemble. Je m'arrête, m'assois et garde l'œil rivé sur l'objectif atteint. Le lieutenant et la sergente ne perdent pas de temps. La latte est prudemment dégagée. Ils repèrent vite la carte mémoire glissée dans une mini-pochette en plastique scotchée sous une lambourde.

— C'est bien, Jindo, tu as mérité ta récompense, me dit Jade.

Ses mots me plongent immédiatement dans la béatitude. Quoi de plus merveilleux que la nourriture ?

Je salive au point de me faire l'effet d'une fontaine. Jade enlève son gant droit, porte la main à sa ceinture banane, en sort deux délicieuses croquettes au foie de poulet et me les offre. Bien sûr, je les engloutis sans demander mon reste. Pour ne rien perdre, je lui lèche les doigts.

Une fois de plus, mon nez ne s'y est pas trompé. Il a identifié l'odeur de l'oxyde de triphénylphosphine, un composé chimique enveloppant les systèmes de stockage électroniques, ce afin de réduire le risque de surchauffe. Parmi les douze chiens de l'escouade canine, je suis le seul à avoir été formé pour cela.

Aujourd'hui, le butin est sous un parquet flottant. Mais, la semaine dernière, pour une autre affaire, il était dans un sac en plastique enfoui dans un conteneur à ordures ménagères, déjà fouillé par l'équipe de Mark ; c'était celui des voisins du suspect qui, dans son affolement, y avait jeté la clé USB contenant ses précieuses photos. Et la fois précédente, il y a moins de quinze jours, j'avais retrouvé un ordinateur ultraplat dans le compartiment secret d'un bureau. Un autre ordinateur était nonchalamment posé sur une petite table. Ils étaient nombreux à utiliser la même méthode : on fournit sans hésiter à la police un ordinateur « propre », mais un second, « sale » celui-là, est dissimulé.

En principe, je suis capable d'assister les policiers spécialisés dans n'importe quel domaine de la cybercriminalité. Je peux aussi bien les aider à retrouver des portefeuilles de bitcoins que des traceurs GPS cachés dans un véhicule, mais le fait est que mon activité, et a fortiori celle de Jade, concerne surtout la pédopornographie.

Comme chaque fois, Mark n'oublie pas de me remercier et de me gratter les oreilles vigoureusement. J'apprécie.

Jade et lui n'ont aucun doute sur ce que contient cette mémoire minuscule. Un océan de boue et de souffrance. J'avoue m'être questionné la première fois que j'ai appris ce que certains humains pouvaient infliger à leurs petits. Chez nous autres canidés, l'idée de profiter d'une femelle qui n'aurait pas encore eu ses chaleurs est une absurdité contre nature, mais il faut croire que l'imagination débridée des hommes se retourne parfois contre eux au point de devenir leur pire ennemie.

Bien. À présent, c'est au lieutenant Song de prendre le relais. La mission du duo d'enquêteurs que je forme avec mon humaine est de découvrir les cachettes imaginées par les criminels, pas de leur courir après ou d'analyser le contenu des données récupérées.

En tout cas, il nous faut poursuivre notre investigation dans le reste de la maison. Histoire d'être certains qu'elle ne recèle pas d'autres trophées.

En attendant, je m'accorde quelques secondes de répit près d'une vitre fendillée en regardant mes trois collègues discuter de l'affaire. C'est par là qu'un filet d'air s'infiltre dans la pièce. Ces molécules d'oxygène, c'est ma façon de remettre le compteur de mon nez à zéro avant de repartir à l'assaut.

Je me laisse bercer par le brouhaha de leur conversation. Cela fait près d'un an que Jade et moi travaillons ensemble. Un an à traquer essentiellement des délinquants sexuels, c'est long. Surtout quand on a abandonné le paradis pour cela. Je suis bien placé pour le savoir : Jade m'a déjà emmené pour quelques jours mémorables dans ce fief des sapins baumiers, des bouleaux blancs, des peupliers faux-trembles et des épinettes noires. Le pays superbe et sauvage des Atikamekw, un peuple qui sait se mettre au diapason des modifications saisonnières, des mouvements des astres et de la modulation du chant du vent. Jade est petite-fille de chef. Son père est un cas désespéré, mais son grand-père préside le conseil de la réserve indienne de Wemodjiwan, en Haute-Mauricie. Ces terres ancestrales, a-t-elle eu raison de les quitter pour Montréal ? La réponse n'a rien d'évident. Depuis le jour où elle a laissé les siens, a-t-elle trouvé de quoi remplacer ce sentiment de plénitude que procure le fait d'évoluer en pleine nature ? En tout cas, elle me semble la personne la plus adaptable qui soit.

Elle a gardé la même personnalité solaire qu'à nos débuts. Bien sûr, elle est atteinte par tous ces drames et par les dégâts occasionnés aux victimes, mais je sais qu'elle garde sa confiance en l'humanité. En ce qui concerne Mark, je suis moins affirmatif. Il exerce ce métier depuis bien plus longtemps. Et il est du genre taiseux.

À plusieurs reprises, j'ai eu la sensation que son esprit abritait un territoire aussi noir que sa crinière. Jade serait certainement la bonne personne à qui entrouvrir le lourd portail de son cœur, mais peut-être n'éprouve-t-il pas le besoin de s'épancher. En tout cas, je sais que lorsqu'il vivait encore chez sa mère, il faisait des cauchemars. Et qu'ils le faisaient crier dans son sommeil. C'est ce que j'ai appris en écoutant Jade et Min-young en discuter. Je sais aussi que si Mark Song refusait de parler coréen avec sa mère, il cauchemardait dans sa langue natale. C'est peut-être toujours le cas, qui sait ?

Le voilà qui se tait et écoute ses deux collègues. Son regard s'évade vers la fenêtre. Mais s'échappe-t-il vraiment ou contemple-t-il un petit enfer personnel ? Les deux femmes terminent leur conversation. Mark reste en excursion au pays de son esprit.

— Hé, Mark ?… Mark ?

— Oui, quoi ?

— Tu viens jouer de la guitare dans ma cave, ce soir ?

— Je croyais que tu voulais que j'aille me coucher.

— Tu me saoules. C'est oui ou c'est non ?

— Bon, c'est d'accord, la casse-couilles. À ce soir.

— À ce soir, l'emmerdeur.

Ces deux-là sont les seuls autorisés à se lancer des noms d'oiseau au visage. Les autres n'osent pas. Ils auraient trop peur de se prendre une sale repartie côté Jade et un coup de boule côté Mark.

Sourires. Les voilà qui se régalent de leurs audaces respectives. Le gris pays de Mark s'est replié quelques secondes dans sa tête. Une accalmie. Qui fait plaisir à voir.

5

Min-young remonta son écharpe sur son nez, sortit de chez elle et constata que le vent était de meilleure humeur que prévu. Les déneigeuses étaient passées. Entre les congères, les trottoirs déroulaient une langue grise parsemée de cristaux de sel et de graviers.

Elle réussit à vaincre l'escalier en fer forgé en s'agrippant à la rampe. Ses cinquante-deux ans ne faisaient pas encore d'elle une vieille dame, mais, ces derniers temps, ils la poussaient dans le dos avec une certaine insistance. Elle se déplaçait moins vite, s'enthousiasmait plus rarement, cherchait parfois ses mots. Et, il fallait bien l'admettre, rouspétait plus que nécessaire.

Elle observa un instant la façade de briques brun-rouge de sa maison ; certains jours, son appartement à l'étage lui semblait trop grand. Ce sentiment de voir se profiler le dernier tronçon d'une vie a priori plus maussade que les précédents ne l'avait effleurée que quelques années auparavant, lorsque son second mari l'avait quittée pour une femme de la moitié de son âge. C'était un grand classique et c'était digéré – elle ne l'aimait plus depuis longtemps –, mais quelques regrets subsistaient. Elle se souvenait avec une certaine mélancolie de ces années où Mark encore adolescent vivait ici et s'y plaisait. Une période d'accalmie au milieu de ses tourments. Bon bricoleur, son beau-père avait insonorisé la cave pour qu'il puisse jouer de la guitare électrique et chanter tout son saoul. C'était aussi une époque favorable sur le plan financier. Son conjoint et elle tenaient un restaurant avec un certain succès. Elle était en cuisine tandis qu'il régnait en salle, où sa faconde faisait merveille. Leurs journées, ils les passaient ensemble. C'était d'ailleurs ce qui avait tué le mystère dans leur couple.

Elle se mit en route vers le métro en songeant que, après le départ de celui qui devait probablement être son dernier mari, les couleurs de son existence s'étaient quelque peu ternies. Son ex avait continué à gérer seul le restaurant dont il était déjà le propriétaire avant leur rencontre; elle s'était trouvé un travail à mi-temps dans un petit café-restaurant. Le divorce l'avait obligée à modifier l'architecture de la maison pour pouvoir louer le rez-de-chaussée et arrondir ainsi ses fins de mois.

Elle n'avait pas à se plaindre. Jade Assiniwi était la plus agréable des locataires qu'elle avait eus jusqu'à présent. D'une discrétion remarquable, elle savait néanmoins faire don de sa présence et de son écoute dans les moments difficiles. Un soir de printemps, après que la jeune femme avait travaillé comme une brute à l'entretien du jardin, elles s'étaient installées sur un bout de pelouse en compagnie de Jindo, et Min-young s'était un peu racontée. Elle lui avait révélé comment elle avait survécu à une relation toxique. Celle de son premier mariage en 1988. Une folie. Elle ne connaissait alors rien à l'existence, et surtout rien aux hommes.

Mais sans celui que le destin lui avait fait rencontrer, jamais elle n'aurait eu Mark. C'était donc une horreur en échange d'une bénédiction.

Comme chaque matin, elle croisa le regard bleu acier de Marie Bouchard. Rue Saint-Denis, les affiches électorales ponctuaient le parcours, et les sondages étaient au beau fixe pour celle qui briguait le poste de l'actuelle mairesse. Min-young se dit que cette politicienne à la spectaculaire crinière rousse n'était définitivement pas sa candidate, avec son programme aux relents anti-immigration. Bouchard tirait à boulets rouges sur la politique de logements sociaux de l'équipe en poste, lui reprochant en revanche de préférer la construction d'un vaste parc au détriment d'un énorme projet immobilier de plus de cinq mille logements. Non seulement il s'agissait de bâtiments à l'architecture discutable, mais encore ils serviraient surtout les intérêts des promoteurs. D'ailleurs, le principal sponsor de cette femme était un ponte du BTP.

Approchant du métro, Min-young leva un instant le nez vers le ciel d'un gris laiteux, puis pensa à l'hiver en Corée. Il était plus lumineux qu'à Montréal. Du moins dans son souvenir, et ce n'était peut-être qu'une des tromperies de la nostalgie. À plusieurs reprises, elle avait proposé à Mark de retourner faire un peu de tourisme au pays. Il avait refusé, arguant qu'il n'avait aucune envie de remuer le passé. Elle s'était fait une raison. S'y rendre seule ne la tentait pas ; elle se contentait donc de regarder des documentaires et de surfer sur le Net à l'affût des transformations qu'avait connues son pays natal. Si elle avait la chance d'y retourner un jour, sans doute aurait-elle du mal à s'y retrouver. Les vieux quartiers de Séoul n'avaient guère résisté à la modernisation. Friands de nouvelles technologies, les Coréens avaient les moyens de leurs ambitions.

Les travaux au croisement des rues Jean-Talon et Lajeunesse étaient toujours en cours ; la place bordant la station de métro était chaotique. À Montréal, les chantiers municipaux duraient un temps infini et semblaient gérés en dépit du bon sens. Mais aucune ville n'était parfaite. Et celle-ci avait au moins le charme des cités vivantes sans être épuisantes. Engourdie en hiver, elle retrouvait la forme aux beaux jours lorsque ses habitants se ruaient hors de leurs tanières pour profiter des rues et terrasses ensoleillées, et de la foison d'événements culturels. La musique avait la part belle. Elle aussi aimait se mêler à la foule pour écouter des inconnus talentueux jouer dans de petits cafés. C'était d'ailleurs l'une des activités pour lesquelles son enthousiasme était intact.

Elle franchit la porte pivotante, sentit le courant d'air glacé l'envelopper, plaqua sa carte de transport sur le lecteur, franchit le tourniquet, descendit l'escalier et prit la direction Côte-Vertu. La rame arrivait, elle pressa le pas. Elle monta à bord, leva les yeux vers l'écran publicitaire et la bande-annonce d'une série télé américaine qui promettait de l'action, de la perversion et de l'hémoglobine. Elle s'en désintéressa et alla s'asseoir. Les séries coréennes étaient plus lentes, mais plus authentiques.

Une fois à l'air libre, en remontant l'avenue du Mont-Royal, elle picora ici et là quelques conversations en français de France. Le quartier du Plateau avait été adopté par la communauté française. Ils étaient nombreux à chercher fortune dans une ville décontractée et dont la culture vibrante leur rappelait l'Europe, mais qui bénéficiait aussi du dynamisme économique inhérent à l'Amérique du Nord. Cette vitalité, Mark l'appréciait, lui aussi. Et dans cette cité cosmopolite, sa différence n'avait de son point de vue jamais été un problème. Physiquement, il était à cent pour cent coréen, mais il se sentait sans doute canadien, voire québécois. Et c'était pour le mieux. *La nostalgie, c'est bon pour les vieilles bonnes femmes*, pensa-t-elle en souriant.

Quand elle entra dans le restaurant, Victor, son patron trentenaire, lui fit un petit signe de tête depuis le bar où il bavardait avec des habitués. Elle alla les saluer, puis se rendit en cuisine où l'attendait l'apprenti, aussi débrouillard que travailleur. Elle s'obstinait à garder ses cheveux longs en souvenir de sa jeunesse, elle les regroupa en un chignon flou, enfila son tablier et poussa un soupir d'aise ; elle était de retour dans son petit domaine, même s'il ne lui appartenait pas. Employée de La Victorine depuis son divorce, elle n'avait jamais eu à se plaindre. L'endroit était chaleureux. À l'image du patron, qui avait roulé sa bosse en Asie et appréciait qu'elle cuisine des plats authentiquement coréens à sa clientèle. Personne n'avait peur du piment, ici.

Elle donna ses instructions à son aide, et ils se mirent au travail au son du mixte musical qu'il avait préparé. Ce gamin au goût très sûr lui avait fait découvrir bien des groupes intéressants au fil des années.

La Victorine ne servait des plats cuisinés que pour le déjeuner et se transformait en snack-bar l'après-midi ; à 16 h 45, Min-young et l'apprenti avaient fini de nettoyer la cuisine, laquelle brillait comme un sou neuf.

Le collègue arriva pour prendre la relève avec un tonitruant : « Salut ! Bon sang, qu'est-ce que ça caille ! » C'était un étudiant originaire de Paris, qui venait de débarquer à Montréal et peinait à s'acclimater à ce qu'il appelait le « yo-yo » des températures. L'innocent aurait dû se renseigner. Des générations de Québécois savaient que l'hiver jouait la carte de la métamorphose permanente, et plus personne n'en faisait une histoire.

Elle rangea son tablier dans la remise.

Le Parisien avait retroussé ses manches et récupéré la commande d'une tablée de hipsters barbus. Il s'approcha du comptoir et déclama le résultat avec son accent pointu : « Des IPA pour tout le monde ! » L'établissement était connu pour proposer une sélection des meilleures productions des microbrasseries québécoises, et la carte changeait à fréquence rapide. Victor s'activait devant la machine de bière à la pression. Min-young et lui se saluèrent d'un signe de tête.

Elle reprit le chemin du métro dans les bourrasques. Cette douche venteuse, ce ne serait pas plus mal ; les odeurs de *bibimbap,* de crêpes à la ciboule et autres plats traditionnels l'imprégnaient. Tant pis. La cuisine, c'était la voie qu'elle s'était choisie. Peut-être parce que la nourriture embellissait la vie. Tout comme la musique. À La Victorine, elle avait les deux.

Juste avant qu'elle parte, c'était Larry Carlton en fond sonore. Un excellent choix. C'était d'ailleurs l'une des admirations de Mark, qui avait toujours loué la précision du guitariste américain.

Son fils passerait-il ce soir ? Elle l'espérait. Ses sessions de guitare étaient l'occasion de le voir, quand il montait l'embrasser avant de rentrer chez lui. C'était vraiment une chance que Jade ait accepté de le laisser utiliser la cave insonorisée. Il en avait besoin pour évacuer ses démons.

*

Séoul, mercredi 5 janvier

Le premier jour, Yong-hwan ne l'a pas oublié.

Une chaleur à crever. On lui a enlevé les menottes et la corde blanche qui lui enserrait le dos et les avant-bras. Il a dû se désaper. On l'a pesé, mesuré. Après ça, un gars a reluqué son trou de balle pour vérifier qu'il n'y planquait pas de la dope ou une arme quelconque. Fesses à l'air, il s'est senti vraiment minable. Les temps ont changé. Aujourd'hui, c'est une caméra électronique qui fait le sale boulot, et le planton regarde défiler les culs sur un écran.

C'est fini, tout ça.

Il a récupéré son pécule à l'économat. Pas mirifique, mais ça l'aidera à démarrer. Il a mis sa vieille montre à son poignet. Aussi utile qu'une poêle à frire à un manchot, mais c'est un souvenir de l'époque où il avait du blé. La pile est morte depuis longtemps. Le jour et l'heure, de toute façon, il les connaît. Allez, sa quatrième vie démarre.

Les deux matons hochent la tête en guise de salut. Leurs yeux lui passent au travers, comme s'il était transparent. Le même regard que celui des gars qui étaient là à son arrivée. Vingt-cinq ans plus tôt. Le vétéran, ça fait au moins dix ans qu'il voit sa gueule. *Rien à foutre.* Un mannequin en plastique. Tout ce qui compte, c'est de se casser d'ici.

Il longe le bâtiment avec eux. Le jeune ouvre la haute grille métallique bleue avec son badge. Yong-hwan la franchit. Personne n'a prononcé un mot.

Il sent la morsure du froid. Le ciel a la couleur de la mort, des traînées jaunasses encrassent la route, le vent lui congèle les oreilles.

Il s'avance de quelques pas sur le trottoir, se retourne. Le panneau qui surplombe la grille n'a pas changé. « Le redressement apporte l'espoir. Nous sommes avec vous ». Ils y tiennent, à leur baratin.

Quand ils l'ont arrêté, il portait son costume de lin pâle. Celui que Goro lui avait conseillé d'acheter. Et c'est tout ce qu'il a sur le dos ce matin. En plus, avec les kilos gagnés, il n'arrive plus à fermer sa braguette jusqu'en haut. *Tu parles d'un style !*

Des bagnoles dorment sur le parking. Mais pas âme qui vive dans les parages. Tokki doit venir le chercher depuis Séoul avec des vêtements chauds. Mais Tokki n'est pas là. Cet abruti est encore et toujours en retard.

Au moins, en tôle, c'était chauffé. Qu'est-ce qu'il doit faire ? Poireauter et se geler les couilles jusqu'à ce qu'elles tombent ? Il ne tiendra pas longtemps. Il regarde autour de lui. Pas de cabine publique. Pourtant, il n'a pas rêvé. Il y en avait une quand il a débarqué ici la première fois en autobus blindé, l'été 1997, avant son procès. C'est quoi, ce foutu pays où on ne pense pas aux hommes libérés qui ont besoin de passer un coup de fil ?

Pas d'autre choix que de se mettre en marche. Un détenu lui a dit qu'il y avait un nouvel arrêt de bus à cinq cents mètres de là. Il remonte le col de sa veste, serre ses bras sur son ventre et débouche dans une avenue à quatre voies dont il n'a aucun souvenir. Des gens habillés de doudounes ou d'épais manteaux marchent vite, grimaçant sous le froid. Il y a plein de bagnoles garées ici et là, ou filant sur l'avenue. Leurs carrosseries se ressemblent toutes.

C'est pas une surprise complète. Ce pays, il l'a vu se transformer à la télé. Évidemment, le voir en vrai, c'est une autre chanson. Il s'y fera vite.

Au fil de ses pas, une barre d'immeubles blancs, hauts et maigres grossit sur sa gauche. Leurs façades portent le logo bleu de Samsung. Ces constructions n'étaient pas là dans le temps. Il se fait l'effet d'une fourmi matée par de grands dieux pâles. Une idée conne, mais pas agréable. Bon sang, le froid lui mord les os, et ses mâchoires se sont mises à claquer. Il consulte les horaires. Le prochain bus est à 7 h 19. Il y a un changement à Namtaeryeong. Bref, il retrouvera Séoul dans un peu moins d'une heure.

Tiens, il y a des machines pour les tickets de bus, maintenant ? Il en achète un. Encore un quart d'heure à se peler les noix. Il patiente en maudissant Tokki qui a oublié de venir le récupérer. Ou est-ce que ce gogol a une excuse valable ? Et s'il avait passé l'arme à gauche ? Difficile à croire, la dernière fois, au parloir, il avait l'air en forme. S'il est clamsé, c'est mal barré. Parce que, sans cet abruti, ça sera difficile pour Yogwe de prendre son envol.

Tokki, c'est tout ce qu'il a sous la main. Forcément, puisque ses autres connaissances, il les a données aux procureurs. Normalement, il aurait dû être condamné à la peine capitale. Mais il était un bon client. Avec une monnaie d'échange pour éviter la pendaison. Il n'a pas hésité à leur refiler les types du gang de Goro. De toute façon, planqué aux États-Unis, le Grand Frère ne craignait rien. Et, pour faire bonne mesure, il a aussi raconté deux, trois bricoles aux procureurs concernant des politicards. Des histoires de cul bien chaudes avec des putes que Goro et lui leur avaient fournies. Les procureurs ont aimé. Évidemment, ces enculés lui ont quand même collé une peine lourde. Dans le pays, l'affaire a énervé du monde. Il y a eu une pétition pour réclamer qu'on le zigouille. Ça en faisait, des ennemis. Une armée.

L'avantage de vieillir au trou, c'était qu'on était méconnaissable une fois sorti. Parmi ces braves citoyens qui voulaient le voir réduit en cendres, aucun ne pourrait reconnaître celui qu'il était devenu. Dans le temps, il a longtemps porté une moustache qui le faisait ressembler à Charles Bronson, cet acteur américain à tronche de Tartare. Il l'a rasée depuis longtemps. Il a pris du bide, des joues, ses paupières ont ramolli, deux figues violettes lui ont poussé sous les yeux, et ses cheveux ont blanchi. Il peut être tranquille.

Le bus arrive, il monte à bord. Le chauffeur le lorgne de travers parce qu'il ne doit pas avoir beaucoup de clients en tenue d'été par ce temps de merde. Et puis son regard se gonfle de mépris. Ce minable vient de comprendre qu'il sort de tôle. Yong-hwan a envie de lui écraser la gueule sur son volant. C'est pas la bonne idée. Il a besoin qu'on le ramène à la civilisation.

Il se cale tout au fond du bus vide et observe l'extérieur. Des constructions partout. Fini les vélos et les mobylettes, tout le monde circule en bagnole. Et des filles magnifiques peuplent les affiches publicitaires. Elles ont des peaux de lait, des yeux un peu bizarres qui semblent refaits et des airs provocants. Il pense aux putes qu'il fréquentait dans le temps. Elles doivent être devenues aussi moches que lui et avoir le cul en gélatine.

Les gens montent à chaque arrêt. Gueules fermées, des gars qui n'ont pas plus l'air de vouloir aller au turbin que de se pendre. Presque tous s'affalent sur leur siège de toute leur masse, leurs fringues faisant *schrooouuuff* sous leur poids. Certains jeunes mecs ont des jeans troués aux genoux comme s'ils les avaient repêchés dans une décharge. À part ça, les manteaux ne sont plus en laine, tout le monde s'est mis à s'habiller en cosmonaute. Et il y en a beaucoup qui ont des écouteurs. Et des téléphones ultraplats. Pourtant ça vaut cher, les smartphones, non ?

Avec leurs bidules électroniques, ils ont l'air ailleurs.

Il oublie ces zombis pour reluquer le paysage. Des constructions claires avec des arêtes droites. Des panneaux partout. Des bagnoles et des motos de flics, des scooters de livreurs, des camions. Des restaurants de fast-food à l'allure de petits palais. Et, après un moment, des morceaux de forêts et des collines barbouillées de neige.

Il se penche sur le côté. Au-delà du pare-brise, au loin, une lueur orange. Comme un coup de cutter dans la nuit.

6

Montréal, mardi 4 janvier

Jade entra dans la boutique de produits pour animaux, et Jindo fila fraterniser avec le cocker d'un autre client. Elle venait récupérer sa commande de viande congelée pour le mois. Le jeune vendeur se mit à lui faire la conversation. Elle savait qu'elle lui plaisait. Il était sympathique et plutôt mignon, mais il ne lui faisait aucun effet.

En prime, elle acheta des os reconstitués et des oreilles de cochon. Des friandises qu'adorait Jindo. Ils lui renforceraient dents et gencives et l'occuperaient un certain temps.

Elle consulta son appli météo. Température réelle – 18 °C, température ressentie – 25 °C. Elle appela son labrador, qui obéit immédiatement. Le cocker, un mâle joueur et vif, le regarda partir à regret.

Retrouvant la froidure de la rue, elle leva la tête vers les nuages gonflés à bloc. Quelques flocons lui caressèrent les joues.

Elle remonta sa capuche et prit le chemin de la maison. Ses semelles firent craquer les minuscules collines de neige durcie qu'une infime couche de poudreuse recouvrait déjà. Une bonne sensation, qui lui rappelait immanquablement son enfance. Elle s'attarda devant quelques vitrines, vit une écharpe bleue à rayures noires autour du cou d'un mannequin, se dit qu'elle irait à Mark. Elle entra et l'acheta. En ressortant de la boutique, elle réfléchit. Avait-elle des amuse-gueules à lui proposer ? Aucune idée. Elle attacha son chien à un poteau et alla s'approvisionner à la supérette.

Coup de sonnette. Jindo se redressa d'un bond et fila vers la porte. Jade alla ouvrir. Mark. L'air encore plus défoncé que tout à l'heure. Yeux trop brillants, fiévreux. Pupilles comme des soucoupes. Une gueule de loup bordée par une fourrure de coyote. Jindo se mit à danser dans ses jambes et lui inonda les gants de salive pendant qu'il se déchaussait.

— Lui au moins est content de me voir.

— Je suis contente de te voir.

— Ça ne saute pas aux yeux.

— T'aurais voulu quoi ? Un numéro de pom-pom girl ?

— Tu fais la tronche.

— Non, je suis juste fatiguée. Je ne prends pas des trucs bizarres pour rester à la verticale, moi.

— Si c'est pour une leçon de morale, je suis aussi bien chez moi.

Elle le tira par le bras avant qu'il ne tourne les talons, le fit asseoir sur le grand canapé bleu et lui colla l'écharpe entre les bras.

— C'est quoi ?

— Cadeau.

Il déballa le paquet, soupesa l'écharpe, se mit à rigoler et l'enroula autour de son cou.

— Tu te balades toujours dépoitraillé. Donc, voilà.

— « Dépoitraillé ». Ça existe, ce mot ?

— On s'en fout.

— T'en as pas marre de jouer les mères poules, apparemment.

Bon, l'écharpe lui allait bien, et malgré ses jérémiades il semblait content.

— En parlant de ça, tu viens de chez elle ?

— Affirmatif.

— Et tes yeux hallucinés, elle ne les voit pas ?

— Ma mère est myope, pour ce genre de trucs.

— Elle, peut-être. La commandante Carrier, c'est moins sûr.

Il haussa les épaules et se leva pour prendre une eau pétillante et une bière dans le réfrigérateur. Il lui tendit la bière. Ils trinquèrent.

Jade savait sur quoi il tablait. Le fait qu'il était une légende. C'était lui qui, en grande partie, avait permis l'arrestation de l'Équarrisseur de Montréal, un tueur en série qui avait fait une boucherie dans la communauté gay de la ville. Un gars précoce ; au moment de son premier meurtre, il avait à peine quinze ans. Un instinct de joueur ; il donnait des infos au compte-gouttes sur les endroits où il avait enterré les corps. Il avait jeté son dévolu sur Mark, en avait fait son interlocuteur privilégié. Il le convoquait régulièrement, lui mentait la plupart du temps et, parfois, lui donnait un véritable indice.

Alors, en tant que légende vivante, le lieutenant Song tirait sur la corde. Il s'autorisait à arriver quasi défoncé au boulot. Il était suffisamment finaud pour miser sur ce qui pouvait le mettre en orbite tout en étant légal. Substances variées avec un penchant pour les analgésiques, les somnifères et l'alcool. Séparément ou ensemble. C'était selon les jours, et les nuits. Car Mark semblait dormir aussi peu qu'un navigateur solitaire. Une belle performance. Depuis qu'il était en instance de divorce, la situation n'avait fait qu'empirer. Comme elle était à peu près la seule dont il était susceptible d'écouter les conseils au moins trente secondes d'affilée, Jade estimait de son devoir d'essayer de le raisonner.

— T'as rien à manger, avec ça ?

Ah, les amuse-gueules de la supérette ; elle les avait oubliés sur le plan de travail. Elle fit le service.

Elle en rajouta encore une petite couche concernant ses mauvaises habitudes et le regarda engloutir des chips au vinaigre en l'écoutant parler de son dernier rencard avec l'Équarrisseur. Une chose était claire. Ce redoutable cinglé faisait une méchante fixette sur Mark.

— Un jeu dangereux, non ? soupira-t-elle. C'est devenu *personnel* entre vous.

— Et ?

— Je n'ai rien à dire de précis là-dessus.

— Alors pourquoi tu en parles ?

— Simplement parce que je ne le sens pas.

— On n'a rien sans rien, disait je ne sais plus qui.

Jindo suivait leur échange avec la queue en mode métronome. Mark lui gratouilla la tête, se leva d'un air nonchalant, ouvrit la porte de la cave, actionna l'interrupteur et disparut dans l'étroit escalier. Le labrador se garda de le suivre, le son de la guitare électrique était trop violent pour ses oreilles. D'ailleurs, conscient de ce qui allait se passer, il frétillait déjà devant la porte de la cuisine. Jade lui ouvrit afin qu'il aille se réfugier au jardin.

Elle revint sur ses pas. L'ampli crachotait. Elle s'assit sur la première marche, coinça ses coudes sur ses genoux, cala son menton entre ses mains. Mark plaqua un accord sur sa Fender.

La cave capitonnée faisait toute la surface de la maison. Un endroit parfait pour se prendre pour Eric Clapton, Frank Zappa ou Jimmy Page sans déranger le voisinage. Et son domicile était à un quart d'heure à pied de là.

La musique gonfla. Et Mark se mit à chanter. Jade reconnut les paroles de « Layla », composition que le grand Clapton, transi d'amour, avait dédiée à l'épouse d'un des Beatles. Lequel déjà ? Elle avait oublié. Chantait-il ça en pensant à son ex ? A priori non. C'était lui qui était parti. Parce qu'il s'était fait peur. Dans un de ses moments hallucinés, il s'était vu la frapper. *J'ai arrêté les frais avant que ça tourne mal.* Jade ne le croyait pas capable de ça. Mais Mark avait la très sale habitude de se voir bien pire qu'il n'était.

Un peu plus tard, il enchaîna sur une chanson de Donald Fagen. Il ne chantait jamais en coréen, c'était comme s'il avait évacué cette langue de sa vie. Min-young faisait des tentatives, mais il refusait de se faire prendre dans les filets de sa nostalgie. La ramenant au français, il tenait bon.

Elle ferma les yeux pour mieux écouter. Sa voix était vraiment superbe.

Un nouveau coup de sonnette pulvérisa le moment. Elle alla ouvrir. Greta, bonnet vert fluo, lunettes rondes enjolivées par le givre, bras chargés d'un sac en plastique de supérette et de deux cartons de pizza, la regardait fixement.

— T'as une drôle de tête, lâcha-t-elle.

Elle était seule, heureusement. Son compagnon, chercheur dans le même labo, faisait des plaisanteries de geek incompréhensibles et avait des idées sur tout. Généralement assez bonnes, mais c'était épuisant.

— Tiens.

Sa jumelle lui tendait ses achats. Jade jeta un coup d'œil dans le sac. Du lait, un gros pot de yaourt, un pain tranché, des œufs, du bacon. Craignant que le minimum vital ne manque à l'appel, Greta n'arrivait jamais les mains vides.

— J'aimerais autant qu'on mange chaud !

Elle fonça au salon, déposa les pizzas sur la table basse, alluma la télé avec la télécommande sur une chaîne d'info, s'affala dans le canapé, sortit son smartphone de son pantalon battle-dress à motif de camouflage militaire et se mit à pianoter. D'après les couinements émergeant de l'écran, elle reprenait le cours d'un jeu vidéo. Greta telle qu'en elle-même. Il lui fallait toujours mener plusieurs activités de front. En revanche, elle n'avait pas pris la peine d'enlever son bonnet. Ses nattes en dépassaient comme deux boas brillants.

Enfant, Jade avait longtemps arboré la même riche chevelure. Jusqu'au jour où elle s'était démarquée. Sa jumelle n'avait pas apprécié sa déclaration d'indépendance. Elles avaient eu une conversation énervée :

— Idiote ! Tu étais belle avec les cheveux longs ! Là, tu ne ressembles à rien !

— Si je ne suis pas exactement comme toi, je suis moche, c'est ça, l'idée ?

— Ça me faisait marrer que les gens nous confondent, Jade. C'est tout. Arrête de me psychanalyser.

Contrairement à de trop nombreux épisodes de sa vie, Jade gardait une mémoire assez nette de bien des échanges avec sa sœur.

— Il est là, dit celle-ci sans lever le nez de l'écran de son smartphone.

Ce n'était pas une question. La porte était restée entrouverte. Du coup, Mark faisait assez de boucan pour ne pas passer inaperçu.

Je suis visiteur du soir, je suis les vestiges du soleil noir…

— Benjamin Biolay, la chanson « Papillon noir » sur l'album *Grand Prix*, reprit Greta. Goût impeccable. En prime, bonne technique et belle voix. Il pourrait jouer en ville.

— Oui, il pourrait.

— Et?

— Il préfère jouer pour lui.

— Quand on est doué autant en faire profiter les autres, non?

— Ne me questionne pas. Je ne sais pas pourquoi. Et c'est lui que ça concerne.

— En fait, tu ne sais *rien* de lui, Jade. Et pourtant, c'est ton meilleur pote.

— Et alors?

— Alors rien. Je ne crois pas à l'amitié homme-femme.

— Complètement désuet, ce que tu me racontes.

— Je me fous d'avoir des pensées à la mode, répliqua-t-elle toujours cramponnée à son smartphone.

Un bruit d'explosion lui fit lever les yeux au ciel. D'un soupir agacé, elle fit virevolter l'épaisse frange noire dépassant de son bonnet. Son jeu électronique lui menait la vie dure. Greta renonça en poussant un juron et se décida à ouvrir les emballages de pizzas. Jade se dit qu'il y avait un sujet qu'elle avait envie d'aborder avec elle. Impossible de se souvenir de quoi il s'agissait.

— Je suis sûre que tu as envie de te le taper, reprit Greta. Alors je veux juger sur pièce. Quatre-saisons ou napolitaine?

— Napolitaine.

Greta fit le service et opta pour la quatre-saisons. Jade mordit dans sa part à belles dents.

— S'il vient jouer dans ta cave, c'est peut-être parce que tu lui plais.

— Non, il jouait déjà dans cette foutue cave quand il était ado. C'est pas plus compliqué. Occupe-toi de ce qui te regarde.

Jade tourna les talons et récupéra des bières dans le réfrigérateur. Elle arracha les languettes de métal et tendit une canette à sa sœur, qui l'accepta sans un mot. Elles burent une gorgée en se regardant en chiens de faïence. Greta craqua la première.

— Qu'est-ce que t'es naze, j'y crois pas ! dit-elle avec le même rire cristallin que quand elles étaient gamines.

— Pour une fille si maligne, t'es capable de moments d'une connerie inouïe.

— Ouais, j'admets. Ça me détend, en fait.

Elles finirent leurs parts respectives au même rythme et en prirent une autre d'un même mouvement. Cette fois, elle opta pour la quatre-saisons et Greta pour la napolitaine. Ce dont Jade voulait lui parler lui revint à l'esprit.

— Ah oui, il faut que je te dise… J'ai rêvé qu'on était à la réserve. Grand-père et la tribu me manquent. Et si on y allait ?

— Impossible, j'ai du boulot jusque par-dessus la tête. Un article pour une conférence à Seattle. Une autre fois, avec grand plaisir.

Le travail et Greta, une histoire intense. Sa sœur était doctorante au CIAM, le centre d'Intelligence artificielle de Montréal. Une tour de Babel fourmillant de chercheurs du monde entier. Un laboratoire qui disposait de moyens considérables, le Québec ayant depuis de nombreuses années l'ambition de devenir la Mecque de l'IA. Les locaux, superbes, étaient ouverts vingt-quatre heures sur vingt-quatre. Greta y passait sa vie. Elle s'était abîmé la vue sur ses écrans et ses lignes de codes. Il lui arrivait de lancer des expériences de programmation en pleine nuit quand l'inspiration la prenait. C'était à se demander à quand remontait la dernière fois qu'elle avait respiré une pomme de pin ou regardé un aigle traverser le ciel.

— Il est bon, au moins, dans son domaine ?

— Qui ? Mark ?

— Non, le plombier du coin. Oui, Mark, évidemment.

Jade lui raconta quelques-uns de ses faits d'armes, puis en vint à l'Équarrisseur. En 2017, cet employé d'un abattoir de Montréal avait tué l'un de ses amants, puis un jeune type qui se prostituait, avant de les dépecer. Dans les deux cas, il s'était livré à des actes de cannibalisme sur les cadavres. Mais ce n'était que le haut de l'iceberg. On apprendrait plus tard que ce tueur avait un méchant palmarès. La traque avait duré longtemps, le gars étant roublard. Après son arrestation, les experts s'étaient bagarrés pour déterminer s'il souffrait de schizophrénie ou plutôt de troubles de la personnalité accentués par la prise de drogues. En tout cas, un expert chevronné mandaté par la Couronne avait fait savoir devant la cour de la ville qu'il affabulait et n'était pas aussi malade qu'il voulait le faire croire. Ce que son instinct avait dicté à Mark, dès le début des innombrables sessions d'interrogatoire. Une nuit, le suspect lui avait balancé : « C'est moi, j'admets. Bravo. Je suis bien celui qui vous fait courir depuis des mois. » Une déclaration théâtrale servie avec un regard provocant et un sourire arrogant. L'affaire avait fonctionné comme un accélérateur dans la carrière de Mark. Son opiniâtreté lui avait fait gagner ses galons de lieutenant. Depuis, il avait la réputation, entièrement justifiée, de quelqu'un qui ne lâchait jamais le morceau.

— Attends, ton Équarrisseur, c'est bien ce type à gueule d'ange qui s'était masturbé avec la main qu'il avait tranchée à l'une des victimes, hein, c'est ça ? demanda Greta avec une grimace qui lui enleva une dizaine d'années en un éclair.

— Exact.

— Dégueu.

— Il faut bien que quelqu'un se tape le sale boulot. Toi, tu vis dans un monde protégé.

— Nous, les scientifiques, on va vous arranger ça, ma vieille ! ricana Greta. Tu sais ce qui se passe en Chine ? Le pays dispose de plus de cent soixante-dix millions de caméras de vidéosurveillance. Grâce à l'analyse de ces myriades de données, leurs chercheurs espèrent être capables de lire bientôt les émotions sur les visages filmés des citoyens. Et quand je dis « bientôt », je ne te parle pas d'une dizaine d'années. Non, non. Ça arrive. Moralité, on arrêtera les coupables avant qu'ils ne passent à l'acte comme dans ce roman de Philip K. Dick. Brillant, non ? Ce sale boulot, bientôt, vous n'aurez plus à vous le taper, vous, les flics.

Bla-bla-bla. Jade n'était pas dupe. Si Greta s'attardait à lui faire la conversation, c'était qu'elle avait une idée en tête. Voir enfin à quoi ressemblait Mark Song. Elle ne déguerpirait pas d'ici avant d'y être parvenue.

Vingt minutes plus tard, quand la musique cessa, Greta interrompit illico ses palabres.

— Tu lui as dit que tu avais une jumelle ? chuchota-t-elle.

— Non.

Elle fonça sur Jade, l'agrippa aux épaules et lui fit prendre la pose à ses côtés devant la porte de la cave. Mark émergea de l'escalier. Les découvrant, il écarquilla les yeux. Brièvement.

— Eh oui, on existe en double ! lui balança Greta l'effrontée en le détaillant de la tête aux pieds.

Jade fit les présentations. Greta et Mark échangèrent une poignée de main. Il avait l'œil amusé. Ce qui lui arrivait rarement, ces derniers temps.

— Tu veux une bière ? reprit Greta. Il y a aussi de la pizza. Ma sœur m'a appris que tu étais un flic de légende. Ça m'intrigue.

Il refusa poliment la bière et déclara modestement que Jade avait une tendance à l'exagération.

Celle-ci lui servit une nouvelle eau pétillante. Greta tenta de l'entraîner dans une discussion à propos de leurs occupations respectives. Bien sûr, elle n'obtint pas grand-chose de lui, mais le fait qu'elle soit chercheuse en intelligence artificielle sembla l'intéresser, pour une fois. Greta lui expliqua qu'elle avait intérêt à obtenir du résultat parce que, depuis la Haute-Mauricie, sa tribu au grand complet l'avait à l'œil. Elle était la seule de sa communauté à avoir obtenu une bourse pour étudier à McGill, et il était hors de question qu'elle les déçoive.

Jade consulta discrètement l'heure sur son smartphone en écrasant un bâillement. Elle rêvait de s'effondrer sur son lit. Les premières mesures d'un tube de Daft Punk interrompirent ses pensées. Greta plongea la main dans la poche latérale de son pantalon, répondit à l'appel, annonça que son petit ami l'attendait et se leva pour mettre les voiles. Jade la raccompagna à la porte.

— Ce mec est canon, chuchota Greta en rajustant ses lunettes sur son nez.

— Ouais, dans le genre chef-d'œuvre en péril.

— Tu devrais te le faire.

— Et c'est reparti ! Bon, j'ai cru comprendre que ton mec s'impatientait. Bonne nuit.

Elle lui claqua la porte au nez et revint sur ses pas.

Mark était toujours lové dans son canapé. Le seul changement, c'était Jindo assoupi, la truffe sur sa cuisse droite. Ce chien avait la faculté de s'endormir n'importe où et à la vitesse de l'éclair.

— J'apprends que tu as une jumelle. Et c'est toi qui me reproches d'être taiseux.

Ça avait l'air de le divertir. Un bon point, au moins.

— Les Indiennes apprécient de garder quelques flèches dans leur carquois.

— Les Indiennes font ce qu'elles veulent. Et les jumeaux exercent souvent le même type de métier, non ?

— Possible.

— Mais Greta et toi…

— Sommes très différentes. C'est vrai.

Elle aurait pu lui expliquer en détail pourquoi son destin et celui de sa jumelle monozygote étaient si dissemblables, mais elle peinait à tenir debout.

— Reviens boire de l'eau chez moi et je te raconterai pourquoi Greta a ses chances de révolutionner le monde et pas moi.

Il finit par hocher la tête, se leva souplement pour réveiller Jindo en douceur, récupéra sa doudoune bordée de fourrure, l'enfila en marchant et se dirigea vers la sortie. Son chien et elle suivirent le mouvement et le regardèrent se rechausser.

La rue s'occupa de sa longue silhouette sombre. Mains dans les poches, il ne se retourna pas. Son pas était décontracté, il leva même le nez une seconde vers le ciel étoilé.

Jade avait bon espoir qu'il passe enfin une nuit normale.

Elle entendit une sonnerie.

Mark pila, fouilla sa poche, en sortit son smartphone. Il entama une conversation. *Pourvu que ce ne soit pas un message de l'Équarrisseur, ou de la commandante Carrier, ou d'un officier de son groupe,* pensa-t-elle.

— Donne-moi l'adresse.

C'était bien ce qu'elle avait entendu ? Elle eut envie d'intervenir et de lui suggérer de remettre ça à demain. *T'es dans un sale état, Mark. Vraiment.*

Mais il ne l'écouterait pas, il ne s'arrêtait jamais. Même quand le sommeil voulait de lui, enfin.

Elle serrait les mâchoires, le froid la mordait partout où c'était possible. Elle referma sa porte. Jindo la regardait, planté sur son derrière et l'œil déçu. Que Mark Song soit parti ? Sûrement.

7

Séoul, mercredi 5 janvier

Quand Yong-hwan arrive au centre-ville, le soleil s'étale comme un œuf au plat. Le bus est plein. Des écolières en uniforme sont montées à l'arrêt précédent. Ces morveuses aussi ont des smartphones et jouent dessus en bavassant.

Elles ont à peu près l'âge qu'avait sa fille quand il l'a tuée.

Il se désintéresse de leur petit groupe et se tourne vers la vitre. La ville est devenue méconnaissable. Les couleurs font presque mal aux yeux. C'est un film de science-fiction. Les promoteurs ont dû se faire des couilles en or. Le fric transpire de partout.

Est-ce que le taudis de Guryong a disparu, lui aussi ? Il y avait surtout des vioques, là-bas. Ils ont dû claquer depuis un bail. Il hausse les épaules. Rien à foutre, de son ex-quartier. C'est sa vie du passé.

Terminus. Il attend que tout le monde descende avant lui. Pas question que ces gens le reniflent et le dévisagent. Le savon de la prison et ses vieilles fringues puent.

Le froid l'emprisonne une fois de plus entre ses mâchoires. Il a envie de se jeter sur le premier venu pour lui piquer sa doudoune du futur et son fric. De sauter dans un taxi et de débarquer chez l'ahuri qui lui a posé un lapin.

Impossible. Séoul est truffé de caméras. Il ne faut pas se faire remarquer, il ira à pied chez Tokki. Même si les rues ont changé, il retrouvera sa piaule, le gars n'a pas déménagé. Ce minable sans ambition a une seule qualité : ne jamais avoir fait partie d'un gang. Autant dire un mec idéal pour ce qu'il attend de lui.

*

Montréal, mardi 4 janvier

Elle lui fait signe depuis le centre du restaurant. Il n'a pas envie d'être là. Trop tard.

Il lui en a assez fait voir, pas question de la planter sans un mot maintenant qu'il a accepté de venir. Elle ne veut que parler. Ça, il peut le faire.

Il s'approche, peut respirer son parfum, une nouveauté du genre capiteux. Trop peut-être. Brushing impeccable, robe chic, hauts talons périlleux. Diane a mis le paquet. Pour lui plaire. Il comprend qu'il a commis une erreur. La conversation sera pénible.

Comme du temps où ils étaient ensemble, elle a réservé dans un restaurant à la mode.

— Tu as l'air fatigué, Mark.

Il lui décoche un sourire.

— Pas eu le temps de me faire mon masque à l'argile. Désolé.

Une quinquagénaire aux cheveux gris acier, attablée avec un groupe d'hommes, fait des signes depuis une table voisine. Sûrement une consœur de Diane. Son ex-femme va la saluer.

Comment me barrer d'ici sans la froisser ?

Impossible. Surtout avec ces gens qu'elle connaît. Il ne va pas lui infliger une telle humiliation.

Il se revoit chez Jade. Il a failli s'endormir avec le chien sur son canapé bleu. C'est ce qu'il aurait dû faire. Il aurait aussi dû éteindre son smartphone. Les sœurs Assiniwi. Deux pour le prix d'une. Ça renforce les questions. Sa meilleure pote est un mystère monté sur pattes. Il ne faut pas se fier à la simplicité de son job de maître-chien. Furieusement intelligente, sensible, ça, il l'a toujours su. Mais flanquée d'un double doctorant en intelligence artificielle ? Logiquement, elle aurait dû faire de brillantes études comme sa sœur, puisqu'elles ont génétiquement les mêmes capacités.

Diane est de retour. Elle lui annonce que la quinquagénaire est quelqu'un d'important, la directrice d'une chaîne d'info en continu, et que, à sa table, les discussions vont bon train concernant les élections municipales. Mark sait qu'il tient un sujet en or. Il écoutera Diane sans avoir d'efforts à faire pour lui donner la réplique.

— À ton avis, qui a ses chances ?

Elle parie sur Marie Bouchard. Et lui explique pourquoi. Il se souvient d'une réflexion de sa mère au sujet de cette politicienne à la crinière rousse. Une chose est certaine, ce n'est pas Min-young Song qui donnera son vote à cette xénophobe.

Le serveur leur demande ce qu'ils souhaitent.

— Choisis, dit Mark.

— Tu veux du vin ?

Il a une idée. Du vin, plus les cachets… La directrice de chaîne et ses amis sont sur le départ. Diane n'aura pas l'air ridicule devant eux.

Elle propose un cabernet californien. Pour fêter le fait qu'un éditeur américain lui a acheté les droits de son bouquin sur la pègre montréalaise.

Ça nous fera un autre sujet de conversation qui glissera tout seul.

*

Séoul, mercredi 5 janvier

Yong-hwan a marché près d'une heure dans une température à faire chialer les grizzlis et s'est senti glacé jusqu'à l'os. Mais maintenant, alors qu'il est planté devant cette côte familière et qu'il se fait neiger dessus, la rage le réchauffe. Sa maison, celle qu'il a habitée avec Bo-ra et ses deux gnomes, n'existe plus. Une maison qu'il a payée avec *son* fric. Elle a été remplacée par un immeuble étroit de cinq étages. Étroit, mais qui fait de l'effet. Le promoteur s'est bien goinfré. Comme cette salope de Bo-ra qui lui a tout vendu. Le terrain, la maison.

Ça fait longtemps qu'il sait. Mais voir la situation en vrai lui donne envie de tout bousiller autour de lui. Il suffit de trouver du fric. Pour un passeport et un billet. En complément de ses économies, avec un job pendant quatre à six mois, il mettra assez de côté. Quelques mois à pioncer chez Tokki et à se serrer la ceinture. Ensuite, tout redécollera. C'est le cas de le dire. Yogwe prendra un avion. Yogwe ira régler ses comptes.

Il lève la tête et maudit le ciel qui a une allure de pâte de soja pas fraîche. Les flocons le font cligner des yeux. Et dire qu'il est là à se les geler à cause de ce crétin de Tokki. Il fait demi-tour et s'engouffre dans la deuxième ruelle à droite. Il n'a pas oublié le chemin.

Il est sur place en quelques minutes. Plus rien à voir, circulez. Le chenil a été bouffé par le temps. À sa place se trouve un immeuble moderne qui surplombe une boutique de fringues et une autre de téléphonie.

C'est pas une découverte, dans le fond. Tokki lui a dit que le quartier a bien changé et que lui-même a fait tous les petits boulots possibles pour survivre après avoir été viré du chenil.

Le job, il l'a perdu quand son patron a découvert le chien crevé dans sa cage. Tokki n'a jamais su que c'était Yong-hwan qui l'avait égorgé. Encore heureux que la police ne s'amuse pas à relever de l'ADN pour des bestioles. Les gars du labo ont dû se demander ce que du sang de clebs fichait sur la lame dont il s'était servi pour dessouder la gamine. C'était pas allé plus loin. Pour les flics, l'affaire était pliée dès le départ. En plus de Bo-ra, un voisin l'avait identifié formellement.

Elle avait pris cher.

Il se souvient de sa gueule au procès. Une morte-vivante. Qui tenait à peine debout. Elle devait être bourrée de calmants.

Après ça, il a passé du temps à s'en vouloir. Il n'a jamais regretté ce qu'il a fait. Il a regretté d'avoir été trop bourré pour réfléchir. Sans le *soju* qui lui inondait les veines, il aurait obtenu le même résultat, mais il ne se serait pas fait gauler.

Voilà, il est devant l'immeuble de Tokki. Pas reluisant. Le gars a hérité du petit appartement de ses parents et son frère aîné a récupéré le commerce familial, un garage. C'est avec la bagnole de son frangin que Tokki devait jouer au taxi. C'est quoi, son problème ?

Pas d'ascenseur. Il passe le porche, monte au troisième et sonne. Une créature étrange lui ouvre : crâne rouge, yeux assortis, museau pâlichon, carapace à carreaux verts. Il met une demi-seconde à le reconnaître.

— Entre, croasse Tokki.

Il est emballé dans une couverture, mais claque des dents. Il traîne la savate jusqu'à son canapé-lit et s'affale dessus en poussant un grognement. Son bonnet de laine dépassant de sa couette rose, il s'excuse, explique que la grippe l'a empêché de se rendre à leur rendez-vous.

Le deux-pièces est meublé de bric et de broc, mais, comparé à sa cellule, c'est un palace.

— T'avais qu'à envoyer ton frangin. Je me suis gelé les meules, à cause de toi.

— Bah, non. J'ai jamais osé lui dire que j'allais te chercher.

— Pourquoi ça ?

— Bah, cherche pas.

— Dis-moi, réussit-il à articuler sans s'énerver.

— Mon frère dit que t'es pas une bonne fréquentation.

Le frangin mérite de se faire désosser. Mais s'occuper de ce minable n'est pas une option.

— Je vais même pas pouvoir aller bosser, reprend Tokki. Ça m'embête. Je serai pas payé. Et Mme Kim me trouvera un remplaçant. Elle est exigeante. Et ses chiens, elle y tient bien trop pour les laisser une journée sans faire de l'exercice.

Yong-hwan sait qu'il gagne sa vie en promenant les clebs des autres. Avant ça, il a été toiletteur pour chien-chien à sa mémère. C'est une obsession, ou bien il n'a aucune imagination.

— Et alors ? Pour une fois, elle ne peut pas se fatiguer à les faire pisser elle-même ?

— Mme Kim a dans les soixante-dix ans et des jambes en mauvais état. Et ses deux welsh-corgi-pembrokes, ils ont besoin de se remuer, crois-moi. C'est les mêmes que ceux de la reine d'Angleterre.

— Ah ouais ?

— Ils peuvent garder des oies et même des poneys. Ils ont des petites têtes marrantes de renard et sont très gentils avec les personnes âgées.

Un imbécile heureux. Tokki a douze ans d'âge mental. À tout casser. Cette conversation est d'un ennui total. Mais faut bien pioncer quelque part.

— Eh bien, comme ça, tu fais du sport.

— Oh oui, parce qu'ils sont en pleine forme ! Je connais Gangnam par cœur, grâce à eux !

Des gardiens de poneys en appartement. Les gens sont devenus tarés, dans ce pays.

Et Tokki parle d'un ton enthousiaste, comme s'il trouvait intelligents les choix de la vioque. Mais... une minute... Il a prononcé le mot de « Gangnam », le quartier le plus friqué de la capitale. Et, en vingt ans, les prix n'ont fait que flamber. Il a vu un reportage là-dessus, en prison.

— Elle habite Gangnam, ta Mme Kim ?

— Oui.

— Elle a les moyens, dis donc. Paraît que les femmes ont pris le pouvoir dans ce pays. C'est une businesswoman ? demanda-t-il d'un air faussement relax.

— Bah, non, c'est son mari qui a tout fait. Elle est veuve.

Yong-hwan s'assoit dans le seul fauteuil de la pièce. Un ressort défoncé lui irrite la fesse gauche. Il change de position, prend un air vaguement intéressé et attend en silence que Tokki veuille bien poursuivre.

— Oui, il avait une entreprise de bijoux.

— Une bijouterie, tu veux dire ?

— Non, une boîte qui importait des bijoux d'un peu partout pour les vendre en Corée. Surtout des perles.

— T'es incroyable, mon pote ! Tu sais toujours tout.

— On s'entend bien, elle et moi. Mme Kim m'a raconté que, pour que ses perles restent vivantes, elle faisait tourner ses colliers.

Yong-hwan se fait la tronche du gars amusé par une excellente blague.

— Oh, elle ne serait pas un peu fatiguée du ciboulot, ta vieille ? lâche-t-il avec un rire.

— Non, non, elle a toute sa tête. Ses colliers, elle en change souvent. Une perle enfermée, ça meurt. Tu savais ça, toi ?

Une question lui brûle les lèvres. Mais il ne faut pas la prononcer.

— Tu m'apprends un truc, dit-il en s'étirant.

— Sa fille a repris la boîte familiale et n'a pas le temps de s'occuper d'elle, mais Mme Kim a de quoi se payer des aides. Une femme lui fait ses courses et surtout son ménage. Heureusement, parce que c'est vraiment grand, chez elle ! Et moi, je m'occupe de Windsor et de Sterling.

— Hein ?

— C'est le nom de ses chiens.

Yong-hwan visualise leur duo poilu en train de sauter partout dans un luxueux appartement. Avec des tiroirs ou des placards gorgés de bijoux. Ou pas. Les bijoux sont peut-être dans un coffre. Il réfléchit. Si la vioque qui se prend pour la reine des rosbifs paie chaque jour quelqu'un pour lui faire ses courses et ce crétin de Tokki pour lui balader ses chiens, c'est qu'elle a du liquide chez elle. À moins que… La Corée est devenue ultramoderne en un rien de temps. La vioque règle peut-être ce qu'elle doit avec un système électronique. Dématérialisation. Plus de pognon à palper en vrai.

— Tu dis que si tu ne viens pas aujourd'hui, ta patronne ne te donnera pas ton enveloppe ?

— Mon enveloppe ?

— Oui, avec du cash.

— Elle me donne les billets comme ça. Direct. Sinon, t'imagines, ça en ferait, des enveloppes gâchées ! Je crois qu'elle fait pareil pour tout le monde.

— Comment ça, « tout le monde » ?

— La coiffeuse à domicile, la manucure, le masseur. Mme Kim prend soin d'elle.

Avec toute cette distribution de fric, on peut imaginer un joli paquet de wons. Mais l'immeuble doit être sous surveillance. Gardiens, caméras, tout le bastringue. D'après ce qu'il a compris, plus rien ne passe inaperçu dans la Corée du XXIe siècle. Il faut être malin. Se couler dans le paysage. Déjouer les yeux électroniques de ce monde. Devenir normal.

Est-ce que le destin vient de lui faire signe ? Et qu'est-ce que Goro penserait de ça ? « Les mauvais hésitent. Les mecs doués attrapent la chance par le cou. »

Ouais. La chance. C'est risqué, mais possible. Et si, en plus du fric, il met la main sur des bijoux, ça lui évitera de perdre des mois dans un job merdique.

— Je peux te remplacer si tu veux.

— Quoi ?

— Je peux promener Windsor et Sterling pour toi, le temps que tu te remettes. Je te dois bien ça.

— Ah oui, ce serait génial. Je l'aime bien, ce travail. Et, à mon âge, je trouverai pas mieux.

— T'es censé y être quand ?

— À 11 heures. Pour une balade d'une heure.

— Ça me laisse le temps de me préparer.

— T'es vraiment un pote ! Tiens, je vais appeler Mme Kim pour la prévenir.

Pote avec un *yogwe*? Tu rigoles. Yong-hwan lui décoche un sourire et annonce qu'il a besoin d'une douche. L'odeur de la tôle, il veut l'évacuer pour de bon.

— Je t'ai trouvé des fringues dans une charité. J'ai pris ce qu'il y avait de mieux. Elles sont en tas sur la baignoire.

Yong-hwan hoche la tête et pénètre dans la minuscule salle de bains. Il lorgne les fringues en question. Elles le feront ressembler à un crevard de Corée du Nord, mais il n'est plus à ça près. Il trouve un sac en plastique sous le lavabo et y fourre son costume en lin beige trempé. Il le jettera dans la première poubelle venue.

Il ouvre les robinets de la baignoire et s'y installe. Autour de lui, du carrelage blanc bien récuré. Sans trace de tartre. C'est presque beau. Il pense à Tokki allongé sur son canapé-lit. Il n'y a pas de plumard dans sa turne. Donc, il dort là toute l'année, sans se plaindre. Et sans avoir l'idée d'améliorer son confort. Un brave garçon, qui n'a pas besoin de grand-chose pour être content. Emballé dans sa couette rosâtre, il ressemble à un gros ténia. Mais, en réalité, ce type est un asticot inoffensif. Un asticot qui aime le bon Dieu. Il est fidèle au temple protestant de son quartier. On lui a appris qu'il fallait être charitable avec son prochain. En vingt-cinq ans, il est venu soixante-quinze fois le voir en prison. Comme un métronome. Yong-hwan lui a servi un bobard pour qu'il l'aide à retrouver trace de son ex-femme. « Je veux savoir si mon fils a réussi à se refaire une vie. Malgré le père épouvantable que j'ai été. Je pense à lui chaque jour. Rassure-moi. Je deviens dingue, Tokki, aide-moi. »

Il lui a demandé d'aller se renseigner sur place, là où il a vécu avec Bo-ra et les mômes. Tokki a parlé aux habitants de l'immeuble construit à l'emplacement de la maison détruite à cause d'elle. Ces gens lui ont dit qu'elle était partie à l'étranger. Ils ne savaient pas où. Yong-hwan s'est gratté la tête. Bo-ra, qui avait peur de son ombre, n'avait jamais foutu un pied hors de Corée et ne parlait que le coréen, avait quitté le pays ? Le monde à l'envers. Conclusion, elle avait tellement la trouille de lui et de ses potes qu'elle s'était barrée. Mais où ? Il a réfléchi longtemps. Et a fini par se souvenir de ce type dont elle lui avait parlé quelquefois, avec admiration. Son oncle. Un certain Lim Dak-ho. Bo-ra, ce mec, elle en avait plein la bouche parce qu'il était moins naze que le reste de sa famille. Lui, au moins, avait voyagé. Pour ne plus jamais revenir, d'ailleurs. Une bonne piste.

Il a demandé à Tokki de se renseigner sur ce type. L'abruti a mis quatre ans à y arriver. En se tapant toutes les universités, il a fini par savoir dans laquelle l'oncle avait étudié. Et il a retrouvé l'un de ses anciens potes. Le gars avait eu des nouvelles. Tokki a découvert dans quel pays et quelle ville l'oncle de Bo-ra avait fini par se caser. Et, du coup, c'était le seul port d'attache naturel pour Bo-ra à l'étranger. Une bonne piste pour démarrer la traque et espérer mettre enfin la main sur cette chienne. Brave Tokki.

L'eau chaude lui arrive à mi-cuisse. Il s'enfonce du mieux qu'il peut dans la baignoire riquiqui. Il veut avoir le ventre au chaud. Il songe à l'histoire qu'il va servir à l'autre ahuri pour le garder de bonne humeur. Et parce que ça a toujours été marrant de le voir gober n'importe quoi. « On va créer notre société, toi et moi. Une boîte dédiée aux chiens. Promenade, toilettage, et même des séances de psychologue… On l'appellera Happy Dog. Ça sonne bien. Les Coréens aiment bien les noms en anglais. »

Il observe sa bite ramollie dans l'eau. Il va enfin pouvoir aller aux putes. Les tarifs ont dû grimper en vingt-cinq ans, mais quand on aime, on ne compte pas.

8

Montréal, mardi 4 janvier

Il a bu plus d'une bouteille à lui seul. Le visage de Diane se tord sous la vague. Ses longs cheveux sont des méduses brillantes. Elle est belle comme une épave. Magnifique visage du passé. Un galion chargé d'or, retrouvé dans le Saint-Laurent. *Vraiment* belle, du gâchis.

Il veut payer l'addition. Elle refuse. Il monte le ton. Pas de scandale. Elle accepte. Le serveur lui sert une addition qui tangue et un air navré. Mark peine à se souvenir de son code. Et puis, finalement, Mark paie.

Éclipse. Ah, ils sont dans un taxi. Mais il faut que ça s'arrête tout de suite parce qu'il a envie de dégueuler.

Éclipse. Son estomac se tord au-dessus du caniveau. Diane est dans son dos.

— Qu'est-ce qui se passe, Mark… Pourquoi tu te mets dans des états pareils ?

Pour mieux te dégoûter, ma belle. File. Oublie-moi.

Éclipse. Ils sont dans un autre taxi. Et puis sur le trottoir. Elle le tient bien, son bras arrimé à ses épaules. Il lève la tête. Il est devant chez lui.

— Lâche-moi.

— Tu tiens à peine debout…

— Tire-toi pour de bon, Diane.

Il se dégage. Il l'entend pleurer dans son dos ? Non, c'est le vent.

*

Séoul, mercredi 5 janvier

Yong-hwan scanne les lieux tout en se fabriquant le même air abruti que Tokki. Pas fastoche. L'immeuble de la vioque est gardé par un duo de trentenaires que leurs costards noirs font ressembler à des types des services secrets ; il y a au moins deux caméras dans le hall d'entrée et forcément une dans l'ascenseur. Le gars assis derrière un bureau en marbre face à une série d'écrans de surveillance détaille son look miteux et lui demande ce qu'il fait là avec une politesse schlinguant le mépris. Yong-hwan réplique qu'il remplace son collègue malade pour promener les chiens de Mme Kim. Laquelle est prévenue de sa venue. Il sort un masque blanc de sa poche et explique que, contrairement à Tokki, il n'est pas malade, mais ne veut pas risquer de contaminer une personne âgée. Et il se colle le masque sur la tronche. Convaincu, le loufiat de luxe hoche la tête, passe un coup de fil, récupère une autorisation de la vioque et indique l'ascenseur et l'étage. Le douzième.

Yong-hwan s'engouffre dans l'ascenseur et étudie son reflet dans le miroir. Tokki et lui ont à peu près la même taille et le même gabarit trapu. Avec quinze balais de moins au compteur, l'autre a l'estomac plus plat, mais ce manteau informe cache la différence. Évidemment, s'il met son plan à exécution, il devra se teindre les cheveux et imiter la coiffure de son pote. Cheveux rabattus sur le front, genre coupe au bol. Pas compliqué.

Deux appartements par étage. Une caméra près de l'ascenseur, le couloir doit en avoir aussi. Tokki lui a expliqué qu'il croisait toujours la femme à tout faire quand il revenait de promener Windsor et Sterling. Elle rapporte les courses et le repas acheté chez un traiteur variant chaque jour. Bonne nouvelle, cette bonniche n'a pas à s'attarder pour faire la cuisine. Mais elle tape peut-être la discute avec sa patronne ? À vérifier.

Il sonne. Mme Kim lui ouvre elle-même. Il abaisse son masque deux secondes le temps de lui décocher un sourire, s'excuse platement pour l'absence de son collègue « attaqué par une méchante grippe » et attend qu'elle l'invite à entrer.

L'appartement est une tuerie. Le genre qu'on ne voit que dans les séries télé. D'ailleurs, un énorme écran plat est accroché à un mur. Il y a des tableaux jusque dans les moindres recoins, et les canapés peuvent accueillir une armée. Ça brille de partout, ça sent le propre. Une baie qui fait dans les trois mètres de haut donne sur un balcon plein de plantes et sur la ville étalée. Putain, ça en jette. Une belle baraque à soi, il n'y a rien de mieux au monde. Quant à Mme Kim, elle porte un tailleur qui doit valoir un bras. Elle a décoré tout ça avec un collier de perles. À trois rangs. Ces perles sont dodues.

Elle lui demande de la suivre dans la cuisine. Elle a à peine ouvert la porte que deux bestioles courtes sur pattes se ruent dans ses jambes. On dirait des saucisses poilues équipées d'une tête de renard. Leurs yeux ressemblent à des marrons chauds, leurs langues roses pendouillent presque sur le carrelage. Comment peut-on cohabiter avec deux mochetés pareilles ? Mystère. Bon, c'est le moment de séduire ces deux hot-dogs. Yong-hwan s'accroupit en s'exclamant et se met à les caresser. Les clébards lui lèchent les poignets et le cou avec enthousiasme. Astuce, il a eu l'idée de se les frotter avec un steak avant de venir.

On revient au salon. Agrippant les laisses, Yong-hwan se fait un plan mental des lieux tout en écoutant Mme Kim lui donner ses instructions détaillées. Depuis trois ans, le ministère de l'Agriculture, de l'Alimentation et des Affaires rurales a renforcé les règles concernant la promenade des animaux de compagnie dans les lieux publics. Laisse obligatoire. Les gens qui haïssent les chiens sont nombreux et vicieux. Ils n'hésitent pas à dénoncer à la police les propriétaires qui ne tiennent pas leurs animaux en laisse. Yong-hwan a envie de lui balancer que, de son point de vue, un clébard est juste bon à être bouffé, mais il l'écoute sagement. Il lui demande de répéter pour qu'elle le juge consciencieux mais peu vif. La vieille gobe son personnage sans moufter. Elle semble même le trouver sympathique. Il faut dire que, avec ses cheveux blancs, ses joues rebondies et son bidon, il est devenu un papy très présentable.

*

Montréal, mercredi 5 janvier

Mark regarde l'écran de son smartphone : 01 h 07. Il a dormi. Ou plutôt sombré. Son crâne est un tunnel. Des trains enragés le traversent.

Il tourne la tête, tend le bras, tâte le drap. Le lit est vide. Coup de bol.

Il se souvient d'elle. Dans le temps. Sa silhouette qui baigne dans la lumière venant de la rue. Cascade de cheveux blonds éparpillée sur l'oreiller, elle lui tourne le dos.

La première fois, Diane lui a fait l'effet d'un soleil. Qui débarquait dans un monde de boue. Elle suivait l'affaire de l'Équarrisseur pour *Le Journal de Montréal*. Style déterminé, et cette ambition qui couvait sous le calme. Elle parlait pour deux, jamais pour ne rien dire. Elle utilisait tous les stratagèmes pour lui soutirer des infos. Une teigne.

Une nuit d'été, il l'aperçoit dans ce bar à journalistes. En fait, il sait qu'il a ses chances de la trouver là. Diane au bar avec une consœur. Robe légère, chevelure retenue dans un chignon qui révèle la finesse de son cou.

Leur échange, il s'en souvient.

— J'en ai assez de discuter de l'Équarrisseur avec vous.

Et elle, avec un demi-sourire :

— Vous avez un autre sujet en tête ?

— Je n'ai pas franchement envie de parler. En fait.

— Intéressant.

— N'est-ce pas.

Il était sorti du bar, avait attendu. Elle avait mis de longues minutes à le rejoindre. Une goutte de sueur perlait sur son menton. Elle avait posé sa main sur sa poitrine, caressé le tissu de sa chemise du bout des doigts. Il avait saisi son poignet. Humide, doux. Un taxi arrivait dans son dos, elle avait tourné la tête pour le héler. Il avait libéré son poignet.

Elle, juste avant de monter à bord :

— On y va ?

Il s'était glissé à ses côtés. Elle avait donné son adresse au chauffeur.

Trois ans déjà.

Il empoigne son smartphone, avale un cachet. Pas sûr que la migraine le lâche. Son corps aime trop les analgésiques pour obéir comme ça.

Il regarde les arbres dénudés à travers la baie. Diane et lui. Un couple qui serait allé de l'avant. Elle savait ce qu'elle voulait. Elle ne déviait pas de son plan.

De carrière. De vie. Jamais un mot de travers. Jamais un reproche. Carrée, fiable, déterminée. Obsédée par son job. Ne fréquentait que des gens utiles. C'était rationnel, un peu pénible parfois. Mais oui, rationnel. Oui.

Les trains dans le tunnel. Ça défile toujours. Et son estomac est une remorque gavée d'acide.

Il pue. Une douche. Quand il sort de la salle de bains, cheveux encore humides, taille ceinte d'une serviette, il observe encore la rue. Déserte, à part une ombre noire promenant son chien. Un gros chien blond. *Tiens, c'est Jindo.* L'ombre relève la tête, marque un temps d'arrêt, accélère le pas, disparaît au carrefour.

Chacun sa méthode contre l'insomnie. Lui préfère les douches brûlantes aux promenades glaciales. Il récupère son smartphone, tape son message :

`Prise sur le fait. Tu ne dors pas plus que moi, Assiniwi.`

Il attend. Jade ne répond pas. Il lui faut dix minutes pour rentrer chez elle. Il renverse la tête sur le dossier du fauteuil, attend, l'œil rivé sur la nudité des chênes. Sous son crâne, les trains grincent un peu moins. Le mal s'évapore.

Son smartphone frémit entre ses doigts :

`Jindo s'est goinfré de pizza en douce. Résultat, il s'est rendu malade. J'ai dû le sortir en pleine nuit.`

Maître-chien, un boulot à plein temps. Il sourit en tapant sa réponse :

`Raconte-moi cette histoire entre ta sœur et toi. Ça nous occupera.`

Il n'a pas à attendre, cette fois. La réponse fuse :

`Je suis très occupée à essayer de me rendormir. Mon histoire sera à toi le moment venu. Patience, et à demain !`

Elle joue avec lui comme une chatte avec un bout de ficelle. Il tape sans réfléchir :

`Tu te fais salement désirer, Assiniwi. Tu me le paieras.`

Il attend. Rien. Il retourne s'allonger. Smartphone entre les mains. Ça ne vibre pas. Rien. Elle dort.

Un bras sous la nuque, il essaie. Mais ça ne marche pas. Ça ne marche plus. Le visage de Diane revient à l'assaut. Elle lui demande : « Et si on se donnait une seconde chance ? » Il repousse son visage et sa douceur. Jade et Greta sont au pied de son lit : « Tu veux une bière, une tranche de pizza, tout savoir de nous ? » Il se tourne sur le côté. Diane est de nouveau là. Allongée nue à côté de lui. Ses joues chaudes. De larmes. « Je n'ai pas peur. Tes problèmes, on les affrontera tous les deux, mon amour… » Il repousse son image. Se retourne. Et c'est l'autre qui prend le relais avec ses yeux de guépard en captivité : « Mon petit fiancé, tu veux savoir où il est ? »

Mark se redresse, se frotte le visage, grogne entre ses doigts. C'est perdu. C'est mort. La nuit est une chienne qui réclame son dû.

Il prend un somnifère. Il se rallonge et patiente.

Il croit voir une ombre sur la droite. Mais ce n'est rien. Juste les branches des arbres qui dansent dans la nuit. Juste ça.

*

Séoul, mercredi 5 janvier

L'immeuble de la vioque est en vue, enfin. Yong-hwan est tellement hors de lui qu'il a presque l'impression que de la vapeur lui gicle des oreilles. Ces deux stupides bestioles l'ont fait cavaler comme un dératé au point de le mettre en nage. Et quand il a espéré s'en tirer sans ramasser leur merde dégoulinante, un passant a menacé de le dénoncer à la police pour « incivilité ». Yong-hwan a failli attraper le gars par le col et le forcer à lécher la diarrhée des deux cadors sans en laisser une goutte.

Infect. Malgré le froid, il a l'impression que cette puanteur lui colle aux gants. Tokki est vraiment le spécimen le plus crétin de la planète. Comment peut-il supporter pareil boulot ?

Il n'oublie pas de remettre son masque en passant devant les concierges de luxe. Ce masque joue un grand rôle dans le plan qu'il a mijoté. Dans l'ascenseur, il consulte la montre empruntée à Tokki. Il a prévu de rentrer environ dix minutes plus tôt que l'horaire annoncé par la vioque, histoire d'étudier les possibilités. Une fois au douzième étage, il détaille une nouvelle fois les lieux en faisant mine de renouer ses lacets. En plus de la caméra déjà repérée devant l'ascenseur, il y en a une à chaque bout de couloir.

Il sonne. Après un certain temps, la porte s'ouvre. Cette fois sur un thon aux joues boursouflées et aux cheveux rougeâtres. À coup sûr la bonniche qui achète aussi la bouffe. Les chiens lui font la fête. Elle se lance dans des simagrées avec une voix de gamine qui colle mal à ses quarante balais bien sonnés. Puis son regard tombe sur Yong-hwan et se congèle. Après avoir fini de le toiser, elle le fait entrer et lui dit que madame va « le rémunérer », mais qu'il doit d'abord nettoyer les pattes des chiens avec une serpillière qu'elle lui désigne d'un menton dédaigneux. Yong-hwan lui offre un rire de gentil pépère et s'accroupit aussitôt pour obéir. En même temps, il s'imagine agrippant cette abrutie par la tignasse avant de la balancer d'un coup de pied au cul par la fenêtre. Il la voit émigrer vers la cuisine.

Mme Kim arrive et veut des nouvelles de « ses petits trésors ». Yong-hwan déclare qu'ils ont été adorables et l'ont déjà adopté. La vioque glousse de bonheur et plonge sa main tordue par l'arthrite dans une sorte d'énorme porte-monnaie en tissu brillant. En fait, le bidule ressemble aux pochettes que les dames de la haute portent quand elles se sapent pour un gala. Encore un gadget à la Élisabeth II. La vioque en sort la somme convenue et la lui tend. Il empoche la thune avec un air faussement hésitant, se lance dans une séance de courbettes et explique que si Tokki ne va pas mieux, il continuera d'assurer son remplacement avec plaisir. Après une dernière livraison de salamalecs, il met les voiles.

Toujours masqué, il quitte l'immeuble en saluant les deux gardes, puis va se poster dans un endroit discret qui donne une bonne vue sur l'entrée. Il attend. À 12 h 10 tapantes, la bonniche sort de l'immeuble en manteau gris et bonnet orange rabattu au ras des sourcils. Il attend encore. Rien de nouveau à signaler.

Il s'en retourne chez Tokki. En le travaillant discrètement au corps, il a su que la bonniche ne s'attardait chez sa patronne que les vendredis, pour lui faire son ménage. Il faudra aussi l'interroger en douce au sujet des visites à domicile du masseur, de la coiffeuse et de la manucure. Et vérifier tout ça lui-même.

Bref, en une ou deux semaines, il pourra se faire une idée précise du mode de vie de la vioque.

9

Ce soir, Jade et moi sommes invités chez Min-young. Depuis peu, elle initie ma jeune maîtresse à la cuisine coréenne. Les odeurs, délicieuses, me torturent la truffe. Min-young a guidé Jade étape par étape pour qu'elle réussisse des *chapaguri*, des nouilles instantanées noires comme la nuit parce que agrémentées d'une sauce mêlant le soja fermenté au caramel. Elles sont servies avec de sympathiques morceaux de steak dont je ferais bien mon ordinaire. Elles les dégustent juchées sur les tabourets de l'imposante cuisine de Min-young, tellement bien équipée qu'on se croirait au restaurant. La mère de Mark félicite Jade pour ce bon résultat et lui promet de lui révéler prochainement le secret de la soupe au poulet et au ginseng.

Ces rendez-vous culinaires et cette complicité entre propriétaire et locataire sont un bienfait pour Min-young, qui a pris un coup de vieux ces derniers mois. Évoquer son pays, sa jeunesse et l'enfance de son fils semble lui faire beaucoup de bien. D'autant que ce n'est pas avec Mark qu'elle peut avoir ce genre de conversation.

— Mark a toujours eu le sang chaud, explique-t-elle. Au lycée, il se bagarrait sans arrêt. Une parole de trop, et c'était parti. Mais je dois admettre que c'était souvent pour venir en aide à un gamin que d'autres prenaient pour cible. Il était déjà épris de justice. Le problème, c'est qu'il allait trop loin. Il s'est fait renvoyer plusieurs fois. Je m'arrachais les cheveux à cause de lui.

— Entrer dans la police l'a calmé, temporise Jade.

— Oui, heureusement. Mais la dernière fois qu'il s'est violemment bagarré ne remonte pas à si loin. Il était étudiant. Il a défendu une jeune fille qu'un homme essayait de violer. La situation a failli complètement dégénérer.

— C'est-à-dire ?

— L'agresseur de la fille a eu la mâchoire, le nez et l'avant-bras fracassés. Et quelques côtes, aussi. Et un traumatisme crânien.

— Ah oui, quand même.

— Jade… dis-moi… Quand je suis allée remplir son réfrigérateur, sans chercher, j'ai trouvé des médicaments. Dans sa cuisine… Tu crois que… ?

— Non, Mark n'est pas malade, Min-young. Si c'est à ça que vous pensez, ne vous faites pas de souci…

— Mais alors, pourquoi prend-il ça ?

— Pour avoir de l'énergie pour le job.

— Ce n'est pas bon pour lui. Tu pourrais… lui parler ? Moi, il me rembarre toujours. Toi, j'ai l'impression qu'il t'écoute.

Un coup d'œil à Jade me fait comprendre qu'elle est en mauvaise posture. Comment ne pas cafter tout en réconfortant sa logeuse ? Mission impossible.

Min-young ne connaît pas son fils si bien que cela. Pourquoi se pose-t-elle des questions dont la réponse est évidente ? J'ai noté à plusieurs reprises que les humains aimaient se raconter des histoires. Ils ont bien des méthodes pour éviter la réalité. Je me doute de ce que pense Jade. Elle veut bien tenter une fois de plus de raisonner Mark, mais tout problème n'a pas automatiquement une solution. Quand un éléphant doit mourir, il part pour le cimetière de ses ancêtres. Quand un tigre doit aller au combat, il ne tergiverse pas. Et quand une biche sent qu'un humain a laissé son odeur sur son faon après l'avoir touché, elle l'abandonne. Mark est seul maître de son destin. C'est à lui de décider s'il veut laisser ses souvenirs et ses problèmes l'étouffer à petit feu ou redresser la tête. À mon humble avis, cette sauvagerie qu'il a en lui est utile, mais il devrait mieux la canaliser.

En ce qui me concerne, en cet instant, je me comporte comme l'individu le plus domestiqué qui soit. Calé sur le canapé, j'écoute et regarde par intermittence la télévision qui roucoule en sourdine. Il faut que je me concentre, nous autres chiens avons une trop bonne vue pour suivre confortablement un programme. Ce que l'être humain perçoit comme un mouvement continu nous fait l'effet d'une succession de scintillements. Certes, l'excellente définition des écrans numériques a atténué cet inconfort, mais le problème persiste. Quoi qu'il en soit, je m'accroche à un intéressant reportage. La campagne des municipales prend un tour amusant, un reporter donne « la parole » aux compagnons à quatre pattes des candidats. J'imagine que les politiciens y voient un faire-valoir ; un brave toutou peut déclencher un réflexe de sympathie chez l'électeur.

Une candidate a bien joué sa partition. Je la reconnais. Marie Bouchard est la plus spectaculaire, avec sa chevelure fauve et son regard couleur bleuet. Je sais que Min-young ne l'apprécie pas. Quant à Jade, la politique ne semble guère la passionner. D'un ton chaleureux très bien imité, Marie Bouchard présente son dalmatien au public, une créature pleine de bonhomie aux yeux brillants comme des châtaignes. Je me demande quelle est sa vie. Il doit se faire caresser les flancs et gratouiller les oreilles par une foule de gens. Peut-être est-ce lassant d'être en représentation pour quelqu'un qui vous instrumentalise. Au moins, en tant que chien policier, je n'ai pas besoin de questionner mon utilité.

Le smartphone de Jade sonne. Elle prend l'appel et son expression vire au sérieux absolu. Je comprends vite que Mark nous veut sur le terrain.

Mon humaine termine sa conversation et s'adresse à sa logeuse :

— Il faut que j'y aille. Ils ont déjà analysé une partie des infos que Jindo a permis de récupérer aujourd'hui.

Min-young fait la grimace.

— Mobilisée à l'aube, rappelée la nuit. Mark pousse le bouchon un peu loin, tout de même…

— On a besoin de nous dans un entrepôt désaffecté pour retrouver une ou plusieurs fillettes.

— Attends, je croyais que ce n'était pas ton travail.

Min-young a raison de s'étonner. Nous faisons certes partie de l'escouade canine, mais notre duo n'est jamais employé pour rechercher des êtres humains. Les tâches sont réparties sans équivoque. Ce type d'intervention est la spécialité de copains entraînés pour ça. Une bande de malinois et de bergers allemands que j'adore. De vrais guerriers, courageux et têtus. Pourquoi faut-il que j'aille piétiner leurs plates-bandes ?

Jade est aussi tendue qu'un arc. C'est la première fois que le lieutenant Song lui demande ce genre d'intervention.

— Mark pense que Jindo va leur permettre de gagner du temps. Dans un kidnapping, c'est vital.

Nous n'avons jamais participé à une « chasse à l'homme » en direct. Étrange. En tout cas, je saurai vite à quoi m'en tenir.

Nous dévalons l'escalier en colimaçon donnant sur le jardin. La lune est une faucille d'argent. Le gros et détestable chat roux du voisin ainsi que quelques passants ont laissé leurs empreintes olfactives dans la ruelle désormais déserte. Nous nous précipitons chez nous. Jade se débarrasse de ses confortables vêtements d'intérieur pour remettre son uniforme. Ses gestes sont vifs, son expression concentrée.

Manteau, gants, arme de service, harnais…

Nous sortons en trombe de l'appartement. Une poubelle a vomi son contenu, je flaire à la fois un composé que les humains jugeraient pestilentiel et la culpabilité d'un raton laveur ; caché dans les buissons des voisins, il guette notre départ pour s'offrir un banquet.

Le froid tente de m'impressionner avec une température que j'évaluerais à environ – 18 °C, mais son enthousiasme ne me tire qu'un sourire. Mon poil a doublé de volume au début de l'hiver, et je bénéficie d'une sous-couche laineuse d'une belle densité. Quelque chose me dit que nous allons devoir nous surpasser, Jade et moi, mais, rayon météo, je suis fin prêt.

Il nous a fallu près d'une demi-heure pour rallier Montréal-Nord. L'enthousiasme de la neige n'ayant pas faibli, les déblayeurs étaient de sortie et peinaient à suivre le rythme ; des travaux en cours sur l'autoroute n'arrangeaient pas la situation. Tout le long du trajet, focalisée sur sa mission, mon humaine ne s'est accordé ni un soupir ni un murmure. J'ai perçu ses efforts pour se concentrer, ils s'entrelaçaient aux ondes de l'affection qu'elle me porte. Ces moments où elle et moi parlons la même langue silencieuse, je les vénère.

Mais nous voilà arrivés. Le boulevard Gouin a la blancheur d'une tête de vieillard. Le bâtiment à trois étages devant lequel nous nous garons possède de larges baies noires ; leur format en demi-cercle évoque des yeux de félin. Avant même de repérer la camionnette de l'escouade canine garée derrière la Dodge Charger de Mark, je hume les odeurs discrètes de mes congénères et de leurs maîtres. Ils sont passés par ici il y a un bon moment. Dans la foulée, le vent m'apporte le parfum humide et musqué de la rivière des Prairies. Il se mêle aux senteurs d'un groupe d'arbres. L'odeur acide du ginkgo biloba domine celles des tilleuls et des marronniers.

Nous arrivons devant une porte métallique entrouverte. L'haleine de l'entrepôt n'a rien d'agréable pour un humain. En ce qui me concerne, je la trouve riche et instructive. Crottes de rats et d'écureuils, fientes de pigeons, fumets divers de champignons, salpêtre, relents de transpiration, vomi, urine et sperme humains, restes de sandwichs à la charcuterie et au cheddar industriels, bière bon marché…

Jade file dans l'escalier de son pas vif. Je la suis, truffe mobilisée à cent pour cent. L'odeur de Mark Song a produit ici et là quelques volutes qui s'attardent. Je repère vite des remugles moins sympathiques. Ceux de l'homme dont nous avons fouillé la maison avenue Sainte-Croix. Un autre individu, inconnu de ma truffe, celui-là, a lui aussi laissé son empreinte. Il a une trentaine d'années, une constitution peu robuste, une tendance au stress ; du moins, c'est ce que me suggère la note ammoniaquée de sa sueur.

Malheureusement, subsistent aussi dans l'air deux odeurs différentes, mais toutes deux fraîches comme une brise. Elles s'entrelacent. Bientôt, elles virent ; de la gaieté, elles passent à la terreur. Certaines traces olfactives sont vivaces, d'autres presque effacées. En tout cas, elles proviennent de deux personnes qui n'ont pas encore franchi le cap de l'adolescence.

Mark et son groupe sont dans le hall principal du premier étage. Trois de mes onze collègues de l'escouade canine sont présents : Rufus, le malinois,

Gaspard et Tonnerre, les deux bergers allemands, avec leurs maîtres-chiens respectifs. Je fonce vers eux, nous nous reniflons les recoins habituels. En langage chien, j'apprends rapidement qu'ils sont bredouilles. Ils ont fouillé ce grand espace vide de fond en comble et déniché un local ayant sans doute servi un temps à séquestrer les fillettes. Introuvables.

J'écoute la conversation des humains. Mark apprend à Jade que cet entrepôt à louer est une ancienne chocolaterie, et qu'elle servait à Chauvignon, le représentant en pharmacie, de lieu de tournage. C'est ce qu'ont révélé les vidéos sur la carte mémoire retrouvée à son domicile de l'avenue Sainte-Croix. Le lieu a été identifié grâce à des machines abandonnées, dont des enrobeuses, typiques de la fabrication du chocolat. Le lieutenant désigne ensuite un matelas posé à même le sol et deux radiateurs à piles, identiques à ceux repérés sur les vidéos. Lesquelles leur ont également appris que le représentant œuvrait avec un complice. Chauvignon violentait ses victimes tandis que l'autre, apparemment impuissant, filmait.

— *Les* victimes ? réagit Jade. Tu veux dire que ce type sévit depuis un moment ?

— Plusieurs mois, a priori. Dans différents endroits. Il y a d'autres vidéos dans d'autres entrepôts. Mais on n'a pas encore réussi à savoir où.

Il ajoute que l'espace où nous nous trouvons n'est pas désaffecté, mais fait partie d'un parc de location géré par une société. Son équipe et lui ont arrêté son comptable, qui a commencé à se mettre à table. C'est lui, le complice du représentant. Ils se sont rencontrés sur Internet.

— Le comptable jure qu'il n'a pas la moindre idée de l'endroit où peuvent être les petites. Chauvignon reste muet comme une tombe. Ce type habite Montréal depuis près d'un an, après avoir vécu à Toronto.

Mark précise que sept mineurs sont portés disparus depuis cette date. Parmi eux, deux fillettes âgées de sept ans et une de neuf ans. Volatilisées sur le chemin de l'école. D'après le comptable, Chauvignon attirait ses proies en leur proposant de visiter une fabrique de chocolat.

Mélanger le vrai et le faux. Glisser une once de réalité dans sa fiction. Pour rendre les choses plus « intéressantes ». Et savourer la naïveté de ses victimes. Je me dis que c'est bien là l'idée d'un pervers complet.

— Pour le moment, on n'a que cette fabrique, ajoute Mark.

— Comme souvent, ce genre de type ne met pas tous ses œufs dans le même panier, dit Jade. Donc, il y a des chances qu'il ait planqué une mémoire électronique ici…

— C'est ça.

Ma maîtresse reste immobile un instant, puis s'accroupit à mon niveau. Nos regards se croisent. Le sien est empreint d'une intensité qui me contamine. J'ai mal, moi aussi. Mal pour des petites victimes dont je ne connais ni les traits ni l'histoire.

— Cherche, Jindo ! Allez !

Je me lance dans ma mission. Mes collègues canins aimeraient me faire cortège, mais ils sont empêchés de me déconcentrer par leurs maîtres, qui leur ordonnent de rester au pied.

10

Mark ingurgite son septième café. La fatigue lui ronge la nuque et les épaules. Il tient bon. Il a pris deux cachets. *Ça va aller.* Il se raconte qu'il est un boxeur. Il va rentrer sur le ring. La seule option : gagner.

Ça va aller.

Il fait signe à son sergent, Bernard, dit le Vétéran. Un mec qui sait regarder ailleurs quand il constate que son chef a les mains qui tremblent ou du mal à rassembler ses idées. Bernard est lucide, mais il préfère tabler sur leurs victoires. Il ne veut se souvenir que des moments forts qu'ils ont vécus ensemble. Huit ans à faire équipe.

Ils entrent dans la salle d'interrogatoire et s'assoient face à Chauvignon, placé sous la garde d'un planton en uniforme.

Deux heures plus tôt, Jindo a flairé une tablette électronique. Derrière une plinthe de l'ancienne chocolaterie. Elle est dans un sachet en plastique de l'Identité judiciaire. Le code d'un smartphone est difficile à craquer. Pas celui d'un ordinateur portable ou d'une tablette. Un informaticien a réussi à réveiller cette foutue tablette sans trop se fatiguer.

Mark dépose ce sachet au milieu de la table. *Bien, ma main ne tremble pas.* Il recule sur sa chaise, croise les bras et se met à fixer le représentant en pharmacie. Visage mou et banal, des yeux puits de boue. Le gars jette un rapide coup d'œil à la tablette. Un quart de seconde, son regard se trouble. Il se recompose un faciès neutre.

— Tu reconnais cette tablette ?

Ma voix est assurée. Les idées coulent. C'est bon.

— Je devrais ?

— Elle te sert à échanger avec un type que tu connais. Très bien.

Silence. Le représentant les observe sans ciller. Mark s'imagine en train de lui agripper la trogne avant de la lui écrabouiller sur le bureau. Il cligne des yeux pour chasser cette vision.

— Tu lui as envoyé tes vidéos. Et lui les siennes. Vous parlez d'« échanges de livraisons ».

— Dans ma partie, les livraisons, ça ne manque pas.

L'enfoiré se mord les joues. Pour ne pas sourire. Mark se voit lui mouliner les couilles à coups de genou. Il serre les poings. Bernard a vu ou senti son geste. Il reste de marbre.

— Ça fait un moment que ça dure, votre belle amitié. Il a un pseudo intéressant. DarkMaster. C'est chic. Mais nous, on n'est pas des garçons compliqués. On veut son nom et son adresse dans la vraie vie.

DarkMaster. Ça l'a fait tiquer. Un rien. Mais c'est là. Bernard aussi l'a vu. C'est certain.

— Je ne l'ai jamais croisé. On s'est connus en ligne. C'est tout.

— DarkMaster ferait son truc dans son coin et toi dans le tien ? Sans vous rencontrer alors que vous partagez les mêmes victimes. Logique, tu crois ?

— Je ne le connais pas. Qu'est-ce que vous voulez que je vous dise de plus ?

Cette fois, ce cafard n'a pas pu s'empêcher de sourire. Une personnalité narcissique typique. Mark en a vu circuler dans son genre. De son point de vue, son brio l'écarte du commun des mortels. À quoi bon canaliser ses pulsions, se conformer aux lois et respecter l'intégrité physique et mentale des autres quand on se juge supérieur ?

Mark a chaud et envie de hurler à ce type d'arrêter son cirque. Il avale sa salive. *Ça va aller.*

— Tu sais ce qu'il y a sur les vidéos de DarkMaster. Nous aussi. Un groupe d'hommes avec des masques d'animaux. Toi, tu te montres à visage découvert sur les tiennes, parce que c'est ton truc. Quand tu te les repasses, tu savoures le fait d'être le héros de ta fiction. On a bien compris. DarkMaster et ses copains violentent les petites que tu leur fournis après usage, d'après vos messages. Mais il y a cette grosse différence avec toi. Eux se la jouent sur le mode de la discrétion.

Idées fluides. Une longue tirade. C'est fatigant. *Se concentrer. Ne pas lâcher.*

Les techniciens ont visionné les vidéos avec soin. Aucun signe distinctif du genre tatouage ou cicatrices n'est apparu. Un type sort du lot. L'homme aux cheveux ras et blonds planqué derrière un masque de lion. Il est d'une violence extrême. Il boite comme si sa jambe droite était plus courte que la gauche.

Je suis lessivé. Mon cœur vit plus vite que moi. Mark jette un coup d'œil à son sergent et se frotte la joue. Signe entre eux que c'est le moment d'entrer dans la danse.

— Bilan : pour toi, c'est plié, lâche Bernard.

Le représentant a sursauté comme s'il remarquait enfin sa présence. Le Vétéran a une grosse voix bourrue. Le Vétéran a l'allure permanente du gars à qui on ne la fait plus depuis longtemps. Et, de temps en temps, maintenant par exemple, une touche d'ironie pimente l'impression de force placide qu'il dégage. Le représentant tire la tronche. Le représentant n'apprécie pas que le Vétéran se paye sa tête tranquillement.

Ça va aller.

— Quelque chose nous dit que tu n'as pas envie de tomber seul, reprend Mark.

Le Vétéran élargit son sourire de quelques millimètres. *Ça va bien. On ira jusqu'au bout.*

Le Vétéran rigole presque :

— D'après vos échanges, il est d'un autre calibre que toi.

— Le type est plus agressif. Et surtout plus malin, renchérit Mark.

— Il suffit d'un nom…

— … et DarkMaster tombe avec toi.

Mark expire. Il ne sait pas si la sueur dégouline dans son dos ou si c'est une hallu. *Ça va aller. Ça va.*

Une certitude, Chauvignon est tenté. Mais Mark lit dans son regard qu'il y a un enjeu. Le gars sait que c'est foutu pour lui, mais il a la trouille. De se faire suriner en prison. Pas par un codétenu détestant les pédophiles, mais plutôt un tueur payé pour le réduire au silence. Mark le voit comme si la scène se déroulait devant ses yeux. Le représentant avec le couteau de fortune planté dans le bide. Le sang.

Mark sait. Lui et son équipe ont mis la main sur un groupe plus ou moins organisé. Et, dans le tas, il y a des gars qui ont les moyens de faire taire les sous-fifres.

Oui, je sais.

Malgré son numéro de mâle dominant, Chauvignon n'est qu'un minable.

Conscient qu'il doit la boucler s'il veut rester en vie.

Ça va. Ça va très bien.

Mark s'agrippe au lavabo, évite son reflet dans le miroir et s'asperge le visage de flotte. Il s'adosse au mur. *Pourvu que personne n'entre.*

Il fouille ses poches. Les cachets. *Pas possible, j'en ai déjà trop pris.* Il sort des toilettes, va à la cafétéria. Elle est vide. Il se sert du café. Tourne la tête vers la grande fenêtre. Le ciel est lourd sur Montréal. Éclipse. Maintenant, il y a trois personnes dans la salle. Il ne les a pas vues entrer.

Éclipse. Il se trouve dans la pièce équipée d'une vitre teintée. Dans la salle adjacente, Ludivine, la dernière arrivée dans l'équipe, et Philippe, un sergent de vingt-six ans. Ils interrogent le comptable. Mark se souvient de ce qu'il leur a demandé : « Dans le duo avec Chauvignon, le maillon faible, c'est lui. Travaillez-le-moi au corps. »

Épaules avachies, regard épuisé, le comptable. Contrairement au représentant, il n'essaie pas de jouer au coriace.

— Alors je t'explique, lui dit Ludivine. En général, les juges aiment les gens qui se déballonnent. Crois-moi, moins tu t'attarderas en tôle, moins tu sentiras ta douleur. Un mois, deux mois, trois mois de moins à l'ombre pour un type que ses codétenus tiennent pour un sale pervers qui aime les enfants, ce n'est pas rien. Tu me suis ?

— Mais j'ai fait que tenir la caméra !

— Tu prétends ne pas savoir où sont les petites. Alors que ça fait un bail que tu t'amuses avec ton copain. Arrête de nous prendre pour des guignols.

— Je vous jure que je ne connais que lui. Et les petites, je ne sais pas où elles sont.

— Comme je te le disais, des pédophiles qui ont pris cher en prison, j'en connais. Beaucoup. Et il y a des histoires que tu n'as pas envie d'entendre.

Crois-moi. Ou si ? Tu veux que je t'en raconte une ou deux ? Je me sens en verve.

Le comptable a les larmes aux yeux. Amalgame de lâcheté et de médiocrité. C'est moche à voir. Mais l'interrogatoire est bien parti, Mark le sait.

Du temps est passé. Dix minutes ? Une heure ?

Est-ce que j'ai dormi ?

Plus personne au-delà de la vitre sans tain. Mark va dans le bureau commun. Bernard, Ludivine et Philippe sont là, ils font le point. Les deux juniors se tournent vers lui. Ils ne comprennent pas son attitude ? Ils sont inquiets ? *On s'en fout.* Mark s'abat sur une chaise et réussit à garder les yeux ouverts. Il croise les bras pour que ses mains ne tremblent pas.

— Faites-moi le bilan.

C'est Ludivine qui se lance. Avec son côté bonne élève habituel, elle dit qu'ils ont enfin un nom et un quartier à Montréal. Le représentant a eu la mauvaise idée de dire en rigolant au comptable que ce troisième homme est un photographe de trente-neuf ans qui fait « officiellement » dans les fêtes familiales.

Ça remue un peu dans tous les sens. Mark reste arrimé à sa chaise. Quelqu'un dit qu'on vient d'obtenir une adresse. Mark se remet à la verticale. *Je crois que j'ai dormi dans la salle avec la vitre sans tain. Ça va mieux.* Il canalise ses pensées.

Appeler l'escouade canine. Demander qu'on mette un chien de recherche de personnes à leur disposition. Voilà ce qu'il doit faire.

Une secousse. Mark se réveille.

Nord-ouest de la ville. Roxboro, congelé dans la nuit. Il se souvient. Sa mère lui avait acheté un livre. Après leur arrivée à Montréal. Il avait huit ans. Ça racontait l'histoire de ce district. Elle ne voulait pas qu'il soit déphasé par rapport aux natifs. Il l'entend encore : « Apprends tout de ce pays, mon fils. Et vite ! » Il n'a pas oublié. Le « quartier des pierres » tient son nom du tunnel ferroviaire creusé dans la roche du mont Royal au début du XXe siècle pour relier cette zone au centre-ville.

En apparence, un coin paisible.

Ils sont quatre dans la voiture banalisée. Il occupe le siège passager. Son jeune sergent conduit. Bernard et Ludivine bavardent à voix basse à l'arrière. Dans leur sillage, la Chevrolet Tahoe du maître-chien et de son malinois.

Tout va bien. Je sais ce que je fais.

La 18e Avenue, ses maisons bien espacées, ses terrains buissonneux et boisés. *Personne pour entendre crier des gamines*, pense-t-il. Ils se garent en amont de la maison où vit et travaille le suspect, et descendent de leurs véhicules. Le vent, plus froid, plus fort, mord Mark au visage. Le maître-chien a déjà son gilet pare-balles, il met le sien à son malinois. Mark et ses équipiers enfilent les leurs et remettent leurs manteaux et doudounes. Ils sont à une quinzaine de mètres de leur but. Leur groupe remonte l'avenue en silence.

La nuit ne tangue pas. Ça va.

C'est une maison cubique en béton gris. Un étage, un large garage. « Studio photo » se lit en lettres blanches sur une enseigne noire fixée à la façade ouest. Aucune lumière ne s'échappe des stores métalliques. Ils font halte, écoutent. Pas un son, hormis celui, lointain, du maigre trafic dans les avenues avoisinantes.

Ludivine se poste près du garage. Bernard contourne le bâtiment à la recherche d'issues éventuelles. Mark et Philippe s'avancent vers la porte vitrée, obstruée par un volet.

J'ai dormi dans la voiture. Ça va.

Mark sonne à l'interphone. Pas de réponse. Il sonne encore, laisse son doigt sur le bouton. Un rai de lumière lui fait lever la tête. Il provient d'une fenêtre à l'étage. Mark continue à sonner. Une voix masculine filtre dans l'interphone :

— … Oui ?

— Police. Ouvrez.

Silence. Mark plaque la main sur son holster de ceinture, débloque l'ouverture et saisit la crosse de son Glock 19. Philippe l'imite.

— Ouvrez immédiatement !

Un instant vide. Mark sonne encore. Plus aucune réponse.

L'adrénaline l'a réveillé. Complètement. Il la sent le fouetter.

Quelques secondes s'effilochent. Un bruit. A priori, quelqu'un vient de dévaler un escalier intérieur. Un chuintement arrive du garage. Mark fait signe à Philippe de rester devant la porte et rejoint Ludivine. Arme dégainée, elle s'est mise de côté. Le volet roulant du garage se soulève. Mark dégaine à son tour. Un moteur de voiture grogne.

Mark hurle :

— Descends de là !

Une détonation. Mark se plaque contre le mur. Ludivine l'imite. Philippe arrive arme au poing.

Ne pas déconner. Mes équipiers sont sous ma responsabilité.

Un nouveau tir. Le volet n'est pas encore complètement ouvert, mais la voiture leur passe sous le nez. Mark aperçoit un type aux cheveux clairs et ras derrière le volant. La voiture est dans l'allée. Elle bifurque à droite dans l'avenue. Il vise le pneu arrière droit, tire. Philippe, Ludivine et lui courent dans le sillage du fuyard. Ses jambes sont électrisées. *Ça va aller. Ça va aller.*

La voiture zigzague, percute le trottoir et pile. Mark et ses équipiers s'accroupissent hors des halos des lampadaires. Deux secondes plus tard, le pare-brise arrière explose sous l'impact d'un troisième tir.

Ce salopard n'a rien à perdre.

Quelques lumières se sont allumées dans des maisons. Heureusement, aucun résident ne se risque dehors.

Encore un tir.

— Jette ton arme ! Lève les mains !

La voix familière de Bernard. Un bruit métallique sur le bitume. Le blond a obéi et lâché son calibre.

Mark se redresse. Bernard appuie son Glock sur la tempe du gars.

Mark comprend ce qui s'est passé. Le Vétéran s'est précipité depuis l'arrière de la maison et s'est coulé vers la voiture.

De sa main libre, il ouvre la portière. Mark s'avance. Le type, un quadragénaire en pyjama sous son manteau, le dévisage d'un air haineux.

C'est mort pour toi, ordure.

Mark le menotte mains dans le dos. L'homme l'insulte, puis décide de la boucler et se laisse entraîner vers la maison. Il boite fortement.

On tient le type au masque de lion. Le fameux DarkMaster ?

Le maître-chien et son malinois sortent de leur véhicule. Le groupe pénètre dans la maison par le garage. Ils débouchent dans une pièce blanche et vide, éclairée par des spots encastrés dans le plafond. Philippe fait asseoir le boiteux dans un coin. Le type garde la tête baissée sur ses pieds nus dans ses baskets.

Mark s'oblige à respirer lentement. Son cœur cavale. *Mais ça va. Ça ira.*

Il scrute les lieux. Les murs sont couverts de tirages en couleurs. Des mariés. Des cérémonies de baptême.

Des portraits de famille. Deux gamines jouent dans un champ ensoleillé. Il tourne la tête sur la gauche. Un grand tirage noir et blanc. Une enfant gracile, en robe claire sans manches. Son visage bordé de longs cheveux noirs est grave. Son regard captivant. Elle est protégée des salves d'une pluie verticale par un grand parapluie.

Mark vient d'être projeté vingt-cinq ans en arrière. Dans un passé replié serré.

Il sent le regard des autres sur lui.

Il a envie de se plaquer contre le mur, de s'accroupir. Tête baissée sur les genoux. Pour ne plus voir le visage de l'enfant.

— Chef ?

La voix de Ludivine.

Il avale sa salive, se ressaisit.

— C'est parti, dit-il au maître-chien.

Celui-ci s'accroupit devant son malinois et lui fait sentir des vêtements.

— Cherche, Rufus ! Allez, mon beau !

Le malinois plaque son museau sur le parquet, traverse la pièce et fonce sur la droite. Mark, Bernard et Ludivine suivent, laissant Philippe avec le photographe.

Les spots du plafonnier tracent un chemin lumineux. Rufus les mène jusqu'à une porte métallique, puis se met à trépigner en couinant. La porte est fermée par un loquet cadenassé. Bernard annonce qu'il va chercher le matériel et repart au pas de course.

Quelques minutes, et il est de retour avec une cisaille. Il fait sauter le loquet. Un escalier plonge dans le noir. Une odeur d'excréments. Pas un son. Mark sait ce que signifient ce remugle et ce silence. Une peur incommensurable. La souffrance, la terreur. Et la mort qui rôde et se pourlèche les babines.

Elle ne doit pas gagner.

Mark n'est pas croyant. Mais il adresse une prière silencieuse à qui veut l'entendre.

Il faut que ce soit l'odeur de la vie qui s'extirpe de ces ténèbres.

11

Montréal, jeudi 6 janvier

Jade se redressa sur un coude et récupéra son smartphone sur la table de chevet. Aucune nouvelle.

Le visage de Mark se construisit devant ses yeux. Inquiet, conscient de la possibilité que son équipe et lui n'arrivent pas à temps. Ses doigts se mirent à danser à toute allure sur le petit clavier :

`Du nouveau ?`

Elle patienta. Pas de réponse. Était-il de retour chez lui ? Pour se changer, prendre une douche avant de remettre ça…

Elle abandonna son smartphone sur son lit et alla boire un verre d'eau à la cuisine. Les griffes de Jindo caressèrent le carrelage. Elle s'accroupit, le prit dans ses bras et se laissa réconforter par sa chaleur.

Quand elle revint dans sa chambre, aucun message ne l'attendait. Devait-elle téléphoner à Mark ? S'il était toujours en intervention, ce n'était pas le bon moment. Elle réfléchit et décida d'appeler le SPVM. Elle identifia la voix d'une des standardistes qu'elle connaissait bien et lui demanda si le lieutenant Song était de retour de sa descente à Roxboro. Celle-ci confirma et annonça que les nouvelles étaient bonnes.

Mark et ses équipiers avaient sauvé les petites. Et arrêté le photographe. Jade la remercia et raccrocha.

Jindo patientait sur le seuil, bien conscient que la chambre était un territoire interdit.

— On a réussi, mon beau ! Ils les ont retrouvées.

Pendant un court instant, elle crut voir ses babines s'étirer dans un sourire. Elle lui fit cadeau d'une oreille de cochon ; il fila s'installer sur son coussin rouge pour la savourer. Jade alla se recoucher. Ses collègues avaient fait des étincelles. *Espérons que ça te mettra du baume au cœur, Mark,* pensa-t-elle.

Elle le revit, chez elle, essayant l'écharpe qu'elle venait de lui offrir. L'air heureux. *Oui, quelques secondes de sérénité, Mark Song.*

Elle s'enroula dans sa couette et écouta la nuit. Le silence. Le silence si épais. Elle était prête à parier que les neiges étaient de retour après quelques petites heures d'accalmie.

*

Mark sort rincé de la salle d'interrogatoire. Des heures à chercher la faille. Le photographe est d'une arrogance inouïe. Persuadé d'être un type exceptionnel, un brillant esthète que les pauvres lois humaines ne concernent pas. Il n'a rien lâché. Une âme en chiendent.

Ludivine et Bernard continuent de le pressurer. Lui reprendra le flambeau avec Philippe, un peu plus tard. *On t'aura à l'usure, salopard.* Tous sont désormais persuadés que, derrière cet homme qui s'est choisi le pseudo de DarkMaster, se cache un réseau.

Mark s'échoue sur un banc du couloir. Lève les yeux vers les fenêtres. *Le ciel est couleur de vase, on perd la notion du temps.*

Il revoit les deux fillettes recroquevillées chacune dans une cage d'à peu près un mètre de haut. L'une dans un tel état de déshydratation qu'elle a perdu connaissance. L'autre terrorisée en les voyant débouler. Il a fallu du temps pour la convaincre de sortir de sa prison. Elle ne voulait pas qu'un homme l'approche, Ludivine a déployé des trésors de douceur pour lui faire comprendre qu'ils étaient là pour les secourir. Finalement, l'enfant s'est calmée un peu en voyant Rufus. Elle a laissé le malinois lui lécher la figure et les mains, puis a fondu en larmes et appelé sa mère. À présent, les petites sont en observation à l'hôpital et leurs parents sont auprès d'elles.

Il agrandit sur son smartphone la photo qu'il a prise chez DarkMaster. L'enfant aux longs cheveux noirs sous le grand parapluie. Un visage délicat. De grands yeux sombres et vifs.

Le gars a signé le tirage de son nom et noté la date.

— Mark…

Il relève la tête. Jade, debout devant lui. En vêtements civils. Il ne l'a pas entendue approcher. Elle voit la photo à l'envers.

— C'est l'une des petites… ?

— Non, ce tirage était exposé dans la galerie de ce type. Cette gamine n'a sûrement aucun lien avec notre enquête, la photo date d'une quinzaine d'années.

Elle ne lui demande pas pourquoi il a éprouvé le besoin de la photographier avec son smartphone.

— Tu es très matinale. Et en congé, apparemment.

— Je ne reprends mon service que cet après-midi, mais en fait… je n'arrivais pas à dormir.

Il lui doit une explication. Elle travaille avec lui, *pour* lui. Et il a oublié de la tenir au courant.

— Je t'offre un café. Tu veux quoi ?

— Noir. Allongé. Sans sucre.

Il n'y a que quatre hommes dans la cafétéria, dont l'un dort sur une table. Mark va chercher deux tasses de café. Jade et lui s'installent loin du dormeur pour ne pas le déranger.

Elle dépose son manteau sur le dossier de sa chaise. Pull bleu pétrole sur jean. Pas de maquillage, et, malgré sa courte nuit, son visage aux traits purs et racés reste frais. Elle pose son sac sur une autre chaise. Antiquité rondouillarde ayant appartenu à vue de nez à un médecin, il a été recouvert de perles colorées formant un motif géométrique. Un bel objet vintage. Sans doute le tient-elle d'un artisan de sa réserve natale.

— Ce type se fait appeler DarkMaster en ligne, dit-il. Ça pue le réseau organisé. On va remonter dans leur organisation.

Il lui détaille l'arrestation. Elle fronce les sourcils quand il lui apprend que le gars leur a tiré dessus.

Elle jette un rapide coup d'œil au smartphone qu'il a posé entre eux sur la table. Sa manière de lui faire comprendre qu'elle veut vraiment savoir pourquoi il a photographié l'enfant au parapluie.

Cette photo, il l'efface. Jade l'interroge du regard.

— Elle m'a fait penser à ma sœur. Elle est morte quand elle avait à peu près son âge. Cette fois-là, à Séoul, il pleuvait. C'était le début de la mousson.

— Mais ta mère…

— Oui, elle n'en parle jamais. Parce que c'est mon père qui a poignardé ma sœur. Un jour de beuverie, de folie. Il est en prison depuis. Et nous, on a tout quitté pour venir ici.

Elle a plaqué sa main sur sa bouche, l'air navré. Ses yeux s'embuent.

— Mark, je suis vraiment désolée. C'est affreux.

— Oui, ça l'est. Mais c'était il y a vingt-cinq ans.

Il pourrait ajouter qu'il a assisté au meurtre et s'en est voulu d'être resté sans rien faire tandis que sa sœur se faisait massacrer sous ses yeux. Il pourrait lui confier qu'il est devenu flic à cause de ça. Pour ne pas avoir trop de questions à se poser le matin sur l'utilité de ses journées. Pour réussir à se persuader qu'il n'a pas hérité des gènes de son paternel. Mais il n'a besoin de l'apitoiement de personne. Diane sait que son géniteur a tué sa sœur et que, jusqu'à l'âge de huit ans, avant de tout quitter pour partir avec sa mère au Québec, il s'est appelé Park Chang-wook. Mais même à son ex-femme il n'a jamais précisé qu'il avait été aux premières loges.

— Comment s'appelait-elle ?

— Ji-hye.

— Ji-hye. C'est beau.

— Oui, ça signifie « sagesse ». (Il tourne la tête vers les fenêtres. Quelques traces violettes sur le gris.) Je t'ai raconté mon histoire. J'attends la tienne.

— Il n'y a aucune comparaison. Je…

— Raconte-moi.

Elle lui décoche un sourire furtif. Et déroule la mésaventure arrivée quand elle avait une quinzaine d'années. En plein hiver, elle a été avalée par l'un des lacs qui ponctuent le territoire de ses ancêtres. Un accident stupide, une imprudence d'adolescents. Sa sœur Greta et l'ami qui les accompagnait ont mis de longues minutes à la sortir de là. Parce que ce n'était pas son heure ou parce que ce matin-là le curseur du hasard s'était bloqué sur « bienveillance », le lac a été relativement aimable. En guise d'indemnité pour avoir osé perturber son immobilité glacée, il ne lui a confisqué que sa capacité de mémorisation. Enfin, pas l'intégralité, mais une partie conséquente. Depuis, et selon la formule consacrée, Jade n'est plus comme avant. Mais elle s'obstine et fait de son mieux. Elle a suivi une formation pour intégrer le SPVM au prix de gros efforts.

Elle s'organise en rédigeant des pense-bêtes et consigne chaque détail de son travail dans des cahiers.

Elle ajoute que sa sœur Greta veille au grain, inquiète de savoir si celle qui ne lui ressemble plus que physiquement mène une vie équilibrée malgré ses souvenirs de poisson rouge.

— Avant l'accident, j'étais douée en maths, comme ma jumelle, et aussi passionnée qu'elle par l'informatique. J'imagine que je serais naturellement devenue une chercheuse. Et que, comme Greta, j'aurais pu participer à des avancées dans un domaine de pointe. Ce ne sera jamais le cas. Disons que, à une certaine époque, le monde se révélait à moi sous un angle particulier, grâce à l'approche scientifique, mais qu'aujourd'hui mon esprit n'a plus les moyens de l'investiguer de la même manière. Ça ne me rend pas malheureuse. J'aime ce que je fais ici. Je me sens vraiment utile. Voilà, tu sais tout.

C'est curieux. Il a l'impression de la connaître depuis toujours. En même temps, malgré ses révélations, elle reste mystérieuse.

Jade tourne la tête vers un groupe qui vient d'arriver. Mark observe un instant son profil délicat, puis se dit qu'il est temps de reprendre du café.

Son smartphone vibre contre sa fesse droite. Carrier. Elle le convoque dans son bureau.

La commandante de la direction des enquêtes criminelles a un visage mou, mais ses yeux vivent une existence autonome. Les voilà qui le grillent sur place. Ça sent les ennuis. Colette Carrier n'a qu'à plonger la main dans le sac à reproches. Embarras du choix.

Elle lui désigne la chaise qui fait face à son bureau d'un coup de menton. Il s'y installe.

— L'équipe a retrouvé un corps dans les bois de Saint-Côme. D'après son dossier dentaire, c'est bien la dépouille de Michael Thomson. Cette fois, l'Équarrisseur t'a dit la vérité. Bien joué.

Il ferme les yeux un instant. L'émotion comme une claque. Ça fait des mois que Timothée Lavigne le balade. Et là, enfin.

Quand son regard retrouve le visage de la commandante, il sait. *Elle n'en a pas fini avec moi.*

— Tu connais cet Américain qui va de gratte-ciel en gratte-ciel sur un fil ? Son dernier truc, c'est de se lancer yeux bandés. C'est un peu ton style, Mark, le funambulisme. Beaucoup d'effets, progressifs en plus, mais la chute serait fracassante. Je ne sais pas à quoi tu carbures, en tout cas il va falloir te calmer. Je t'ai soutenu jusque-là. Mais ta gueule de zombi, ça fait jaser et ça commence à bien faire.

— Oui, tu as raison. Je vais me remettre au sport.

— Tu peux te mettre au tricot ou collectionner les timbres, je m'en fiche, mais reviens dans le monde des vivants. Autre chose. J'ai appris que le gars t'avait léché la main. Ça a fait le tour de la prison. Ce n'était peut-être pas la peine de faire dans le théâtre, si ?

— J'admets. J'ai mes côtés…

— Outranciers.

Il hoche la tête. Il est clair qu'elle trouve ses mots plus vite que lui. Elle plaque sa main sur une pile de dossiers, signe que c'est le moment pour lui de dégager. Mark se lève. Arrivé à la porte, il l'entend l'interpeller :

— Ne me lâche pas, Mark. J'ai besoin de toi, d'accord ? Ce réseau, les gamines, c'est du lourd…

Sans se retourner, il lève le poing droit au ciel. Et le secoue un peu dans les airs.

— On va y arriver.

— Ouais. Dernier avis. Après ça, c'est la suspension. Ou la cure forcée. On verra bien.

— D'accord. Plus de funambulisme.

*

Séoul, jeudi 6 janvier

Yong-hwan a emprunté le smartphone de Tokki et visionne une vidéo en se grattant la tête. Le Net est un océan de conneries. C'était à celui qui imaginera la plus débile. La dernière mode, c'est de se faire foutre en tôle. Dans une fausse prison. Histoire de déstresser. Une bonne femme assez gironde en tenue bleue de taularde l'annonce avec une bouche en cul-de-poule : « Étrangement, c'est là que j'ai vraiment la sensation d'être libre. » Elle fait partie des deux mille abrutis qui ont déjà choisi ce service. Pour le prix d'une chambre d'hôtel, vous êtes bouclé dans une cellule pour y pioncer sur un matelas maigrelet, on vous confisque votre téléphone et on vous fourgue « un repas modeste » par une trappe découpée dans la porte. À peu près comme dans la vraie vie. À part que le décor est neuf, que vous n'avez pas de codétenus pour vous ronfler dans les oreilles et que, au lieu de trimer ou de récurer les chiottes, vous avez classe de méditation.

En vingt ans, les Coréens sont partis en sucette. Plus aucune hésitation à avoir. La seule chose à faire est de se barrer de ce foutu pays.

Il s'allonge sur son matelas gonflable et écoute la respiration encore encombrée de Tokki, qui roupille dans son canapé-lit. Demain, son pote reviendra à la vie. La grippe a commencé à lui lâcher la grappe.

Content de sa journée, Yong-hwan soupire d'aise. Le Net lui a au moins servi à se renseigner pour son visa. Il s'obtient vite par voie électronique, à condition d'avoir un passeport valide et un billet d'avion. Justement, dans la journée, cheveux coupés et teints à la Tokki, il a fait des photos avant de retrouver un faussaire de confiance, qu'il connaît depuis la belle époque de Goro. Le type lui livrera le passeport dans les meilleurs délais. Problème, ses économies y sont passées. Avec l'argent que Tokki va lui prêter, il a de quoi s'acheter le billet d'avion, mais ensuite il sera à sec. Il doit saisir sa chance avec la vioque.

Il se redresse, enserre ses genoux et y pose son menton. Qu'est-ce que Goro dirait de son idée ? « Ne prends pas de risque, Yong-hwan. Le blé, tu t'en feras avec moi. Si tu repars en cabane, ça sera pour de bon. Et tout ça pour des bijoux que t'es même pas sûr de trouver… » Il pense que le seul intérêt de ses vingt-cinq années dans le trou, c'est d'avoir dessaoulé. Il est guéri du *soju*. Quand il a vu des types picoler en ville, ça ne lui a fait ni chaud ni froid. Il est Yogwe, l'homme démon qui a retrouvé ses pouvoirs. Parce que, en échange, il a sacrifié sa seule faiblesse, l'alcool. Alors non, Goro ne lui dirait pas d'être prudent. « Quand ton instinct te braille dans les oreilles d'y aller, Yong-hwan, tu l'écoutes ! » Ce serait ça, le conseil de son pote.

Aller au Québec, c'est se rapprocher de Goro. De là, il n'y aura plus qu'une frontière à passer pour le retrouver. Le Grand Frère n'est pas mort. Sûr que le destin l'a épargné et qu'il a la belle vie en Californie. Il entend sa voix. « Rejoins-moi, Yong-hwan… »

12

Montréal, lundi 17 janvier

Une trentaine de personnes sont réunies. Mark jette un coup d'œil vers le fond de la salle. Attendant le commencement de la réunion, Jade Assiniwi discute avec un jeune sergent. D'après la gestuelle de ce gamin, il est lancé dans une opération de séduction. Jade apprécie ses plaisanteries ?

Un bruit sec et répété captive l'assistance. Mark tourne la tête comme les autres. La commandante Carrier tape du poing sur la table.

— Un peu de silence ! (Le brouhaha cesse.) Merci. Je sais que personne n'aime les réunions, mais celle-ci est indispensable. Elle va nous permettre de mieux nous coordonner. Premier point, tous les éléments de l'enquête mènent à une seule conclusion. On a affaire à un réseau organisé. On a certes pêché un gros poisson à Roxboro, mais, excusez la métaphore piscicole, il est du genre carpe. On est en train de passer au tamis ses relations connues, professionnelles et privées, ça ne donne rien. Et ça fait douze jours que ça dure. Deuxième point, malgré le manque d'infos, vous n'avez pas d'autre choix que de faire des miracles. (Elle marque un temps d'arrêt pour scruter les visages.)

Deux fillettes ont été sauvées, mais, d'après ces vidéos tournées sur plusieurs mois, il y a d'autres victimes. Dont on n'a aucune trace. Et dont on ignore si elles sont toujours en vie. Troisième et dernier point, ces miracles, vous avez intérêt à les faire vite. Bien, j'espère avoir été claire. (Elle se tourne vers Mark.) Tu nous dresses le bilan ?

Tous les regards se soudent au sien. Tension. Mark se blinde. *Les yeux des autres ne me boufferont pas.* Il a fait ce qu'il a dit et tenu sa promesse à Carrier. Il a repris le sport. Les cachets, il contrôle. L'alcool aussi. *Ça va. Ça va mieux.* Il se lance.

Jusqu'à présent, trois hommes ont été arrêtés. Il rappelle leurs noms, précise qu'il s'agit d'un comptable, d'un représentant en pharmacie et d'un photographe. Le trio a démarré *via* Internet. C'est le représentant qui a enlevé les deux écolières qu'on a réussi à libérer. Un temps, il les a séquestrées dans l'ancienne chocolaterie pour des séances filmées par le comptable. Une fois lassé, il les a confiées au photographe sans plus se préoccuper de leur sort. Mais les deux hommes ont continué d'échanger leurs vidéos.

L'arrestation du photographe, *alias* DarkMaster, a permis de mettre la main sur d'autres films à son domicile, et sur une abondance de photos numériques à caractère pédopornographique. Sur ces différents supports, une dizaine de victimes ont été dénombrées. Leurs descriptions ont été communiquées aux collègues de toute la province du Québec et aux forces de police de l'ensemble du Canada. Jusqu'à présent, une seule enfant, une fugueuse de douze ans, domiciliée dans un foyer de la ville de Québec et toujours portée disparue, a été identifiée.

Il marque une pause et veut avaler sa salive. Sa bouche est sèche. Mais, s'il saisit la petite bouteille en plastique posée devant lui pour boire, les autres verront sa main trembler. *Je gère. Je contrôle.* Il reprend :

— En revanche, concernant les prédateurs, aucun document recensant des complices éventuels n'a été retrouvé. Les échanges entre Chauvignon et DarkMaster sont les seuls sur lesquels on a pu mettre la main. Je précise qu'à la fois dans la chocolaterie abandonnée et au domicile du photographe, où certaines vidéos ont été tournées, les ADN récoltés n'ont pas permis de trouver une correspondance avec un fichier génétique. Sur les vidéos, le seul agresseur connu est le photographe.

Il ajoute que les deux fillettes n'ont donné qu'un maigre témoignage. On continue à les interroger en douceur, mais leur état psychologique ne permet pas d'obtenir d'informations utilisables pour le moment.

— Le photographe et le comptable vivaient seuls. Le représentant est marié. Sa femme, née comme lui à Toronto, fait l'objet d'une enquête spécifique. D'autre part, on continue d'investiguer au sujet du parc d'entrepôts à louer dont faisait partie la chocolaterie. Certaines vidéos ont été tournées l'été et l'automne derniers dans des lieux similaires. Le directeur de la société de location n'a pas pu reconnaître un lieu spécifique. Mais, en poursuivant nos recherches, on a nos chances de trouver d'autres matériels de stockage de données.

Précisant que l'escouade canine continue à passer en revue les entrepôts disponibles à la location dans la période concernée, il se tourne vers Jade. Elle lui décoche un sourire. *Je sais ce que tu penses, Assiniwi. Que je m'en tire bien.*

— Voilà, c'est à peu près tout.

C'est à peu près tout, et c'est énorme, en ce qui le concerne. Il a l'impression d'avoir parlé pendant un siècle.

La patronne reprend la parole et répète qu'elle compte sur une collaboration étendue entre les différents services. Elle passe le relais à la lieutenante Karin Lajoie de l'équipe de surveillance des délinquants sexuels, le groupe chargé de vérifier au quotidien que les individus libérés respectent les conditions qui leur ont été imposées en sortie de prison. Certains, jugés les plus dangereux, sont placés sous surveillance indéfinie, les autres sous le joug d'ordonnances plus ou moins longues suivant les situations. En lien constant avec les agents chargés des libérations conditionnelles, les policiers de l'équipe de surveillance effectuent un travail de prévention en visitant les délinquants susceptibles, d'après leurs propos ou leurs comportements, de récidiver. Lajoie affirme que son équipe va questionner ces gens, histoire de récupérer de possibles informations sur le réseau auquel appartenait le photographe.

La lieutenante annonce que l'opération Grappin, initialement prévue en février prochain, a été avancée. Il s'agit de l'une de ces descentes surprises menées tout au long de l'année à Montréal. Les enquêteurs, aidés par des patrouilleurs et leurs chiens, appréhendent les individus condamnés qui n'ont pas encore pris la peine de s'inscrire au SPVM. Les renseignements récoltés sont ensuite entrés dans des banques de données gérées par la Sûreté du Québec, puis centralisés dans le Registre national des délinquants sexuels placé sous la responsabilité de la Gendarmerie royale du Canada. La loi oblige chaque délinquant sexuel à communiquer ses données personnelles et à signaler au fil du temps ses éventuels changements d'adresse ou sorties du territoire national. Le Registre est l'outil indispensable pour que l'équipe de surveillance puisse gérer tout ce beau monde le plus efficacement possible.

— On profitera de ce ratissage pour interroger ces délinquants rétifs à s'enregistrer, précise la lieutenante. Histoire de ne rien laisser de côté dans le cadre de l'enquête actuelle.

— Bien, on s'y remet ! lance la commandante Carrier. Je compte sur vous.

La salle n'a qu'une porte. Mark, assis près de l'estrade où se trouve Carrier, doit attendre que le gros de la troupe s'évacue avant de pouvoir sortir à son tour. La tête de garçonne ébouriffée d'Assiniwi est déjà hors de vue.

Une fois dans le couloir, il la voit en compagnie du jeune sergent. S'avançant, il entend le gars lui proposer de prendre un verre. Mark fonce droit sur eux, agrippe Jade par l'épaule et lui dit qu'il faut qu'il lui parle. Le sergent reste planté là comme un crétin.

— Qu'est-ce qui se passe ? demande Jade.

— Rien. Je veux juste t'offrir un café.

— Tu es de bonne humeur, Mark.

— Oui, je crois aussi.

— Chouette spectacle.

*

Séoul, mardi 18 janvier

La dernière fois que Yong-hwan a foutu les pieds chez la vieille Kim, c'était il y a deux semaines. Aujourd'hui, c'est le grand jour.

Ce matin, il pète la forme. À force de surfer avec le smartphone de Tokki, il a réussi à localiser Goro. Il tient un restaurant coréen à Los Angeles. Une super couverture. Le Grand Frère l'a invité à le rejoindre dès que possible.

La mère Kim est comme toutes les vioques, elle aime ses habitudes. Lundi masseur, jeudi manucure, vendredi femme de ménage, samedi coiffeur. Chaque jour, la bonniche fait les courses. Toujours à la même heure, parce qu'elle a d'autres patrons à satisfaire. Le dimanche est à exclure parce que Tokki ne rate jamais le culte au temple protestant. On a le choix entre le mardi et le mercredi. Autant tenter le coup ce mardi. Ça laisse le lendemain pour se refaire en cas de ratage.

Yong-hwan quitte la tiédeur du métro et remonte à l'air libre. Sous son masque de tissu, il sourit sans pouvoir se retenir. Tokki est mûr. Yong-hwan lui a fait rentrer une idée dans la caboche : Mme Kim acceptera de devenir actionnaire du business qu'ils lanceront tous les deux. Happy Dog. « Ne lui en parle pas, tu ne sais pas y faire. Moi, je vais lui expliquer notre projet de start-up. Une femme qui aime autant ses deux toutous verra tout de suite que c'est l'idée du siècle. Elle nous prêtera l'argent. On va avoir notre propre affaire, mon pote ! »

Aujourd'hui, l'idiot lui a cédé sa place pour promener les saucisses royales. « Tu comprends, Tokki, quand je lui ramènerai Windsor et Sterling, je l'entreprendrai entre quatre yeux. Je suis sûr que j'arriverai à la convaincre. Tu m'attendras au restau du coin, près de son immeuble. Vers 12 h 15. Comme ça, je te paierai à bouffer pour fêter ça. »

Les jours précédents, il l'a persuadé d'aller bosser avec un masque. « Mais t'étais inconscient de pas le faire jusque-là ! Qu'est-ce qui se passera si tu lui refiles un sale virus chopé dans le métro, hein ? Mme Kim n'a plus l'habitude des saletés qui traînent, elle ne sort jamais de chez elle. Elle peut mourir sans prévenir. Tu perdras une gentille employeuse. Et la chance de notre vie ! »

Résultat, ça fait deux semaines que les concierges voient entrer et sortir deux fois par jour un Tokki avec un bonnet rouge sur le crâne, le visage recouvert d'un masque blanc et vêtu d'une grosse doudoune. Le bonnet et la doudoune, Yong-hwan les a payés avec son fric. Sans lui dire qu'il a acheté les mêmes pour lui. Il a espionné Tokki à son arrivée dans l'immeuble, histoire de repérer ses mimiques. Le crétin a l'habitude de presser le pas en passant devant le bureau des loufiats et de leur faire deux ou trois courbettes en agitant la main gauche. Yong-hwan s'est entraîné seul au parc jusqu'à l'imiter à la perfection.

Ça y est. L'immeuble est à deux pas.

Il entre. Les loufiats de luxe discutent entre eux. Il adopte l'allure de Tokki, constate qu'ils répondent à son salut sans arrêter leur conversation. Normal, un promeneur de clebs ne les intéresse pas plus que leur première paire de chaussettes. Il fonce vers l'ascenseur. Personne dans les parages, ni voisin ni livreur.

L'ascenseur s'ouvre, il s'y engouffre et garde la tête baissée.

La porte de l'ascenseur soupire.

Yogwe est arrivé au douzième.

*

Montréal, lundi 17 janvier

Min-young sursauta. Son smartphone venait de sonner dans sa poche alors qu'elle somnolait devant Netflix. Elle prit l'appel, entendit un homme à la belle voix grave s'exprimer en coréen. Il annonça être maître Won et appeler depuis la Corée du Sud. Elle mit quelques secondes à comprendre de qui il s'agissait.

Won Ji-hyuk avait été son avocat lors du procès de son ex-mari. Rien d'étonnant à ce qu'il ait son numéro à Montréal. Elle se souvint de lui avoir téléphoné quelques années auparavant. Après avoir lu un article dans la presse coréenne mentionnant la libération anticipée d'un meurtrier pour bonne conduite. Elle avait voulu savoir si le risque existait que son ex-mari bénéficiât de ce type de remise de peine. Won lui avait promis de surveiller le dossier.

— Désolé si je vous dérange, madame Park.

Elle avala sa salive. C'était étrange d'entendre quelqu'un l'appeler par ce nom qu'elle avait rejeté depuis une éternité.

— Vous ne me dérangez pas, maître. Je suis simplement surprise.

— Oui, cela fait longtemps que nous ne nous sommes pas parlé, n'est-ce pas ? J'espère que votre fils et vous allez bien.

Un visage juvénile lui revint à l'esprit. L'avocat avait moins de trente ans à l'époque du procès, mais il dégageait une maturité impressionnante. Il avait su les épauler, son fils et elle. Et quand elle avait décidé de vendre la maison et le terrain, il lui avait conseillé un confrère spécialisé dans le droit de la propriété.

— Je ne vous remercierai jamais assez de ce que vous avez fait pour nous, maître Won. Nous allons très bien, je vous remercie. Mais… il est arrivé quelque chose ?

— Écoutez, vous êtes peut-être déjà au courant… Mais je me suis dit que, si ce n'était pas le cas, il était de mon devoir de vous prévenir. Votre ex-mari…

Yong-hwan venait-il de mourir ? Son cœur se figea. Cet homme, elle l'avait renié par tous les pores de sa peau. Une haine si forte que c'était une douleur de la ressentir. Cette émotion atroce venait de la saisir à la gorge. Comme avant.

— Que lui est-il arrivé ? réussit-elle à articuler.

— Eh bien, vous aviez eu raison de me contacter à ce sujet. Il vient d'être relâché.

Relâché ? Machinalement, elle regarda l'écran du téléviseur. Les personnages de sa série étaient devenus des pantins ridicules.

— Mais… il avait écopé de la peine capitale.

Elle savait bien qu'on n'exécutait plus et qu'un tel verdict était en réalité une condamnation à la perpétuité. *Pour autant…*

— Apparemment, il a bénéficié d'une grâce.

— …

Elle lutta contre une impression d'irréalité. *Une grâce.* Alors qu'il avait tué sa propre fille.

— Allô ? Madame Park ?

— Pardonnez-moi… Je ne comprends pas comment ça a pu arriver…

— Je ne travaille plus dans la capitale, mais à Busan. Quand un confrère de Séoul m'a prévenu de la libération de Park Yong-hwan, j'ai fait de mon mieux pour en savoir plus et j'ai réfléchi à partir des infos récupérées. En toute logique, il y a eu négociation. J'imagine que votre ex-mari a dû donner aux procureurs des informations sensibles. Au moment de son arrestation ou plus tard, je l'ignore. Ce qui expliquerait pourquoi il n'a pas été exécuté. J'ai appris que, ces dernières années, il avait envoyé à plusieurs reprises un dossier aux autorités judiciaires pour obtenir une remise de peine. Ça n'a jamais abouti. En revanche, il a bénéficié d'une grâce à l'occasion de Noël. Les procureurs ont dû considérer que vingt-cinq ans étaient une peine conséquente. Je veux dire pour un homme de son âge et dans son état.

Ils ont pensé qu'un alcoolique comme lui ne ferait de toute façon pas de vieux os.

— Si Park Yong-hwan a tenté plusieurs fois d'obtenir une remise de peine, reprit l'avocat, c'est certainement parce qu'il a eu un comportement exemplaire en prison. Le temps a fait son œuvre. Malgré tout, soyez vigilants, votre fils et vous. On ne sait jamais. En dehors de moi, d'autres personnes en Corée savent-elles que vous êtes à Montréal ?

— Non. J'avais suivi vos conseils à l'époque.

— Parfait. Je vais vous laisser le numéro de la prison d'Uiwang. Il s'agit de la ligne directe du directeur de l'établissement. Vous pourrez l'appeler de ma part si vous voulez plus de détails. En tout cas, je me tiens à votre disposition, madame Park. N'hésitez pas à m'appeler en cas de besoin.

Elle le remercia et raccrocha.

Park Yong-hwan était dans la nature.

Vingt-cinq ans auparavant, juste après le verdict, il lui avait jeté un regard de haine glaçant. Par la suite, écrasée par la douleur, elle avait été incapable de réagir. Puis elle avait eu un sursaut. Elle avait pris la fuite avec son fils. Yong-hwan était un truand, doublé d'un psychopathe. Il pouvait décider de mettre un contrat sur eux, même depuis sa prison. Elle avait tout quitté pour débarquer au Québec. Parce que c'était là que son oncle maternel, un bourlingueur qu'elle aimait beaucoup, avait fini par se fixer.

Ses parents étant morts jeunes dans un accident de voiture, cela n'avait pas été si difficile que cela de laisser ses racines derrière elle. Le crève-cœur avait été pour ses grands-parents, mais elle n'avait pas eu le choix. Et, une fois à Montréal, dans cette ville à des milliers de kilomètres de son passé, Chang-wook et elle étaient devenus Mark et Min-young Song.

La seule faille, c'étaient les confidences qu'elle avait pu faire à Yong-hwan au début de leur mariage. Elle admirait cet oncle qui avait osé s'établir à l'étranger ; c'était l'aventurier de la famille, et quelqu'un de bon et de généreux. Tout à son enthousiasme, elle avait pu parler de lui à celui qui était alors son jeune mari.

Celui qui lui avait fait croire qu'il était un type bien. Celui qu'elle avait pris pour son sauveur.

Alors que, en réalité, tu étais un monstre, Yong-hwan. Qui ne méritait que la mort.

Comme elle l'avait affirmé à maître Won, personne à Séoul ne savait que son fils et elle vivaient là depuis vingt-cinq ans. En revanche, à Montréal, quelqu'un connaissait leurs véritables identités. Soo-ji, la veuve de son oncle, ou plutôt son ex-compagne ; ils n'avaient jamais été mariés.

Il fallait qu'elle ait une conversation avec elle pour lui rappeler d'être prudente. Au fil du temps, chacun avait tendance à baisser la garde.

Pas question de la déranger à pareille heure. Elle l'appellerait dès que possible le lendemain matin.

En tout cas, elle devait prévenir Mark. *Je n'ai plus le choix.* Mais pas ce soir, sinon il ne fermerait pas l'œil de la nuit.

*

Séoul, mardi 18 janvier

Ça démarre bien. Le soleil dégouline des baies et lèche le tapis, un bon signe. Comme prévu, la vioque est seule. Yong-hwan a baissé son masque pour lui sourire. Elle a avalé son bobard.

— Mon ami Tokki s'excuse. La grippe l'a repris. Le pauvre n'a pas une constitution solide. Mais moi, je suis là pour Windsor et Sterling.

Les deux saucisses et lui sont dans la cuisine. Il a demandé l'autorisation de boire un verre d'eau du robinet avant d'entamer la promenade. La vioque attend dans le salon. C'est le moment. Il déploie sa matraque télescopique en nylon.

Il referme la porte sur les clebs et fonce. La moquette avale ses pas. La vioque n'a pas le temps de réagir. Il l'assomme d'un coup sur la nuque. Elle s'effondre comme une tourelle. Il la transporte jusqu'à la salle de bains, la déshabille en vitesse, grimace en découvrant son corps de momie, fait un tas net de ses fringues qu'il pose sur le bord d'un lavabo. Il l'allonge dans la vaste baignoire. Les robinets plaqués or ont un jet puissant, le niveau monte vite. Kim revient à elle alors que la flotte recouvre son ventre. Elle commence à gesticuler. Il plaque une main sur sa poitrine décharnée et l'autre sur sa tronche. Il appuie. Sa tête est immergée. Suffit d'attendre. Elle gigote. Mais, vite, ses cannes à peine plus grasses que des bébés bambous arrêtent leur danse. C'est fini.

Il se redresse, regarde le résultat.

Yogwe n'est pas mort. Il est plus fort qu'avant. Sentir la vie s'écraser entre ses doigts, ça lui a manqué, au *yogwe*. Il s'en rend compte, maintenant.

Il sort de sa transe.

Il doit fouiller vite fait l'appart. Deux colliers de perles, des bagues et une montre décorée de diamants dorment dans le tiroir de la table de chevet. Le porte-monnaie dont se servait la vioque pour payer ses esclaves est sur le bureau. Il rafle le bon petit paquet qu'il contient. Il trouve une forte somme dans un carton à chaussures planqué derrière une pile de fringues. Coup classique, un coffre-fort à combinaison est encastré dans le mur derrière un tableau. Impossible de le forcer. Dommage.

Il glisse son butin dans les pochettes en plastique qu'il a apportées et fourre le tout dans sa doudoune. Il récupère les clebs à la cuisine, quitte l'appartement et prend l'ascenseur.

Quand il traverse le hall, les gardiens ne lui accordent qu'un regard mou.

Ça y est. Il est dehors. Et gavé de thunes comme un prince consort.

Il fait mine de prendre la direction du parc, puis bifurque vers le restau où Tokki débarquera d'ici vingt à trente minutes pour l'attendre. Une fois sur place, il accroche discrètement les chiens au panneau de signalisation repéré la veille. Il est à moins de quatre mètres du restau. Impossible que Tokki ne voie pas les bestioles à son arrivée.

Il y a plusieurs scénarios possibles. Aucun ne peut foirer complètement. En gros, la bonniche arrivera à son heure habituelle après ses courses. Comme sa patronne ne lui ouvrira pas la porte, elle s'inquiétera, perdra ou non du temps et préviendra les loufiats. Lesquels finiront par s'introduire dans l'appartement avec leur passe. Ou appelleront la fille de la vioque qui arrivera avec le double des clés. Ces gens découvriront Kim noyée dans sa baignoire. L'appartement est dans un état normal, le coffre est intact, ils penseront d'abord à un malaise.

Et là, Tokki rappliquera avec les chiens. Apprenant la mort de sa patronne, il sera complètement paumé. Les loufiats, la bonniche et la fille le trouveront confus, bizarre. Lui qui était toujours à l'heure, il ramenait les clébards avec du retard ! Mais pourquoi ? Eh bien, pour donner le change. Parce qu'il n'y avait que lui dans l'appart au moment de la mort de la vioque. Malgré ses explications vaseuses, ou à cause d'elles, Tokki sera embarqué au poste. Détail, on retrouvera un objet surprenant sur lui. Une matraque télescopique en nylon, légère mais redoutable une fois déployée, et que Yong-hwan a glissée ce matin au fond d'une poche de la doudoune de l'ahuri. La jumelle de celle avec laquelle il a assommé la vieille.

Les flics auront beau zieuter toutes les vidéos de l'immeuble et du quartier, ils ne verront qu'un seul type aller et venir en bonnet et doudoune avec un masque sur la tronche. Le brave Tokki.

Le temps que tout ça prenne vaguement sens, Yong-hwan sera déjà dans les airs.

Il retourne au parc, récupère le manteau, le sac à dos et la petite valise de vêtements qu'il a planqués dans un épais fourré et se change. Il met de fausses lunettes de vue et une casquette de base-ball. Il quitte le parc, se débarrasse de sa doudoune dans la poubelle d'un restau et de son bonnet dans une autre en veillant à n'être dans le champ d'aucune caméra. Il se rend en métro à l'officine du faussaire qui lui a vendu son passeport. Le gars lui échange les bijoux contre une somme convenable.

Il reprend le métro. Une demi-heure plus tard, il est dans un bus en route pour l'aéroport d'Incheon.

Le trajet s'est passé sans histoires. Il a voyagé avec des gars à tronches de businessmen. À un moment donné, il a piqué du nez. Et rêvé de Goro. En costard blanc, nu-pieds sur une plage, pouce dressé en signe de victoire. Il neigeait, mais le Grand Frère n'avait pas froid.

Il laisse ses lunettes et sa casquette dans les toilettes de l'aéroport et enfile un mince bonnet de laine noire. Pour ne pas exhiber de gros montants, il utilise trois bureaux de change différents. De retour aux toilettes, il répartit les dollars canadiens entre son portefeuille et plusieurs pochettes en plastique, en fourre une dans son sac à dos et les autres dans sa valise. Un gugusse au contrôle des bagages pourrait être tenté, mais il n'a jamais entendu dire que les employés coréens se servaient dans les valises. La discipline, c'est au moins ça de pris, dans ce pays.

Son vol décolle dans moins de trois heures. Il s'avance vers le contrôle des bagages. Garder ses nerfs en place est plus facile que prévu. Il lit les instructions sur la pancarte et dépose ses affaires sur le tapis roulant. Dont le portefeuille et la pochette pleine de fric. En cas de question, il a prévu une excuse. « Je vais au mariage de mon fils à Montréal. Je veux leur faire le cadeau de leur vie ! »

On lui fait signe de passer sous une arche métallique. Ça déclenche une sonnerie pointue. Pas de quoi sursauter. Goro veille sur lui. Comme il l'a toujours fait.

En fait, c'est sa vieille montre qui a réveillé les bidules électroniques. Il sourit à l'employé qui agite une espèce de bâton autour de lui. Le gars lui rend son sourire.

— Allez-y, monsieur, c'est bon !

Le douanier, c'est une autre chanson. Une gueule de constipé. Finalement, il tamponne le passeport en vitesse et lui fait signe de dégager. Yong-hwan imagine qu'il lui balance une grenade dans la tronche et que sa petite cabine bordée de plexiglas explose avec lui.

Il déboule dans une zone de magasins brillants comme des soleils. Devant lui, un écran lumineux. Habité par une blonde habillée en blanc et armée d'un flacon de parfum rose. Elle lui fait les yeux doux. Ça ressemble à l'entrée du paradis.

Yogwe va prendre l'avion pour la première fois.

13

Montréal, mardi 18 janvier

Réveillée à l'heure habituelle par son smartphone, Min-young constata qu'elle avait passé une mauvaise nuit et était groggy. Hier, après l'appel de l'avocat, elle s'était demandé comment annoncer à Mark la libération de son père. Un choix délicat. À l'adolescence, il avait eu longtemps de terribles problèmes d'ajustement. Il faisait des cauchemars en continu, revenait souvent à la maison le visage tuméfié après s'être battu. Quand il avait appris ce qu'était la génétique à l'école, il avait vécu un sale moment. Il lui avait demandé si le fils d'un meurtrier risquait lui-même d'en devenir un. Progressivement, et avec l'aide d'un thérapeute, il avait recouvré un certain équilibre, puis cessé d'évoquer le sujet. Et Min-young avait suivi le mouvement. Elle et lui n'avaient plus prononcé le nom de Yong-hwan. Même lorsqu'ils se retrouvaient pour commémorer la mémoire de Ji-hye.

Sortir le sujet de sa boîte serait douloureux.

Elle alla se poster à la fenêtre. Bientôt, Jade et Jindo apparurent en contrebas. La jeune femme fit monter son chien à l'arrière de sa voiture de fonction, puis se tourna vers la maison. Elles se firent un signe, comme chaque matin, puis Jade s'installa derrière le volant et démarra.

Min-young pensa qu'elle avait bien fait de venir vivre ici. Ce n'était pas seulement une question de sécurité par rapport à un contrat hypothétique que Yong-hwan aurait pu mettre sur sa tête. C'était pour éviter que Mark ne soit ostracisé à l'école en Corée. Park Chang-wook, fils d'un tueur. Ce n'était pas un héritage envisageable.

Elle tua le temps et, à 8 h 30 tapantes, appela Soo-ji. Celle qui avait été la compagne de son oncle lui répondit de cette bizarre voix grave à laquelle elle ne s'était jamais habituée. À vrai dire, Min-young n'aimait pas grand-chose chez elle. Elle lui apprit la libération de Yong-hwan, lui fit jurer de redoubler de prudence et de ne rien communiquer à son sujet ou à celui de Mark à quiconque. Soo-ji se vexa : ce n'était « guère utile » de le lui rappeler, le secret était bien gardé depuis 1997.

— Pourquoi voudrais-tu que Yong-hwan rapplique ici après tout ce temps ? demanda-t-elle, agacée.

— Parce qu'il est le diable incarné.

C'était juste une expression. Mais elle dépeignait bien ce cinglé putride. Min-young faillit ajouter : « De toute façon, une voyante, ça croit au diable, non ? » Mais elle renonça à faire dans l'ironie gratuite. Il était inutile, voire dangereux, de mettre la « veuve » de l'oncle Dak-ho davantage de mauvaise humeur. Elle temporisa, réussit à récupérer le coup avec quelques mots aimables et mentit en prétendant qu'elle viendrait bientôt.

Elle abandonna son smartphone d'un geste énervé sur le plan de travail et alla regarder le jardin pour se calmer les nerfs. Soo-ji était une Coréenne du genre allumé, que l'oncle avait rencontrée en Californie, et avec laquelle elle n'avait jamais eu d'affinités. Persuadée d'avoir été « choisie », Soo-ji s'était intronisée chamane, ou plus exactement *mudang*. Détail embêtant, elle prétendait que dans sa famille on était extralucide de mère en fille, alors qu'en réalité l'idée lui était venue après la mort de l'oncle. Soo-ji avait transformé le petit bistrot qu'elle tenait avenue de Melrose en café de voyance. Et elle s'était fait une clientèle parmi la communauté coréenne de la ville. Or, dans les cafés, les gens causaient.

— Pourquoi mon oncle s'est-il casé avec cette idiote ?

Se rendant compte qu'elle bougonnait toute seule, elle se calma.

Peut-être s'affolait-elle pour rien. Yong-hwan était probablement devenu une vieille chose. Qui plus est, comme l'oncle n'avait jamais épousé Soo-ji, il était impossible de remonter jusqu'à lui en se basant sur l'état civil. *Et donc de remonter jusqu'à moi*, se dit-elle.

Maître Won pensait que Yong-hwan avait communiqué « des informations sensibles » aux procureurs pour éviter la peine de mort. Autrement dit, les noms des types de son gang. Cela signifiait que, maintenant qu'il était sorti de prison, personne parmi ses anciennes relations ne voudrait l'aider. Sans compter que, dans ce monde de truands, la plupart ne faisaient pas de vieux os. En admettant même qu'il lui veuille encore du mal après toutes ces années, la retrouver lui demanderait beaucoup de temps et surtout de moyens.

Des moyens qu'il n'avait plus.

Elle avait emporté les économies qu'il avait amassées des années durant. Un bon paquet que cette pourriture avait cru planquer soigneusement dans leur maison de Séoul et qu'elle avait trouvé dans un faux plafond après une fouille acharnée.

Inutile de sombrer dans la paranoïa. Il suffisait d'être normalement prudente.

Elle prit son smartphone et garda le doigt levé au-dessus du numéro de son fils. Elle avait peur de ce que leur conversation allait déclencher. Elle appuya sur le numéro. Pour une fois, Mark répondit d'une voix dynamique. Elle pensa que ses mots allaient agir comme une bombe.

— Allô, Mark. C'est moi.

— Je sais bien que c'est toi. Mon smartphone ne me cache rien.

Son ton était presque joyeux. Elle ne pouvait pas tout pulvériser.

— Je voulais juste savoir si tu avais de quoi manger. Je ne sais plus ce que j'ai laissé dans ton réfrigérateur. Je…

— Il est plein à craquer. Tu en fais toujours pour une armée. D'ailleurs, à ce propos, mets la pédale douce. Je ne suis pas un ogre.

— Ah, désolée, je te dérange avec mes bêtises. Alors que tu as du travail.

— Ah, oui, juste un peu. Je passe te voir bientôt.

Et il avait raccroché. Elle avait manqué de courage. Elle reposa son smartphone, l'étudia un moment comme s'il était capable de lui donner un conseil. Elle leva les yeux vers le téléviseur éteint. Un œil rectangulaire. Une ouverture sur un monde harmonieux qui n'existait pas.

« Pourquoi voudrais-tu que Yong-hwan rapplique ici après tout ce temps ? » La voix de Soo-ji résonnait encore dans sa tête.

Elle serra les dents, puis prit sa décision. Elle rappela son fils.

— Allô ?

Il avait sa voix étonnée. Elle serra le téléphone et s'accrocha au plan de travail.

— Oui, je voulais te dire… C'est au sujet de ton père, Mark…

*

Montréal, mercredi 19 janvier

Yong-hwan se sent comateux.

Le trajet lui a paru salement long. Après un vol Korean Air pour Toronto, il a repris un zinc d'Air Canada. Dix-sept heures à humer les pets de ses voisins, démarrer un lumbago et s'enquiquiner ferme. Et tout ce cirque pour débarquer dans un endroit où on se les gèle encore plus qu'à Séoul. Faut être motivé.

En montant dans le bus 747 à l'aéroport Pierre-Elliot-Trudeau, il a vite compris qu'il lui faudrait de gros efforts pour piger les locaux. C'est une chose d'apprendre à baragouiner le français en prison, une autre de se débrouiller une fois sur place. Le bus l'a largué au centre de Montréal en pleine nuit, près d'une grande station de métro nommée Berri-UQAM. Une avenue bordée d'immeubles modernes. Le vent qui engueulait les arbres. Il a erré jusqu'au premier hôtel venu, s'est effondré sur le plumard et a roupillé comme un ours.

Il se lève, tire les rideaux et scanne la ville du regard. Ciel plombé, rues blanches. Vues de là, les bagnoles ressemblent à des jouets.

Son cerveau est bourré de brouillard, heureusement qu'il a gambergé pendant le voyage. Connaissant son ex-femme, il se doute qu'elle a investi le fric dans du dur. On ne fait pas plus trouillarde. Bo-ra, ce qu'elle veut, c'est se sentir protégée. Forcément, elle a acheté un appart ou une maison. Même si elle a déménagé entre-temps, c'est certain que son point de chute a été Montréal, la ville de son cher tonton. S'il est encore vivant, le gars doit avoir dans les soixante-dix balais.

La salope n'est pas stupide au point d'avoir gardé son nom d'épouse ou de jeune fille. Aucune trace d'elle sur le Net. Tout ce qu'il a à se mettre sous la dent, c'est le patronyme de l'oncle. Lim Dak-ho. Mais impossible de débarquer dans un bureau de l'état civil pour éplucher des actes de mariage, de décès, des demandes d'obtention de la nationalité canadienne ou de changement de nom. On lui demanderait son passeport. Quelqu'un risque de faire une photocopie. Hors de question.

La bonne méthode, plutôt que d'interroger les registres, c'est de fouiller les souvenirs des gens.

Montréal n'a pas de « Petit Séoul », mais une portion de la rue Sherbrooke abrite son lot de restaurants coréens. C'était là que démarrera sa traque. D'autant que son estomac crie famine, il n'a rien mangé depuis l'avion.

Il descend dans la station de métro repérée la veille et scrute le plan. Neuf arrêts jusqu'à Vendôme.

Une fois arrivé, il entre dans le premier restau coréen venu et commande un *bibimbap*. Le bœuf mariné est passable, le riz trop sec, le cuistot a fait son timide avec le piment rouge. Il se caresse la panse et écrase un rot avec sa serviette en papier. Ça lui donne une idée. Il écrit le nom de l'oncle de Bo-ra sur la serviette et la montre au patron en payant l'addition au comptoir. Le gars prononce « Lim Dak-ho » à haute voix, se gratte la nuque et déclare que ça ne lui dit rien.

Yong-hwan soupire, remet son manteau, tire son bonnet au ras de ses sourcils et enroule son écharpe autour de ses joues. Quand il passe la porte, le vent vicieux lui rappelle que ce n'est pas la saison rêvée pour partir en chasse. C'est à se demander si on ne risque pas de geler des yeux. Il repense à son rêve, Goro souriant sous l'averse de neige. Il lâche un petit rire. Le nuage créé par son souffle traverse l'écharpe.

S'il le faut, il agitera cette serviette en papier sous le nez de tous les Coréens de cette foutue ville.

Vers 22 heures, glacé et les guiboles congelées, il est de retour à l'hôtel. En le voyant claquer des dents, le portier lui explique que le sous-sol de Montréal est plein de tunnels et que ça permet d'aller et venir « en s'épargnant les morsures du froid ». Yong-hwan le remercie en se disant que ce connard aurait pu le prévenir dès le matin.

Après une douche brûlante, affalé sur le plumard, il repense à cette journée maudite. Il a écumé le quartier traversé par la rue Sherbrooke Ouest. Une quinzaine de restaurants, une épicerie, un supermarché, deux clubs de mah-jong. Rien à en tirer. Personne qui connaisse ce foutu Lim Dak-ho ou s'en souvienne. À croire que l'oncle de Bo-ra ne s'est pas éternisé ici ou qu'il est bel et bien mort. Ce gars a pourtant dû laisser sa marque quelque part.

De toute façon, impossible de continuer à écumer les rues dans cette température à faire couiner les phoques et en questionnant tous les types sur son chemin. Il finira par attirer l'attention.

Il allume la télé. Ça parle politique. Apparemment, Montréal doit se choisir un nouveau maire. Il écoute d'une oreille. Les candidats y vont de leur baratin les uns après les autres. La plus regardable est une rousse aux grands yeux bleus et au nom imprononçable. Elle raconte ses salades au coin du feu, et les flammes incendient ses cheveux. Ça lui donne une tête de belle renarde.

— Ouais, bandante, dans le style démone, dit-il à la télévision.

Elle est assise à côté d'un dalmatien. « Votre chien aime-t-il faire campagne avec vous ? », demande le journaliste. Yong-hwan ricane. Un doberman serait plus dans le style de cette gonzesse.

Il pense soudain à Tokki. L'amoureux des clebs est sûrement en tôle. Il a dû raconter tout ce qu'il sait. Park Yong-hwan par-ci. Park Yong-hwan par-là. Les flics finiront peut-être par se dire que c'est pas ce niais qui a dessoudé la vieille Kim. De toute façon, c'est trop tard, les gars. Yogwe a mis les bouts.

Son estomac se met à grogner. Tant pis, plus la force de se traîner hors du lit.

*

— Excuse-moi de te déranger à pareille heure.

— Je vous en prie, Min-young. Entrez.

La mère de Mark était d'une pâleur inhabituelle.

— Je crois que j'ai fait une bêtise.

— Dites-moi.

Min-young se laissa choir sur le canapé bleu et se lança dans une histoire compliquée. Ses émotions la chahutaient tant qu'elle avait du mal à être cohérente. Jade réussit à faire le tri. Et elle comprit que non seulement le père de Mark avait égorgé sa petite sœur, mais qu'il l'avait fait sous ses yeux. De plus, ce cinglé venait d'être libéré alors qu'il aurait dû finir sa vie en prison. Min-young tenait la nouvelle de son ex-avocat. Sachant que Mark encaisserait mal la nouvelle, elle avait tourné autour du pot pour finalement lui révéler la vérité, hier matin. Cette vérité avait produit l'effet d'un tsunami sur Mark. Quelques péripéties s'étaient enchaînées. La dernière dont on était sûr, c'était que le serveur du bar favori de Mark avait été obligé de lui demander de partir tellement il avait bu. Il l'avait mis dans un taxi en donnant l'adresse de son domicile au chauffeur. Min-young était passée chez son fils.

D'une voix d'outre-tombe, il avait refusé de lui ouvrir. Il ne la prenait plus au téléphone.

— Je me suis dit que toi, il t'écouterait.

— Mais je ne vois pas ce qu'on peut faire, Min-young. À part attendre qu'il dessaoule. Vous ne pensez tout de même pas… ?

Jade savait que Mark aimait se cravacher la cervelle. Mais elle ne le voyait pas tenter de se foutre en l'air. *Tu n'as pas ça en toi. Je le sais.* En revanche, le mieux était qu'il aille jusqu'au bout de son traumatisme et de sa tristesse. Quoi qu'il en coûte. Vider l'abcès. *Après tout, c'est ce que j'ai fait, moi aussi.*

Une fois Min-young rentrée chez elle, Jade réfléchit. Et si la mère de Mark avait raison de s'inquiéter à ce point ? *Finalement, qu'est-ce que je sais vraiment de lui ?* Que devait-elle faire ? Peut-être l'appeler. Passer chez lui.

Elle téléphona et laissa un message laconique sur son répondeur : « Ta mère vient de passer. Je suis là… pour toi. Au cas où. »

Elle alluma la télé. Encore les élections. Désintérêt total. Peut-être qu'une promenade nocturne ferait du bien à Jindo ? Et ce serait l'occasion d'un détour par la rue de Mark.

Endormi sur son gros coussin rouge, son chien rêvait. Ses pattes s'agitaient dans le vide, il poussait des petits jappements. Bref, Jindo avait visiblement mieux à faire que fendre le blizzard. Et son instinct soufflait à Jade que Mark Song n'avait nulle envie qu'elle le voie en plein marasme.

Et moi non plus, je ne suis pas tentée par ce genre de spectacle. Elle se souvenait en détail des crises alcoolisées de son propre père. Elles n'étaient pas belles à voir.

*

Yong-hwan se réveille en sursaut. Quelqu'un l'appelle.

Il se redresse. La télé radote toujours, il s'est endormi devant. La faim lui suce les tripes, il faut qu'il ressorte pour bouffer. Un café vend des burgers sur le chemin du métro. Il s'habille en regardant la télé. Encore les élections. Cette fois, c'est une brune aux yeux sombres qui cause. « Montréal est une ville qui a des universités de premier plan, c'est un centre mondial de l'intelligence artificielle, mais on ne doit pas s'endormir sur nos lauriers. L'éducation, notamment pour les plus jeunes, est au centre de mon programme… »

Il lui coupe la parole avec la télécommande et enfile son manteau. Il a envie d'essayer le burger au sirop d'érable. De toute façon, il a tellement faim qu'il est prêt à engloutir n'importe quoi. Un élan avec ses cornes, tiens. Il sort et appelle l'ascenseur.

« L'éducation… centre de mon programme… »

Ça lui fait comme un petit éclair dans la cervelle. Quand l'ascenseur s'ouvre, il sourit de toutes ses dents. Deux ados le matent avec de grands yeux et ont un mouvement de recul. Il cesse de sourire et se glisse dans la cabine.

La politicienne brune vient de lui donner une idée. Avec un peu de chance, il gagnera pas mal de temps.

14

Jeudi 20 janvier

Jade sursauta. Son smartphone sonnait quelque part dans l'appartement. Mark ? Elle se précipita. Où était ce foutu téléphone ? Elle l'avait oublié dans la salle de bains. Elle voulut répondre, la sonnerie cessa. Ce n'était pas son ami. Mais il y avait un message. De Régis Villeneuve, le patron du groupe antiterrorisme : « Rappelle-moi au plus vite, s'il te plaît. » Elle regarda l'heure. Minuit quarante.

Elle s'exécuta. Le commandant décrocha immédiatement. Il lui annonça qu'un de ses hommes avait reçu un tuyau d'un informateur. Ça avait mené à l'arrestation deux jours auparavant d'un enseignant d'une école secondaire publique. On le soupçonnait de préparer un attentat.

— En fouillant son domicile, on a trouvé un journal intime avec des phrases alarmantes. Du genre : « Sous la pleine lune, au cœur de cette ville pourrie, ces jeunes arrogants apprendront la terreur. » Il prétend que c'est de la poésie, que ça n'a rien à voir avec des menaces. Ça fait des heures qu'il nous toise avec un petit sourire. Cette attitude, c'est une très mauvaise nouvelle. S'il a des complices et que leur action est programmée, on n'a pas une seconde à perdre.

— Tes gars et toi, vous avez fouillé l'école où il enseigne ?

— Oui, rien à signaler. Ni armes ni explosifs. Je suis de retour à son domicile avec l'un de mes hommes. Tu nous y rejoins avec ton chien, d'accord ?

— J'arrive.

Villeneuve lui communiqua une adresse à l'est de la ville, dans le quartier d'Hochelaga-Maisonneuve.

Jade s'habilla, composa la combinaison de son coffre, en sortit son Glock 19, vérifia la sécurité et le glissa dans son étui de ceinture. Elle referma doucement la porte de la maison derrière elle. Pas question de réveiller Min-young, qui avait le sommeil fragile. Elle fit monter Jindo à l'arrière de la voiture et démarra.

Elle remonta la rue Saint-Denis et bifurqua dans le boulevard Saint-Joseph. Un quart d'heure plus tard, ils étaient arrivés à destination.

Elle s'engagea dans la rue Darling, regarda son GPS et tourna dans une ruelle semée d'ornières. Des palettes en bois débordaient sur la chaussée. Elle repéra le véhicule de ses collègues à une dizaine de mètres devant elle. Elle ralentit, dépassa une barrière en tôle sur laquelle quelqu'un avait peint un grand papillon orange et se gara devant un immeuble de deux étages. Elle fourra son smartphone dans la boîte à gants, descendit de voiture et libéra Jindo. Elle le suivit des yeux tandis qu'il s'étirait et levait la patte sur un vieux cageot, avant de lui décocher son regard sympathique.

La ruelle était si silencieuse qu'elle entendit un paquet de neige chuter d'un arbre et frapper une surface quelconque.

La clôture métallique était tordue, elle retenait une haie que personne n'avait jamais dû tailler. Deux arbres énormes se déployaient au point d'obstruer toutes les fenêtres. En été, le lieu devait être une jungle. Des canettes de bière et des emballages de fast-food encombraient un coin de l'allée. La neige adoucissait le spectacle.

Elle franchit le portillon et leva les yeux vers la façade barrée par un escalier extérieur métallique presque entièrement pris dans la glace. Villeneuve lui faisait signe depuis un balcon du dernier étage.

Le petit appartement semblait avoir encaissé une explosion. Ses collègues l'avaient fouillé dans ses moindres recoins et avec énergie. Jade leur serra la main avant de leur rappeler qu'ils devaient éloigner leurs téléphones portables. Jindo pouvait faire la différence entre une télévision et un disque dur. Mais pas entre un disque dur et un ordinateur ou un iPad. Il fallait donc éviter de lui embrouiller le nez.

Le commandant et son adjoint, un sergent, déposèrent aussitôt leurs smartphones sur la petite table en fer qui rouillait sur le balcon et refermèrent la porte-fenêtre coulissante. Après quoi, Villeneuve s'accroupit devant Jindo pour lui malaxer la gueule et les oreilles tout en le félicitant d'être « un si bon chien ».

*

Le commandant Villeneuve est bien familier, mais je n'y vois pas d'inconvénient. Son haleine dégage un composé Red Bull, dentifrice et tabac. Un mélange qui sent un peu trop le propre pour moi. C'est moins riche que les remugles puissants offerts par la poubelle de ce deux-pièces qui n'a pas été vidée depuis deux jours. Villeneuve me lâche les babines et c'est au tour de Jade de s'accroupir pour que nos yeux se retrouvent à niveau. Ah, son odeur à elle, même si elle est délicate et peu luxuriante, je l'adore. Elle me caresse les narines en même temps que celle du cuir des gants qu'elle vient d'ôter. Je perçois aussi l'arôme des délicieuses croquettes que recèle sa ceinture banane. Une convoitise permanente en ce qui me concerne, et dont je rêve la nuit. Mais, ma récompense, il me faut la mériter.

— Jindo, cherche, allez !

C'est reparti pour un tour. Ma truffe scanne un tapis peu poussiéreux, puis inspecte le linoléum assez bien entretenu de ce salon-kitchenette. Je passe ensuite aux plinthes. Rien d'intéressant. Les trois policiers me regardent m'affairer en silence. Je flaire un fauteuil solitaire aux ressorts arthritiques, un canapé guère plus en forme. Jade ouvre les tiroirs d'une commode. Ce meuble n'a rien à me raconter. Verdict, s'il y a un disque dur caché dans cet appartement, ce n'est pas dans ce salon. Second verdict, le locataire ne boit pas d'alcool, n'a guère d'amis et n'a reçu que de rares visites féminines ces derniers mois.

La chambre à présent. On dirait qu'il a neigé, mais ce sont des plumes qui font office de flocons. Le lit est sens dessus dessous. Polochon, oreillers, couette et matelas ont été éventrés. Peine perdue, j'aurais pu avertir mes collègues humains qu'ils ne recelaient rien de prometteur. Mais l'odeur que je connais si bien, je la flaire. Elle est là. Elle déroule ses fines volutes insidieuses, émane d'un endroit précis. Que je ne vais pas tarder à trouver.

Je repère un plateau-repas. Posé à la verticale entre le lit et la table de chevet. Je me fige devant cette trouvaille. Jade a compris, elle me félicite.

Régis Villeneuve enfile des gants en vinyle, saisit le plateau, l'ausculte, le manipule. Il lui faut un moment avant de découvrir un compartiment secret. L'ouverture se déclenche grâce à une légère pression sur l'un de ses côtés. On découvre vite que c'est l'écrin parfait pour un ordinateur ultraplat. Son corps argenté scintille dans la lumière du lustre.

Mon humaine me donne ma récompense. Le sergent se met au travail ; il connaît son affaire aussi bien qu'un hacker. Il craque le mot de passe de l'ordinateur assez facilement. Quinze minutes plus tard, il a réussi à extraire de solides informations de sa mémoire électronique. L'enseignant a un complice aussi déterminé que lui. Leur cible s'est précisée. Ce second individu est homme de ménage dans quatre établissements scolaires de la ville.

Le prochain objectif du duo de l'antiterrorisme est son domicile, boulevard Crémazie, dans les quartiers nord.

— On ne sait pas à qui on a affaire, dit Villeneuve à Jade, mais… ce serait bien que tu viennes avec nous. À mon avis, on n'a pas de temps à perdre. Ça ne sent pas bon…

— Oui, je suis d'accord.

Le commandant s'étire, puis se frotte la nuque. Il sait qu'il n'est pas au bout de sa nuit.

— Bon, allez, c'est parti.

Nous retrouvons nos voitures respectives. La température a chuté, et un vent glacial s'est levé. Il chante une chanson menaçante.

Villeneuve récupère son gilet pare-balles et celui de son subalterne dans leur minivan Dodge Grand Caravan. Jade fouille notre Chevrolet Tahoe à la recherche des nôtres. Adapté à ma physionomie, le mien se fixe autour du dos, du poitrail et des flancs avec des sangles et des zips. Ce n'est pas la première fois qu'on m'inflige cette inconfortable tenue, mais, heureusement, c'est rare. L'attirail pèse deux bons kilos, mais on ne me laisse pas le choix et j'obtempère. J'ai été conditionné pour ça. Et j'adore faire plaisir à mon humaine. D'autant qu'elle me récompense toujours avec des caresses.

Commandant et sergent partent les premiers. Jade se glisse dans leur sillage.

Est-ce de l'inquiétude que je lis dans son profil éclairé en alternance par les lampadaires ? Non, je ne crois pas. Je flaire bien sûr la petite giclée d'adrénaline classique qui accompagne chaque mission susceptible d'être dangereuse. Mais Jade n'a pas peur. Elle est juste consciente des risques et de l'obligation de rester concentrée. Je l'admire. À peine a-t-elle eu le temps de se remettre de ses émotions après la libération des fillettes que la voilà de nouveau en première ligne.

C'est plutôt moi qui suis perturbé. J'ai un pressentiment. Mais c'est irrationnel, et il n'est pas en mon pouvoir d'empêcher mon humaine de faire son job.

Au-delà des vitres, le vent crie sa colère. Elle n'est adressée à personne en particulier.

*

Mark vomit. Comme jamais.

Son estomac mène une vie à part. Un volcan d'acide.

Il se retrouve assis sur le carrelage. Son cœur bat à tout rompre. Sa mère. Il entend encore sa voix blanche. C'était quand ? Hier ? Avant-hier ? Il ne sait plus. Elle lui a appris que sa pourriture de père avait été libérée.

Cette ordure n'aurait jamais dû sortir du trou. Il aurait dû y crever. Un rat parmi les rats.

Une grâce. *Une grâce ! C'est ça qui a changé la donne.* Le père est sorti.

Une nouvelle salve monte. Il a juste le temps de se pencher au-dessus de la lunette. La bile jaillit en même temps qu'un grognement.

Il se laisse tomber sur le carrelage, se roule en boule. Le vent mugit au-delà de la fenêtre de la salle de bains. Il doit faire un froid à mourir. Il pourrait sortir, partir en courant, là, comme ça, pieds nus et avec juste son bas de pyjama.

Il pourrait. Il s'endormirait. Ce serait assez vite fini.

La tempête autour de lui, il l'imagine. Ses tourbillons font décoller les amas de neige. La rage blanche se déchaîne autour de lui.

Une mousson froide. Prête à l'emporter. Parce qu'elle l'attend depuis longtemps.

Il pense soudain à Colette Carrier. Ses histoires de funambule. Un type, la plante des pieds qui saigne sur un fil d'acier tendu entre deux montagnes. Le con fait un faux mouvement, et il tombe. Le vent bouffe son cri. Et la commandante ne plaisante plus. «Je t'ai soutenu jusque-là, à l'impossible nul n'est tenu. Ta gueule de zombi, ça fait jaser… »

Il pense à la photo. L'enfant sous le parapluie. Elle le regardait comme si elle voulait le prévenir. *C'est ça, hein ? C'est ça que tu voulais me dire ?* « Que tu le veuilles ou non, Mark, pauvre type, ton vieux est dehors. Il est libre. Et il n'y a rien que tu puisses faire. »

Ce jour-là, il faisait chaud. C'était l'été. Le début de la saison des pluies. Ji-hye sous le parapluie. Et lui qui marche tout droit. Comme sur un fil. Au-dessus du précipice. Les moustiques. La chaleur. Et sa sœur. Qu'il ne sauvera pas.

« Pauvre type… ton vieux est dehors… rien que tu puisses y faire… Tu connais cette chanson ? Elle raconte l'histoire d'un fou. C'est ton histoire, le refrain d'un pauvre type… »

Il tourne la tête vers la porte. Elle est ouverte. De là, il voit un tas bleu sur le parquet du salon. C'est l'écharpe. Celle que Jade lui a offerte.

Jade.

« Tu es de bonne humeur, Mark, chouette spectacle… »

Jade.

Elle lui a laissé un message sur son répondeur. « Je suis là… pour toi. » Il le réécoute. *Assiniwi, ta voix… Mais tu ne peux rien pour moi.*

De longues minutes. De longues minutes, et il sait qu'il faut qu'il se réchauffe sous la douche. Il sait qu'il faut qu'il aille bosser.

Il se redresse, un pas après l'autre. Il entre dans la cabine sans avoir la force d'enlever son pantalon de pyjama et il fait couler l'eau. Il serre les mâchoires. Il veut fermer les yeux, mais ses paupières tiquent. Elles refusent. L'eau ruisselle, et ruisselle. Et, au bout d'un moment, il sait que ce qui se mêle à l'eau, ce sont des larmes.

*

Quarante minutes de route, et nous sommes arrivés. Nos deux véhicules sont garés l'un derrière l'autre. Nous attendons. Le vent continue à mugir.

La maison à la façade claire et lézardée baigne dans une demi-obscurité. Sa forme est aussi plate que si un géant lui avait marché dessus. Elle est flanquée d'un garage ouvert et bas de plafond. Le nez d'une Jeep kaki en dépasse. Le but étant, à mon humble avis, de permettre une fuite rapide en cas d'alerte. La bâtisse se trouve au ras du boulevard Crémazie. Juste après, en parallèle, l'autoroute surélevée. J'imagine que, en journée, le trafic doit être incessant et le vacarme assourdissant. Nous restons à bord de notre voiture. Bientôt, le commandant approche. Ma maîtresse abaisse sa vitre.

— J'ai demandé du renfort. Nos gars seront là dans environ vingt minutes.

Jade hoche la tête. Dans le rétroviseur, je vois l'officier s'éloigner. Je me tourne pour l'observer à travers la vitre du hayon. Il remonte dans la voiture où patiente son sergent.

Nous attendons un bon moment. Une lumière en provenance de la maison me fait soudain tourner la tête. Elle s'éteint immédiatement. Jade l'a vue.

Elle va retrouver Villeneuve. Malgré les rafales, mon ouïe fine me permet de comprendre leur échange. Comme le commandant, Jade pense que nous avons été repérés. Lui hésite à attendre les renforts, le suspect qui vit ici risque de faire disparaître des preuves. A priori, d'après ce qu'ont révélé les courriels entre l'enseignant et lui, il est le seul complice. Moralité, il faut arrêter cet individu immédiatement.

Jade me laisse dans la voiture, c'est frustrant. Les trois humains s'organisent. Le sergent s'équipe d'un outil-bélier compact à pression, son chef empoigne une cisaille, ma maîtresse dégaine son pistolet semi-automatique. Ils s'avancent vers la maison. Le commandant ouvre la palissade. Ils sont dans la propriété. Le sergent et Jade se postent devant l'entrée principale. Villeneuve couvre l'arrière de la maison. Je suis encore plus inquiet que tout à l'heure. Jade s'entraîne certes régulièrement au tir comme ses collègues, mais le locataire de cette maison est peut-être équipé d'une arme et des pires intentions.

Bientôt, du vacarme. Un bruit de porte brisée et des ordres de reddition. Et puis le silence. Une cavalcade. Encore des voix. Le son d'une vitre qui explose à la suite de la projection d'un objet lourd.

L'attente me semble durer une éternité. Enfin, le hayon est soulevé. Jade me sourit. Je ne résiste pas à mon impulsion. Me voilà qui martèle son gilet pare-balles à coups de pattes avant de lui inonder les joues de salive. Elle s'essuie d'une main en riant et me fait sortir. Nous pénétrons dans la maison. Une intense odeur de sueur dopée à la testostérone me saute aux naseaux.

Un homme musculeux est assis sur une chaise de cuisine, tête entre les mains. Debout à côté de lui, le sergent le surveille. Le crâne rasé de ce costaud est tatoué. Un cobra plonge jusque dans son cou épais. Ses biceps gonflent un sweat-shirt à motif camouflage. Je ne vois pas ses yeux, ils ne doivent guère être rassurants. Quant à son odeur, elle émet une sorte de signal. Du genre négatif. Je tente de prévenir Jade en lâchant un bref aboiement en direction du prisonnier, mais cela ne fait réagir personne. Sans doute ont-ils raison de ne pas s'alarmer. L'homme est menotté. Villeneuve fait la récolte des téléphones, celui du suspect y compris, et va les déposer hors de la maison. Jade me demande de démarrer la fouille.

La pièce est monacale. Un lit de camp, une gazinière, une table et une chaise en plus de celle où se désespère le tatoué. En quelques secondes, je sais qu'il n'y a aucune mémoire électronique cachée. En revanche, une porte de placard comprime une émanation complexe. Je reconnais immédiatement celle du sucre. Mais ce placard n'a rien d'inoffensif. Il dégage aussi une puissante odeur de salpêtre. J'ignore la nature exacte des autres composants, mais l'ensemble n'annonce rien de bon.

Je me poste à côté de cette porte. Jade s'approche, me fait reculer et l'ouvre. Apparaissent une série de bonbonnes métalliques. Si je ne me trompe pas, ces longues torches qui dépassent d'un carton ouvert sont des feux d'artifice.

Soudain, un bruit d'adhésif arraché. Une détonation.

Jade s'arc-boute.

Des cris.

Jade a décollé dans les airs. Son corps a heurté le mur. Elle s'est effondrée comme un pantin. Je vois ses yeux clos. Un vague d'encre noire noie mon cœur. J'étouffe. *Jade.*

Dans mon dos, Villeneuve hurle :

— Lâche ça ou t'es mort !

Mon humaine...

Je fonce sur elle. Pour coller mon nez contre son cou. Sa tête est penchée sur le côté, dans un angle qui me terrorise. Heureusement, les battements de son cœur font du morse sur la pointe de ma truffe. Elle est vivante. Mais est-elle blessée ? Gravement ?

L'adjoint de Villeneuve s'agenouille près d'elle, l'appelle. Je voudrais pouvoir hurler son prénom, mais je ne parviens qu'à couiner comme un idiot.

Ses paupières gigotent. Je jappe de soulagement. Le sergent l'aide à se redresser.

— Jade ? Ça va ? s'inquiète Villeneuve.

Je me retourne.

Le tatoué est allongé sur le ventre, mains toujours menottées dans le dos. Sa chaise est renversée. Une arme gît sur le sol. Il y a du ruban adhésif sur la crosse. Et sous la chaise.

Je comprends ce qui s'est passé. Cet homme violent a volontairement chuté de sa chaise et réussi à se contorsionner jusqu'à atteindre son arme et tirer sur Jade. Le gilet pare-balles a fait son travail. Mais une voltige contre le mur l'a assommée.

Dans la panique, j'ai dû me mordre la langue. Le goût métallique du sang m'empoisse la gueule.

Je pense à mon ami Fuego. Un malinois rencontré durant ma formation. Il n'est pas entré dans la police. Il a été enrôlé dans l'armée américaine et ils l'ont envoyé en Syrie. Plus tard, nous avons su qu'il avait participé à la traque d'un chef djihadiste irakien. Quand l'homme a actionné sa ceinture explosive dans un tunnel, il a emporté Fuego avec lui. C'était en octobre 2019.

Le souvenir du chien soldat me serre le cœur. Il n'a pas eu de chance.

Jade, je m'en rends bien compte, revient de loin.

Une voix familière me sort de ma somnolence. Celle de mon humaine. La voici de retour des urgences. Quant à moi, je n'ai pas la moindre idée du nombre d'heures que j'ai passées sous ce bureau du service antiterrorisme. J'ai eu le temps de réfléchir à la faiblesse des humains. Si leurs nez n'avaient pas oublié l'odeur du danger, ils sauraient le flairer aussi bien que nos truffes et agir en conséquence.

Jade annonce au commandant Villeneuve que les examens n'ont rien révélé d'alarmant.

— Ce n'était peut-être pas la peine…

— On n'est jamais à l'abri d'une hémorragie interne, Jade. Pas question de plaisanter avec ça.

— OK. Quoi de neuf ?

Le commandant et son subalterne ne sont pas restés inactifs. Il lui dresse une liste exhaustive de ce qui a été retrouvé dans le placard fatal. Dix kilos d'oxyde de fer, deux kilos et demi de poudre d'aluminium, le même volume de nitrate de potassium, un kilo de sucre, de la poudre explosive et des torches de feux d'artifice. Le tout accompagné d'un manuel donnant entre autres des instructions pour fabriquer des bombes.

Jade l'écoute avec un calme olympien. En ce qui me concerne, j'ai l'impression que nous n'avons pas perdu notre soirée. En fait, je suis très fier de nous.

Mais, soudain, l'air se contracte. Je me retourne. Sur le lieutenant Song. Qui, en quelque sorte, *boit* le visage de Jade. Comme s'il la retrouvait après une très longue séparation. Étrange autant qu'intéressant.

— Tu vas bien ?

— Oui, juste quelques hématomes…

Plus vif qu'un cougar, et avec le regard assorti, le lieutenant fonce sur le commandant.

— Deux mots en privé, Villeneuve ?

Clairement, l'interruption autant que le ton déplaisent à Villeneuve. Jade, interloquée, ne réagit pas.

Les deux hommes se dévisagent, tandis que le sergent suit le match sans bouger un cil. Enfin, le commandant prend sur lui et accepte l'invitation. Les voilà qui partent s'enfermer dans le bureau le plus éloigné.

Une discussion guère audible démarre. Mon humaine et le sergent échangent un regard, puis tendent l'oreille. Sans succès, je le constate. Grâce à mon ouïe, je suis seul à pouvoir profiter de quelques bribes.

— Ton job sent le réchauffé, et t'as voulu pimenter la sauce ou quoi ?

— Tu comptes m'apprendre mon métier, Song? C'est à toi que je dois expliquer comment marche ce genre d'intervention ?

— Non, mais j'attends que tu m'expliques pourquoi c'est pas toi qui t'es mangé la balle, mec.

La suite m'échappe, ils ont baissé de deux tons et doivent, je l'imagine, s'invectiver entre leurs dents serrées. J'imagine qu'entre deux chiens alpha, la même scène se conclurait dans le sang. Mais, au moins, le gagnant serait clairement déterminé.

Bientôt, la voix de Villeneuve me revient :

— Jade est une pro expérimentée. Mes gars et moi aussi. Et je n'ai pas à me justifier. Par contre, toi, tu ne couperas pas à un rapport. Ici, tout le monde sait que tu débloques, Song. Et depuis longtemps. Alors ça va bien !

L'échange redevient un magma indistinct, jusqu'à ce qu'une porte s'ouvre à la volée. Mark réapparaît dans la pièce où nous patientions pour en ressortir en trombe.

Le commandant arrive à son tour. D'un pas mesuré, et les mains profondément enfoncées dans les poches comme si celles-ci avaient le pouvoir d'aspirer son stress. Son expression exprime la colère contenue et l'incrédulité.

Le sergent peaufine son flegme. Mais Jade se malaxe les mains et se mange la bouche.

— Régis… (Elle prend un ton suppliant.) Écoute, on est tous à cran…

— Moi, j'appelle ça autrement. Ce type a un gros besoin de consulter. Il avait un regard de… défoncé. Alors donner des leçons quand on est dans cet état-là, je ne pense pas que ce soit cohérent.

— Mark a appris une très mauvaise nouvelle. Ça a réveillé de sales souvenirs. Il a juste besoin d'un peu de temps. C'est un homme bien. Vraiment bien.

— Vraiment dingue, plutôt.

Jade insiste :

— Carrier l'a dans le collimateur. Malgré ses résultats, qui sont excellents, je te le rappelle… Tu sais très bien ce qui va arriver si elle apprend ce qui vient de se passer. Mark a besoin de son boulot. Sinon, c'est là que ça ira vraiment mal. J'en suis certaine. Je ne me trompe jamais avec ces choses-là.

Le visage de Villeneuve est un livre ouvert. Il respecte Jade, son attitude, sa franchise et son sens de l'amitié. Elle est un peu la mascotte du SPVM, mais une mascotte qui n'est pas seulement fraîche et rigolote. On la laisse finir ses phrases, on écoute son point de vue. Même si elle fait partie des juniors.

Je me rallonge et pose mon museau sur mes pattes. À mon humble avis, Jade a ses chances d'empêcher Villeneuve de se ruer dans le bureau de la commandante Carrier et d'exiger la tête du lieutenant Song.

Mais il va falloir une plaidoirie un peu plus longue et encore plus vibrante que celle qu'elle vient de lui servir. D'ailleurs, le sergent l'a bien compris, lui aussi. Il vient de s'asseoir à califourchon sur une chaise avant de poser son menton sur ses avant-bras croisés. Une posture au diapason de la mienne. Lui et moi sommes au spectacle. Alors autant être confortablement installés.

15

Rue Saint-Denis, les places les plus proches de la maison étant toutes prises, Jade se gara dans la ruelle. Avant d'enlever la clé de contact, elle regarda l'heure au cadran de la voiture. Huit heures trente. Le moment où elle partait habituellement travailler, mais le médecin lui avait ordonné de prendre un peu de repos. Les lampadaires étaient encore allumés. Les flocons brillaient comme des lucioles dans leurs halos.

Elle venait à peine d'ouvrir la palissade que son chien se faufilait déjà dans le jardin cotonneux. Jindo ou l'amoureux de la neige. Elle le regarda s'ébattre, puis gravit le petit escalier jusqu'au perron. Elle sentit des pulsations sous ses pieds. Aucun doute sur leur signification. Mark Song squattait sa cave et tentait de noyer ses élucubrations dans la musique. Mais comment était-il entré ?

Ah, mince, j'ai certainement oublié de fermer la porte de la cuisine à clé. Une fois de plus.

Elle enleva son manteau et pensa qu'il devait rester du café dans la cafetière Thermos. Elle s'en servit un et s'adossa au plan de travail pour le siroter. Sur le réfrigérateur, maintenu par un aimant qui reproduisait une vieille carte postale de Montréal au début du XXe siècle, le dernier pense-bête. « Entraînement de

Jindo ». Il allait falloir qu'elle se rende avec lui à sa session de révision mensuelle. Celle qui lui permettait de rester ce fantastique chasseur de puces électroniques.

Elle prit le temps de terminer sa tasse, la posa dans l'évier, constata que Mark y avait abandonné la sienne sans prendre la peine de la laver et se dirigea vers la cave. La chanson des Doors lui sauta au visage. « Riders On The Storm ». Elle descendit l'escalier et, lorsque ses jambes apparurent dans le champ de vision du guitariste, la musique cessa.

— Tu ne devrais pas laisser ta porte ouverte, Jade.

— Et toi, tu ne devrais pas tomber sur le râble de tes camarades.

— Désolé, répliqua-t-il sans penser ce qu'il disait.

— J'ai passé un temps infini à convaincre Villeneuve de ne pas bousiller ta carrière. Je n'ai jamais baratiné quelqu'un comme ça. Je suis crevée, mon vieux.

— Merci.

— C'est tout ce que tu trouves à dire ?

— Ouais.

Il reposa sa guitare sur son pied, jeta un regard à sa caisse en acajou comme s'il faisait ses adieux momentanés à la plus jolie fille du monde et remonta à l'air libre. Jade suivit.

— Je ne te propose pas une bière.

— Très drôle.

Elle s'attendait à le voir partir. Mais il alla se caler dans le canapé bleu. Elle pensa que ça allait très bien avec son jean et son pull. Son visage était plus creusé que d'habitude. Ses mèches noires l'encadraient plus souplement que d'habitude. Et ses yeux cherchaient les siens bien plus que d'habitude. Il voulait parler. Une évidence.

— J'ai une nouvelle pour toi, Mark Song. Mon père picolait très sérieusement. Greta et moi, on se souvient avec netteté de ses nombreuses engueulades avec notre mère. Et, après la mort de maman, de ses engueulades avec ses maîtresses. Il les choisissait en fonction de leur capacité à lever le coude. Ils se faisaient des concours magnifiques, elles et lui. Niveau international. Je crois qu'on doit de s'en être sorties à notre grand-père. Le chef du conseil de notre communauté. Quelqu'un de bien, de droit. La malédiction a sauté une génération. Alors tout ça n'est pas aussi impressionnant que le massacre que ton père a commis sous tes yeux, mais ce n'est tout de même pas rien. Moralité, c'est dur pour tout le monde.

Ses mèches noires, il les repoussa en arrière de ce geste élégant qu'il avait souvent.

— Tu n'as pas un commentaire en rayon ? reprit-elle.

— Non. C'était très clair.

Elle avait besoin d'une douche. Elle avait besoin de se laver les dents. Et de se laver les cheveux. Elle avait besoin de se débarrasser de l'odeur de la maison du tatoué qui jouait toujours avec ses nerfs. Et surtout elle en avait assez des palabres. Jindo entreprit de malmener la porte vitrée. Elle lui ouvrit. Voyant Mark, il fila se lover contre lui.

Ce début de journée ressemble à une fin de soirée. Y en a marre.

Elle fonça à la salle de bains. Au bout d'un moment, une ombre s'encadra dans l'embrasure. Elle tourna la tête. Mark. Qui la regardait se brosser les dents.

— C'est un spectacle si fascinant que ça ? demanda-t-elle la bouche pleine de mousse.

— T'aurais pas une brosse à dents à me filer ?

— Pour quoi faire ?

— Mon haleine pue le café.

— Et alors ?

— Alors rien. Arrête de discuter.

Elle haussa les épaules, se rinça la bouche, fouilla son armoire à pharmacie et lui tendit ce qu'il voulait. Après quoi, elle alla prendre la place qu'il avait occupée sur le canapé bleu.

Elle l'entendit revenir au salon d'un pas assez lent. Ils s'observèrent un moment en silence. Elle soupira.

— Villeneuve est un pro, Mark. Le gars nous avait flairés. Le commandant a pesé le pour et le contre.

— Et tu t'es pris une balle.

— Non, c'est le gilet qui en a profité.

— Arrête, avec ton numéro de burlesque.

— Quoi ?

— Je sais que tu as eu peur.

— Sur le moment, je n'ai pas eu le temps. Mais après, oui. Les vicissitudes de la vie de flic.

— Un mot fatigant à prononcer. Villeneuve est un gros naze.

— Je vois que tu y tiens. Alors, d'accord. C'est une affaire entendue. Villeneuve est un gros naze.

— Tu vois, quand tu veux, Assiniwi.

*

Mark est de retour chez lui.

« Tout ça n'est pas aussi impressionnant que le massacre que ton père a commis sous tes yeux, mais ce n'est tout de même pas rien. Moralité, c'est dur pour tout le monde… »

Assiniwi, tu es sans pitié. Il sourit. *Et tu es aussi une des rares personnes capables de m'étonner.*

Il téléphone à sa mère, l'écoute lui poser mille questions inquiètes, prend son mal en patience et en vient au but. Il veut le numéro du directeur de la prison où a été incarcéré son père. Celui que lui a communiqué l'avocat Won. Elle s'exécute, mais, bien sûr, elle le cuisine pour qu'il lui dise ce qu'il a en tête.

— Savoir ce qu'il y a à savoir. C'est tout.

Ensuite, il appelle cet homme. C'est étrange de devoir parler coréen. Le directeur de la prison d'Uiwang ne lui apprend rien de plus que ce que sa mère lui a dit. La conduite exemplaire des années durant. La grâce. La libération. C'est tout.

Mark a le cerveau en feu. Entendre parler de sa pourriture de père est une torture.

Il se ressaisit, remercie le fonctionnaire coréen et raccroche.

Il tourne la tête vers la rue. Une trace mauve dans le ciel gris. Il prend une grande inspiration.

« Un prisonnier modèle ».

Il serre les poings, les desserre, regarde ses doigts. *Même vingt-cinq ans, ce n'est vraiment pas cher payé, ordure.*

*

Bo-ra voulait que ses mioches fassent des études, elle le lui avait suffisamment répété. Du coup, Yong-hwan a eu une idée. Son oncle et elle sont introuvables, autant chercher le fiston. Qui sait, peut-être que Chang-wook lui ressemble ou qu'il est le portrait craché de sa mère ? En tout cas, même si la ressemblance ne sautait pas aux yeux, il pourrait recenser les trentenaires d'origine coréenne et reprendre sa recherche à partir de là. Mais il faut être malin. Et ne pas se contenter des patronymes. Park Chang-wook peut avoir occidentalisé son nom.

Ce matin, il s'est levé tôt pour boucler sa mission dans la journée. Il a visité huit des treize établissements d'enseignement universitaire de la ville. L'université de Montréal est neuvième sur sa liste. On peut débarquer dans la plupart de ces endroits sans mettre le nez dehors *via* le réseau de tunnels.

Comme d'habitude, il file droit à la bibliothèque. La fille de l'accueil lui indique une étagère métallique. Ici comme ailleurs, les annuaires des anciens élèves sont classés par années. On voit leurs trombines, on récupère leurs noms et leurs spécialités. Pas de bol, ça manque de dates de naissance.

Chang-wook était bon à l'école, il a pu être inscrit à l'université dès ses dix-sept ans. L'idée est de démarrer par l'année 2006 et d'aller jusqu'à 2016, au cas où son fils aurait été du genre à bosser d'abord et à étudier ensuite.

Jusque-là, il a repéré cinq gars pouvant faire l'affaire. Mais c'est une tâche franchement pénible. Il commence son épluchage. Il prend des notes et la photo de chacun. Il a acheté l'appareil photo numérique le moins cher possible, un bidule miniature à soixante-deux dollars canadiens, soit à peu près cinquante-trois mille wons. C'était aussi bon marché qu'en Corée.

Une demi-heure plus tard, sa recherche est finie, mais il bâille à s'en décrocher la mâchoire. Cette fois, il a trouvé deux mecs prometteurs. Un petit gros avec des lunettes nommé Anthony Wong et un beau gosse aux joues creuses et au regard froid qui s'appelle Mark Song. Mais ces deux trentenaires lui font le même effet que les autres. Après tout ce temps, impossible de dire si leurs tronches lui rappellent ou non Chang-wook à huit ans. Il pousse un grognement de bestiole frustrée.

Avant de quitter la bibliothèque, il dépasse un panneau d'annonces. Il fait marche arrière. Son œil a capté des lignes en hangeul. Une étudiante propose ses services en français et en coréen pour garder des mioches et aider aux devoirs. Une autre annonce est une pub pour un café de voyance, le Baem, autrement dit le « serpent ». Le dessin d'un serpent noir avec de grandes oreilles accompagne le texte bilingue d'une femme qui se dit *mudang* de mère en fille : « Je pratique fidèlement le culte des déesses serpents de l'île de Jeju. Venez me voir pour combattre la maladie, améliorer vos affaires, bénir votre nouveau domicile ou communiquer avec les morts. »

Un souvenir lui revient. Les esprits, le culte des déesses serpents, sa grand-mère en parlait. Sur la fin, elle avait viré gaga, mais, pour ces histoires-là, Yong-hwan a toujours senti qu'elle était dans le vrai. Les esprits, oui, il y croit assez.

Un café de voyance. Ça doit circuler là-dedans, Bo-ra a pu y foutre les pieds. Est-ce qu'elle croit aux esprits ? Il n'a jamais parlé de ça avec elle. En tout cas, les *mudang* sont souvent consultées par des vieux. L'oncle Lim Dak-ho et ses potes ont pu la fréquenter, cette voyante.

Ça se tente. Il peut même lui demander carrément de deviner où sont Bo-ra et son fils.

Problème, une *mudang* risque de voir qu'un *yogwe* vit dans sa peau.

Bon, les questions, c'est pas utile de se les poser longtemps à l'avance.

Il arrache le coupon détachable qui donne un numéro de téléphone et une adresse. Ce café de voyance est avenue de Melrose. Il se souvient. C'est dans le « quartier coréen » qu'il a visité en arrivant.

Encore deux campus à visiter. C'est à perpète, dans une banlieue qui s'appelle Longueuil. Il reprend le métro.

Après une nouvelle douche brûlante pour oublier son marathon, Yong-hwan redescend dans le lobby de son hôtel. Il s'est tapé les treize universités dans la journée et a recensé tous les ex-étudiants d'origine coréenne nés en 1989. Seize bonshommes. Reste à savoir si Chang-wook est dans le tas. Le premier de sa liste s'appelle Philip Kim, il est passé par l'université Concordia.

Il se connecte sur l'ordinateur disponible pour les clients et tape « Philip Kim Canada » dans la barre de recherche. Ça commence mal : il y a 42 100 résultats. Dans la rubrique « images », une mer de tronches. Il cherche la photo de Philip Kim dans la mémoire de son appareil photo et commence à la comparer.

C'est pas gagné, Yogwe.

Il a des yeux de lapin albinos et des impatiences dans les guiboles.

Bilan rachitique. Il n'a avancé que de trois noms dans sa liste. Le premier gars, un ingénieur, vit en Suisse. Le deuxième, un publicitaire, travaille à l'autre bout du Canada, à Vancouver. Seul le troisième, un certain Uk Joong-ki, bosse pour une compagnie montréalaise de jeux vidéo. Ça en fait un à aller renifler, mais l'identifier a mangé deux heures.

Dernière vérification : la boîte pour laquelle trime ce type ouvre à 10 heures. Il bâille, se déconnecte, remet ses fringues encore humides et sort dans la froidure. Il a décidé de s'offrir une fois de plus un burger dans le café près du métro.

Une heure plus tard, il est couché, télé allumée. Il attend la politicienne aux yeux bleus. Quand elle arrive, il coupe le son. Son nom est inscrit en bas de l'écran. Marie Bouchard. Mais c'est un détail qui n'est pas utile. Il imagine qu'elle le rejoint au lit. Ici et maintenant, cette belle renarde va lui sucer la bite. Rien de tel qu'une petite branlette sous la couette.

16

Vendredi 21 janvier

Rue Saint-Viateur. Le quartier est gavé de boutiques, cafés et restaurants ; la société de jeux vidéo installée dans un grand bâtiment de briques rouges. Yong-hwan écrase un sourire. Lui aussi joue à un jeu, celui de Yogwe en quête de paternité. En entrant, il plonge dans un bain de lumière. Il est observé. Il lève la tête. Vers une armée de géants équipés de glaives de gladiateur ou de bazookas de science-fiction. Des malabars et des guerrières en armure le regardent de haut. On se croirait dans une cathédrale avec des vitraux peuplés de saints énervés.

Une blonde glandouille derrière un comptoir jaune citron. Il demande à parler à Uk Joong-ki. La fille lui fait répéter et lui demande « la raison de sa venue ».

— Réunion familiale.

— Pardon ?

— Joong-ki, c'est mon neveu.

— Votre nom, s'il vous plaît ?

Il lui en bricole un à rallonge dont elle sera incapable de se souvenir.

— Ah… Veuillez patienter, je vous prie.

Elle compose un numéro sur son standard.

— Ton oncle t'attend dans le hall, dit-elle dans le combiné. Oui, c'est ça. Ton *oncle*. Bien, je le fais patienter.

Yong-hwan va s'échouer sur un canapé qui a la forme et la couleur d'un concombre coupé en deux dans le sens de la longueur. Quelques minutes plus tard, un costaud joufflu sort de l'ascenseur. C'est bien le Uk Joong-ki dont la photo dort dans son appareil à soixante-deux dollars. Yong-hwan lui fait signe, le type s'approche. Yong-hwan le détaille. Chang-wook? Pas Chang-wook? Aucune idée.

— Vous avez dit que vous étiez mon oncle. Excusez-moi, mais je ne…

— Je me suis fait mal comprendre, réplique Yong-hwan en coréen et d'une voix sucrée. Mon français n'est vraiment pas bon. En réalité, je fais du tourisme, ici. Je me suis dit que j'allais en profiter pour joindre mon vieux copain Lim Dak-ho. J'ai perdu son téléphone et son adresse. Mais il m'avait dit que son neveu travaillait dans les jeux vidéo.

Aucune alerte dans les yeux du jeune.

— Ah, désolé, mais je ne suis pas la bonne personne. Je n'ai aucun oncle nommé Lim Dak-ho. Votre ami est de nationalité canadienne?

— Oui, c'est ça.

— Le plus simple est sans doute de vous rendre au bureau de l'état civil.

— Bonne idée. C'est ce que je vais faire.

Yong-hwan se lance dans une série de courbettes. L'autre l'imite et lui souhaite bon courage.

Ce gros gamin est à rayer de la liste.

Avant de quitter le bâtiment, Yong-hwan consulte son plan des transports. Il est temps de retourner dans le quartier coréen pour une séance de voyance.

Quand il émerge de la station Vendôme, un vent à terrifier les mammouths congèle les rues. C'est de la torture, mais il a besoin de marcher. Faire face à une *mudang*, ça ne s'improvise pas. Mâchoires gluées, il progresse jusqu'à l'avenue de Melrose.

La façade rouge du Baem fait le coin avec la rue Sherbrooke. Le fameux serpent noir étire ses grandes oreilles sur une enseigne en bois délavé.

À travers la vitrine, pas un client en vue. Il pousse la porte, une petite maigrichonne ridée le salue. Il n'aurait jamais imaginé cette allure-là à une *mudang*. Son seul truc impressionnant, c'est sa grande bouche aux coins tombants, tartinée d'un rouge à lèvres de la même couleur que sa façade. Celle du sang frais, en fait.

Ses manières sont polies, sa voix bien grave pour sortir d'un si petit corps. Cette voix, elle sonne presque comme celle d'un mec, c'est sûrement un avantage pour causer avec les esprits. Dans le même temps, il se demande si c'est une si bonne idée que ça de les réveiller à son sujet. D'un autre côté, en vingt-cinq ans de placard, il n'a jamais entendu parler d'une chamane qui aurait dénoncé quelqu'un aux flics. Il enlève son manteau, s'attable dos au comptoir pour pouvoir surveiller la rue et commande un café. La banquette est moelleuse, la température aussi. Au-delà de la vitrine, le blizzard se fend la poire en réfrigérant les rares passants, qui se carapatent. Aucun risque de voir débarquer un emmerdeur.

Il étudie le décor. Une tripotée de photos aux murs. Pour la plupart du même homme. À des âges et dans des pays différents. Il prend la pose devant un palais tout blanc. Dans la jungle et sur le dos d'un éléphant. Devant une rue pleine de néons et de gens, la nuit; d'après les enseignes, Tokyo. À côté d'une énorme cascade qui doit faire un boucan d'enfer.

Le même bonhomme tient une femme par les épaules devant un pont rouge. La patronne, sûrement, du temps où elle ne ressemblait pas à un grillon séché. Et ce pont, c'est le Golden Gate de San Francisco.

Sur d'autres photos, elle a encaissé un coup de vieux et pose seule dans des fringues colorées. Des tenues de *mudang*.

Elle lui apporte son café.

— Vous voulez du lait ?

— Non, merci. Je le prends noir. Vous avez habité en Californie ?

— Oui, c'est là que j'ai rencontré mon compagnon. (Elle regarde la photo avec le pont.) Malheureusement, il est décédé.

— Ah, désolé.

— C'était il y a longtemps. Vous connaissez la Californie ?

— Non, mais je compte y aller. J'espère que ça va pouvoir se faire. Justement, j'aimerais bien une séance de voyance.

— Avec plaisir ! Le tarif est de quatre-vingts dollars la demi-heure. Quand voulez-vous ?

Bah, c'est pas si cher payé pour frayer avec les esprits.

— Dès que vous serez libre.

— Maintenant ?

Il hoche la tête. Elle fait un petit bond sur place et, aussi sec, tourne les talons pour disparaître dans l'arrière-salle. Quelques minutes plus tard, elle est de retour. En tenue. Une robe traditionnelle pétante de couleurs, un chapeau marrant avec une espèce de traîne noire. Un sac bourré de bazar. Et un air sérieux.

Cette petite vieillarde à la voix de gnome lui plaît bien. Avec elle, au moins, c'est du service rapide.

Elle sort un grand cahier et un feutre de son sac, lui demande sa date de naissance et la note en s'appliquant.

Elle fait apparaître une coupelle pleine de pièces de monnaie trouées au milieu, un éventail, un bouquet de clochettes métalliques, un bol de grains de riz, des feuilles de papier couvertes de caractères chinois et quatre drapeaux de couleurs différentes. Elle dépose ces bidules sur la table, bien soigneusement. Impressionnant. Les pros, c'est quand même beau à voir. Elle ouvre son éventail dans un grand geste et le fait tournoyer comme une mouette au-dessus de la tête de Yong-hwan. Elle agite ses drapeaux dans les airs, lui ordonne de se pencher vers elle et les secoue dans son dos comme si elle le dépoussiérait.

— Désignez-moi deux drapeaux avec la main droite, ordonne-t-elle.

Il hésite, choisit le bleu et le rouge.

— Je vois que vous avez des pensées compliquées, ces derniers temps. Vous n'avez pas l'esprit tranquille. Quelquefois, vous ne savez pas quoi faire. C'est la confusion.

Il faut espérer qu'elle n'ait pas une vision de la vieille Kim noyée dans sa baignoire. Mais non, c'est de la concentration et pas de la trouille qu'il voit dans son œil.

— Oui, c'est possible, dit-il.

Elle se met à écrire et à tracer des dessins bizarres dans son cahier. Il n'a pas la moindre idée de ce que ses gribouillis racontent, mais elle a l'air de connaître son affaire. Elle ferme les yeux et agrippe le bouquet de clochettes. Il arrête de respirer. Elle agite les clochettes. Il expire.

— Dans quelques mois, ça ira mieux. Vous retrouverez votre calme.

Elle secoue la coupelle de pièces, la renverse sur la table, étudie le résultat et recommence à gribouiller.

— Je vois que vous avez un problème d'argent.

Jusque-là, cette *mudang* rabougrie a bien travaillé.

Elle fait tournicoter une pièce de monnaie entre ses doigts.

— Pour vous, ce n'est qu'une simple piécette. N'est-ce pas ?

— Euh, ouais, c'est ça.

— Mais quand je la tiens entre mes doigts, c'est votre futur que je peux voir. Comme si je regardais une vidéo.

Elle a pris un air encore plus sévère. Yong-hwan se demande si elle le voit zigouiller Bo-ra dans le futur. Il avale sa salive.

— Mais si vous devez agir, c'est maintenant, continue-t-elle. Janvier, c'est le bon mois pour vous... Et dans les cinq ans à venir, vous vous sentirez mieux financièrement.

Il soupire de soulagement. Les envies de meurtre de Yogwe restent cachées sous sa peau. Mais cinq ans pour récupérer son blé, c'est bien trop long.

— Cinq ans ? Pas avant ?

Elle hoche la tête.

— Oui, il va vous falloir être patient.

— Y a pas un truc pour accélérer le mouvement ?

— C'est compliqué. Bien, penchez-vous vers moi.

Il obéit. Elle prend ses deux mains dans les siennes. Il se serait attendu à ce que sa peau soit sèche comme la carapace d'un vieux pangolin. Mais non.

— Regardez-moi. Dans un seul œil. Vous devez choisir le droit ou le gauche.

Il choisit le droit.

— Détendez-vous, dit-elle en serrant fermement ses mains entre les siennes.

Il n'a pourtant pas l'impression d'être stressé. Au contraire, cette cérémonie lui fait du bien. C'est presque comme de glandouiller dans un fauteuil de massage. Ils se fixent en silence. Pendant un moment.

La *mudang* finit par le libérer. Elle déplie une nouvelle fois son éventail.

— Chaque dieu et chaque fantôme peut venir à moi, vous comprenez ?

Il hoche la tête.

— J'ai le pouvoir de les convoquer et de les interroger pour vous. Ils vous parleront en utilisant mon corps. Ça vous dirait de questionner vos grands-parents ? Ou même vos parents…

Il n'a jamais rien eu à dire à ses vieux de leur vivant, ça ne changera pas aujourd'hui. Il réfléchit. Et pense à l'oncle de Bo-ra. Si aucun de ceux qu'il a interrogés dans le quartier coréen ne se souvient de ce mec, alors qu'elle l'a toujours dépeint comme un type à part que tout le monde respectait, c'est qu'il est mort. Depuis un bail.

Oui, peut-être que son fantôme crachera une info.

— J'ai des questions à poser à l'oncle de ma femme.

— Oui, pas de problème. Comment s'appelle-t-il ? Où est-il mort et quand ?

— Le lieu et la date, je ne les connais pas. Ma femme et moi, on est divorcés. Alors, avec l'oncle, on s'était perdus de vue. D'autant qu'il avait la bougeotte. Son nom, c'était Lim Dak-ho.

Elle ouvre la bouche et écarquille les yeux. Quoi, elle voit *déjà* le fantôme du gars ? Il s'est installé dans son petit corps ? Vraiment rapide, cette *mudang*.

— Je peux commencer à lui poser des questions ? C'est bon ?

Pas de réponse. Elle est aussi immobile qu'un poteau antistationnement. À part des paupières, qui gigotent comme des mini-stores sous un typhon. Elle est sûrement en transe. Bon, il doit y mettre du sien.

— Eh, Lim Dak-ho, t'es là ? demande-t-il.

Elle tourne brièvement la tête vers les photos au mur. Et elle se lève d'un bond.

— Vous… êtes… qui ? articule-t-elle.

Qu'est-ce qui lui prend ? Il quitte sa banquette, s'approche. Elle recule à pas lents vers l'arrière-salle. Finalement, c'est pas une transe. La petite bonne femme a la pétoche. Mais de quoi ?

— Sortez de chez moi ! Sinon, j'appelle la police ! beugle-t-elle en agrippant son smartphone sur le comptoir.

Ses mains tremblent. Malgré ça, elle plaque son pouce sur la touche. L'écran s'illumine.

Il fonce, lui arrache son téléphone des mains.

— Vous… n'avez pas le droit, gémit-elle.

Il sent une odeur de transpiration. C'est elle qui cocotte comme ça ?

L'effet de la trouille. S'il la terrorise à ce point, c'est pas par hasard. Il repense au type sur les photos. Un gars qui s'est fait photographier dans différents pays. Un voyageur. « Mon oncle a fait le tour du monde », a dit Bo-ra.

Et à l'instant, quand il a prononcé le nom de Lim Bak-ho, la *mudang* a viré bizarre.

Bon sang, cette femme, c'est celle de Lim Bak-ho ? Et Lim Bak-ho, c'est le mec sur les photos ? Elle l'a rencontré en Californie. Et il est mort depuis un bout de temps.

Et tu sais qui je suis. Parce que, en débarquant à Montréal, Bo-ra vous a raconté sa vie, à toi et à son oncle Bak-ho.

C'est la seule explication. Et la raison de sa crise de panique.

Elle lui tourne le dos et file. Il la poursuit jusque dans la cuisine. Elle agrippe la cafetière et l'agite vers lui.

— Partez ou je vous ébouillante !

Des poêles fixées à des crochets pendouillent du plafond. Sur la gauche, une porte est ouverte sur une chambre. L'arrière-salle, c'est donc aussi la piaule de cette femme. Au moins une bonne nouvelle. Le problème sera plus simple à régler.

Il soupire, il n'a pas envie de liquider la petite *mudang*, même si elle n'est pas si douée que ça pour lire le futur. La cafetière gigote au bout de son bras maigrelet. Yong-hwan décroche la plus grosse poêle du plafond.

Elle veut lui jeter le café en pleine face. Elle rate sa cible. Le café tache le carrelage. Elle lâche sa cafetière. Elle plaque une main sur sa poitrine. Son visage a pris une sale couleur.

— Ne me tuez pas… par pitié. Je ne… dirai rien à Min-young… C'est juré !

— Min-young ?

— Bo-ra… elle a changé de nom. Elle s'appelle Song, maintenant. Song Min-young…

Song ? Le nom lui dit quelque chose. Mais où est-ce qu'il l'a lu ou entendu ?

Le petite *mudang* glisse le long d'une paroi de placard.

— Elle habite où, Min-young ?

Yeux vitreux, bras affalés le long du torse, fesses par terre, elle penche sur le côté. Il utilise la poêle pour lui secouer une épaule.

— Eh ! Elle habite où ?

Elle marmonne quelque chose. Mais, même avec sa voix d'ourse, impossible de piger. Il répète sa question, approche son oreille de sa bouche.

— Rue… Saint… Denis, articule-t-elle.

D'accord. Mais, à Montréal, les rues n'en finissent plus.

— Hé ! (Il la secoue encore.) Quel numéro ?

— Je… je ne sais plus… je n'arrive plus à… m'en souvenir. Je ne me sens pas bien, j'ai mal… Appelez une… ambulance.

Il revient dans la salle du café, récupère ses gants dans la poche de son manteau, les enfile. Il pense que la porte est ouverte. Personne dans la rue. À part la tempête, qu'on entend rager à travers la vitrine. Il tourne le verrou, récupère les bidules de voyance, les range dans le sac en tissu, prend la tasse de café qu'elle lui a servie et revient à la cuisine.

En manque d'air, elle est affalée, ses yeux sont comme aveugles, de la mousse lui sort de la bouche. Il l'agrippe, la secoue comme il l'a vue faire avec son bouquet de clochettes. Elle ne réagit pas plus qu'un vieux chiffon.

— Le numéro de la rue ! Allez !

Elle bredouille quelque chose. Il se penche. Elle articule le prénom de son mari. Ah, la petite *mudang* a aimé son bonhomme. Mais c'est foutu pour le numéro de la rue.

Il abandonne. Et reste accroupi à l'observer. Elle va devenir un esprit. Il n'y a plus rien à faire. À part attendre.

Elle met plusieurs minutes à passer de l'autre côté.

Il se demande à quoi ça ressemble, l'« autre côté ». Au quartier de Gangnam ? Des trottoirs de lumière avec des gens habillés en blanc qui volent dans les airs quand ils en ont marre de la marche à pied ?

En fait, c'est son cœur qui a lâché. Les flics goberont le scénario. Un malaise cardiaque et cette vieille est morte toute seule dans l'arrière-salle de son café.

Il lave la tasse et la poignée de la poêle, range tout ça, essuie les quelques endroits qu'il a touchés. Plus de traces de lui.

Est-ce que les flics se demanderont pourquoi elle est en tenue de *mudang* ? Pas de raison, c'était son job, après tout. Il récupère le smartphone, s'accroupit près de la morte, agrippe son pouce droit et le plaque sur la touche d'identification.

Il enlève ses gants et fouille la mémoire du téléphone. Elle abrite deux Song. Min-young et… Mark. Son ex-femme et son fils. Et le visage actuel de son fils, il l'a vu. Et photographié. Mark Song a une tête difficile à oublier. Celle d'un beau gosse aux grands yeux pas commodes.

— T'y es arrivé, Yogwe, dit-il à haute voix. Tu vas les faire crever. Les doigts dans le nez !

Il note les numéros de téléphone et les adresses e-mail dans son carnet. Il nettoie le smartphone avec une lingette à l'eau de Javel, utilise les doigts de la main droite de la *mudang* pour coller des empreintes un peu partout sur l'écran. Il dépose le smartphone à côté du corps.

Il remet son manteau, son bonnet, serre son écharpe sur son nez, scrute la rue et sort du café de voyance.

Le vent grogne. Un seul passant au carrefour. Qui file tête baissée vers ses occupations sans demander son reste. Ce matin, le monde est aveugle.

17

Samedi 22 janvier

Son smartphone sonnait à dix centimètres du grille-pain. Elle baissa le volume du téléviseur et répondit. C'était le poste de police du quartier de Monkland Village. Son interlocutrice voulut vérifier son identité. Elle lui demanda ensuite si elle était bien une parente de Soo-ji Jeong.

— En effet, c'est la veuve de mon oncle, répondit Min-young, soudain inquiète.

— Nous avons trouvé vos coordonnées dans son smartphone…

— Il lui est arrivé quelque chose ?

— J'en ai bien peur, madame. Je dois malheureusement vous apprendre qu'elle est décédée.

— Mais… Comment ?

La policière lui expliqua que son corps avait été découvert la veille en fin de matinée dans l'arrière-salle du café Baem par une cliente. Laquelle avait donné l'alerte. Les secouristes n'avaient pu que constater le décès, apparemment dû à un infarctus du myocarde. La défunte ayant vécu seule, son corps avait été transporté à la morgue de Montréal. La policière lui communiqua l'adresse.

Après avoir raccroché, Min-young eut besoin de quelques secondes pour encaisser ce qu'on venait de lui annoncer. Soo-ji était morte. Seule dans son café. C'était une bien triste fin. Elle s'en voulut de ne pas avoir maintenu une vraie relation avec elle après la mort de l'oncle Dak-ho. Pendant ces dix-sept ans, elle était passée quelques fois la voir au début, puis s'était vite contentée de coups de fil épisodiques. Le dernier n'avait pas été sympathique. Min-young lui avait parlé durement.

Cette femme était certes assez spéciale avec ses histoires de *mudang*, mais elle avait rendu l'oncle heureux. Ils n'avaient pas eu d'enfants, et la vieillesse de Soo-ji avait dû être bien rude. Du vivant de l'oncle Dak-ho, elle gérait avec lui une agence de tourisme. Sans doute s'était-elle investie dans ce petit café de voyance pour s'occuper l'esprit et tromper sa solitude.

Il fallait prévenir Mark de la mort de sa grand-tante. Ça tombait bien, il jouait de la guitare dans la cave.

Elle enfila un pull, fit un détour par la salle de bains pour vérifier l'état de sa coiffure. Elle n'aimait pas que son fils la voie autrement qu'au meilleur de sa forme. Elle se figea devant le miroir, posa sa brosse à cheveux sur le rebord du lavabo.

Une pensée égoïste lui était venue. Maintenant que Soo-ji était morte, il n'y avait plus de maillon faible. Personne n'était susceptible de révéler à Yong-hwan que Mark et elle se trouvaient à Montréal. Oui, c'était un raisonnement horrible. Mais nos pensées sont incontrôlables.

*

J'aime bien ces jours où nous sommes de repos. Je peux dormir tout mon saoul, paresser sur le confortable coussin rouge qui est ma propriété exclusive ou m'ébattre à loisir. À l'instant, je viens de m'accorder un roulé-boulé dans la poudreuse sous l'œil attendri de Jade.

Le ciel est bleu et dégagé. Je compte bien consacrer cette radieuse matinée à ne rien faire d'autre que prendre des bains de neige. Les hommes ont inventé le travail, cela leur a plus ou moins réussi, mais, en ce qui me concerne, à part une gamelle débordante, rien n'égale le farniente.

Bientôt, j'entends des pas. Ils secouent la blancheur du trottoir de la ruelle. Ils ralentissent, puis s'interrompent.

Je m'aventure jusqu'à la palissade. Un homme de taille moyenne, en manteau noir, observe la maison. Son visage est mangé par une écharpe et un bonnet gris. Immobile, mains dans les poches, il stationne à une dizaine de mètres ; son odeur dodeline sous mes narines. Elle n'appartient à aucun des résidents du coin. C'est curieux, ses effluves me sont agréables. En fait, ils me rappellent ceux de Mark.

Ah, voilà Min-young qui sort de son palais, élégante, bien coiffée, mais préoccupée. Elle descend le petit escalier extérieur en colimaçon avec prudence. Malgré les efforts de Jade, l'hiver n'en fait qu'à sa tête, et les marches métalliques sont déjà recouvertes d'une mince couche de glace. Min-young frappe à la porte du rez-de-chaussée. Pour une fois qu'il y a un peu d'animation, je veux en être. Je la rejoins. Jade nous ouvre, guillerette. L'air chagrin de la mère de Mark douche son sourire.

— Il y a un souci ?

— Un deuil dans la famille. Mais ce n'est pas quelqu'un de vraiment très proche, rassure-toi. Il faut que je parle à Mark.

— Il est dans son antre, répond mon humaine en désignant la cave.

J'entends les pulsations sourdes en provenance du sous-sol. Lorsque Min-young entrouvre la porte, la musique explose. Mes oreilles n'apprécient pas, mais la curiosité l'emporte. Qui est mort dans l'entourage des Song ? Min-young s'engage dans le périlleux escalier, je la suis. Cette cave, je ne l'aime guère. Profonde, trop bien insonorisée, elle me fait penser à un donjon. J'imagine que si Mark, sa mère, Jade et moi y étions accidentellement enfermés, personne ne nous entendrait hurler.

Mark s'interrompt. Sa mère lui annonce la mort d'une tante qui vit à Monkland Village. Ils ont une courte conversation attristée.

Nous remontons. Mark garde son sang-froid. Min-young est troublée ; Jade tente de la réconforter.

— Je m'en veux. Soo-ji est morte dans la solitude. Elle nous avait accueillis à notre arrivée ici. Et, après la mort de l'oncle Dak-ho, je l'ai laissée tomber.

— Ça ne sert à rien de t'en vouloir, maman. Je t'accompagne à la morgue.

— Merci.

Mark s'adresse à Jade :

— Tu veux venir avec nous ?

— À la morgue ?

— Le parc des Royaux est tout près.

— C'est vrai qu'il y a un espace pour les chiens. Jindo pourra courir. Bonne idée.

Je suis aux anges, j'adore faire de nouvelles connaissances.

Mon humaine délaisse mon harnais POLICE pour l'élégante laisse en cuir noir tressé qu'elle utilise lorsque nous ne sommes pas en service. Je pousse un grognement de plaisir. Nous partons en vadrouille et non pas en patrouille.

*

Cette salope de Bo-ra, il l'a reconnue sans mal. Les années ne l'ont pas trop amochée. Elle occupe l'étage de cette petite baraque. Locataire ? Propriétaire ? Peut-être que le fric, elle l'a investi là. Tout à fait son style de trouillarde, ça. Le besoin d'un cocon.

Le rez-de-chaussée est le domaine d'une gamine d'environ vingt-cinq ans encombrée d'un gros clébard jaune. La fille de Bo-ra ? Possible. Traits asiates, peau cuivrée, cheveux noirs. Un petit lot très baisable. Bo-ra a pu l'avoir avec un Québécois. Quand Mark Song a sonné, la fille lui a ouvert avec un grand sourire, mais sans se jeter à son cou. Oui, elle peut être sa demi-sœur.

En tout cas, la baraque ne casse rien. Dire que c'est pour ce tas de briques que son ex-femme a fourgué au premier venu la maison qu'il avait à Séoul. *Sa* maison. Avec la vue qui portait loin. Avec les grandes pièces blanches, les plafonds hauts, les portes en bois sombre. Le toit en tuiles bleues vernies.

Pendant toutes ces années, il s'est imaginé ce moment où Bo-ra et lui seraient face à face. Ce moment où il lui présenterait l'addition. À la voir planquée ici, il a plus que jamais envie de semer le chaos. De prendre tout ce qu'il y a à prendre. Depuis 1997, elle a forcément fait fructifier ce qu'elle lui a piqué.

Elle va regretter d'être venue au monde.

Seul intérêt de ce clapier, les serrures n'ont pas l'air bien méchantes. Le problème, c'est le clébard. Ce labrador le flairera tout de suite. Et ameutera le quartier. Le problème numéro deux, c'est que Chang-wook n'a rien trouvé de mieux que de devenir flic. En découvrant ça sur le Net, Yong-hwan n'en a pas cru ses yeux ; c'est bien la peine que sa mère ait gâché du pognon pour l'envoyer à l'université. En tout cas, maîtriser un flic entraîné n'est pas un jeu d'enfant.

La porte du rez-de-chaussée donnant sur le jardin se rouvre. Sur Bo-ra.

— Mark, je vous rejoins à la voiture ! beugle-t-elle avant de remonter chez elle.

Conclusion : ils vont se tirer. Et ce « vous » veut dire que la fille à tronche de Pocahontas sera du voyage. On va en profiter pour une petite visite.

Il attend un moment. Personne ne se fatigue à fermer à clé la porte donnant sur le jardin. Il fait vite le tour du pâté de maisons et se retrouve dans la rue Saint-Denis. Son fils s'éloigne d'un pas vif.

Yong-hwan se planque derrière une camionnette. Comme d'habitude, il fait un froid épouvantable, il prend son mal en patience.

Dix minutes plus tard, Chang-wook est de retour en bagnole. Il se gare devant la maison et attend. Bo-ra, la fille et le clébard sortent.

— Allez, grimpe, Jindo ! ordonne la fille au chien avant de monter à l'arrière avec lui.

« Jindo » ? Un nom vraiment crétin pour un labrador.

Chang-wook fait démarrer la bagnole. La voie était libre. Et si quelqu'un était resté dans l'un des deux appartements ? Bah, on le fera taire à coups de surin. Ambiance cambriolage de junky. C'est des choses qui arrivent, à Montréal comme ailleurs. Il rigole.

Il étudie les sonnettes. Deux noms. « Min-young Song » et « Jade Assiniwi ».

Demi-tour, retour dans la ruelle.

Il observe mieux les alentours. Le coin est tranquille, mais les maisons proches les unes des autres. La palissade en bois est fermée par un simple loquet. Suffit de passer une main entre deux lattes pour le débloquer. Le mieux est de faire vite avant qu'un voisin ne le repère.

Il se faufile dans le jardin, gravit les quelques marches menant au perron. La porte vitrée lui révèle une cuisine. Il entre. Aucun mouvement, aucun son. Il se déchausse et entame son inspection.

Rien de précieux, peu de meubles. Le placard de la chambre raconte que cette Assiniwi vit seule. Il repère un uniforme. POLICE, indique l'écusson sur le haut de la manche. Méchante nouvelle. Entre Chang-wook et cette nana, Bo-ra est entourée de flics. Il réfléchit. Assiniwi doit avoir une arme de service planquée quelque part. Un petit coffre blindé et à combinaison est encastré dans le mur. Le flingue s'y trouve sûrement. Bon à savoir.

Un bureau. Un cahier est posé dessus. Il l'ouvre, lit quelques lignes. Apparemment, un journal de bord. Assiniwi y consigne ses journées de boulot. Tout y est. Dates, noms des mecs arrêtés, détails sur les objets retrouvés sur place. Ce mignon petit machin prend son job très au sérieux.

Rien que du bazar dans le premier tiroir. Il fouille le suivant. Ah, tout au fond, deux clés accrochées à un rond métallique. Et si c'était le double de celles de l'appart ? Il vérifie. Bien vu. Il les empoche. Ça lui servira pour sa prochaine visite.

Dans la cuisine, une porte entrouverte. Un escalier, casse-gueule. Il allume, descend, découvre une grande cave. Une guitare. Des baffles. Les murs sont insonorisés.

Il remonte à la surface. Inspecter l'appart de Bo-ra ? Pas utile.

Sa visite lui a appris quelque chose. La cave peut faire une tôle très convenable. Ou un placard à cadavres. Les voisins n'entendront rien.

Le harnais du clébard accroché au portemanteau. POLICE y est inscrit en lettres blanches. Une bestiole entraînée à courser les défoncés, les trafiquants… Pocahontas, Chang-wook, le cador. Trois flics. Yogwe va devoir gamberger dur.

Il ressort par le jardin et rebrousse chemin vers la station Jean-Talon.

*

Mark regarde Jade sourire à la serveuse, qui vient d'apporter une gamelle d'eau à Jindo. D'une oreille, il écoute sa mère égrener ses regrets. Le passage à la morgue lui a flanqué un coup. Mais ça devient lassant. *À quoi ça lui servira, ta nostalgie, à Soo-ji, quand elle partira en fumée ?*

— Tu te rappelles quand Soo-ji et Dak-ho sont venus nous chercher à l'aéroport ?

— Très bien.

— Et tout le temps qu'ils nous ont consacré ? On ne comprenait rien à cette ville, à cette culture. Ils se sont bien occupés de nous. Ils nous ont aidés à trouver la maison de la rue Saint-Denis.

— Je n'ai pas oublié.

Elle s'adresse à Jade ; elle, au moins, a l'air attentif.

— L'oncle s'est même porté garant. Et il nous a conseillé une entreprise pour les travaux. En prime, il a surveillé le chantier. Cette maison, c'était une ruine. On a habité un certain temps chez eux. J'ai été ingrate. Je n'aurais jamais dû laisser tomber Soo-ji après la mort de l'oncle. Je l'ai abandonnée.

Vrai. Mais le répéter mille fois ne changera rien.

— On allait la voir régulièrement, toi et moi. En fait, vous n'aviez rien en commun, avec Soo-ji.

— Tu exagères, Mark.

— Sans l'oncle, vous n'aviez plus grand-chose à vous dire. Elle t'agaçait.

— Non…

— Tu disais qu'elle avait viré mystique. Elle prétendait pouvoir faire parler les morts.

— J'avais dit ça ?

— C'était une bonne analyse. J'avais eu droit à une séance de voyance, moi aussi. Pas toi ?

— Non.

— Curieux. Parce que j'avais eu la nette impression qu'elle cherchait des cobayes pour s'entraîner.

Il cligne des yeux. Jade vient de poser une main sur son avant-bras. Elle est très rarement tactile. Il apprécie quand elle l'est, en fait. Même si c'est pour lui faire comprendre qu'il est trop dur avec sa mère.

Elle a une question au bout des lèvres. Exactement comme sa jumelle Greta, avant de la poser, elle fronce les sourcils et dresse brièvement un doigt en l'air :

— Soo-ji était voyante ?

— Ma tante avait décidé du jour au lendemain qu'elle était une *mudang*. Une chamane choisie par les dieux.

— À mon avis, l'oncle ne croyait à rien de tout ça, intervient sa mère.

— Peut-être. Mais, après son décès, Soo-ji est devenue ce qu'elle avait envie d'être.

Moi, je l'aimais bien. Elle voulait que je lui raconte mes cauchemars. Elle m'écoutait.

Et voilà sa mère passée en mode bla-bla. Elle leur parle d'un reportage qu'elle a vu au sujet des *mudang*. Les cafés de voyance sont à la mode en Corée. Les jeunes couples consultent avant de se marier. Pour savoir s'ils sont réellement compatibles.

Ensuite, elle pense à voix haute :

— Il va falloir que je m'occupe de ses affaires. Son café, c'était une location. Il y a beaucoup à évacuer. Je donnerai l'ensemble à une association caritative.

Une solution rapide. Qui évite de réfléchir trop longtemps.

— Soo-ji vivait dans son arrière-boutique, précise-t-il à Jade.

— Il va d'abord falloir que j'y aille pour évaluer le nombre de cartons nécessaires pour emballer tout ça, continue à marmonner sa mère.

— Je pourrai donner un coup de main pour empaqueter, propose Jade.

— On ne va pas t'embêter avec nos histoires, réplique sa mère en lui tapotant la main.

— À deux, on réglera ça en un rien de temps.

— Ah oui, j'ai noté que tu étais une rapide ! Pour la peine, je t'inviterai à déjeuner.

Elles s'organisent entre elles. Comme si j'étais transparent.

— Tu as récupéré la clé du café Baem ? demande-t-il à sa mère.

— Oui, quelqu'un l'a fait mettre de côté pour moi à la morgue.

— Allons-y maintenant.

— Tu es sûr ?

— Oui.

— Bon. D'accord.

— Tu viens avec nous, Jade ?

Celle-ci répond par un hochement de tête.

Jade nous accompagne. Ça le rend heureux. En fait, elle est un peu son talisman, en ce moment. Assiniwi, un petit roc dans la tempête. Jade qui s'est sortie de ses ennuis personnels, de sa famille dysfonctionnelle.

Rien à voir avec la technique de ma mère. Qui a toujours consisté à tout laisser en plan derrière elle sans faire son deuil. Elle préfère se noyer dans la fiction, refuse de se confronter à la réalité. *Tu veux oublier qui tu es. Contrairement à Jade. Qui n'a pas peur.*

18

Nous voilà réunis dans le café Baem où, si j'ai bien compris, la tante Soo-ji a vécu ses dernières années. Min-young fait halte devant un mur couvert de photos. Un homme souriant apparaît sur la plupart d'entre elles. Elle explique à mon humaine que son oncle Dak-ho a parcouru la planète avant de se fixer à Montréal, puis elle caresse du bout de l'index un cliché où son héros pose avec une femme devant un grand pont rouge.

— À quoi tient le destin. (Elle se tourne vers Mark.) Toi et moi, on aurait pu atterrir à San Francisco, Tokyo, Bangkok ou Paris... (Elle s'adresse à Jade.) Je ne me sentais pas le courage de me retrouver seule avec mon fils de huit ans dans un pays étranger. L'oncle Dak-ho était quelqu'un de rassurant, sur qui on pouvait compter.

Cet endroit abrite un panel d'odeurs. Fanées mais persistantes. Les effluves du café et de thé noir dominent, et je renifle aussi des arômes de cuisine coréenne. Des odeurs humaines abondent également. Elles sont difficiles à dissocier, mais je perçois des molécules de peur. J'imagine que la tante Soo-ji s'est vue partir et qu'elle a été terrorisée au moment de l'ultime départ. Mais ce n'est pas une certitude.

Ces relents d'inquiétude sont peut-être plus complexes qu'il n'y paraît.

Épuisée, Min-young se laisse choir sur une chaise. Mark fait le tour de la salle de café, de la cuisine, de la chambre et de la salle de bains. Sans doute calcule-t-il pour sa mère le nombre de cartons nécessaires afin de faire place nette. Jade le rejoint dans la cuisine. Il a les fesses contre l'évier, les bras croisés et le nez levé vers les poêles et marmites qui pendent du plafond. Elle a un air radieux. Je crois savoir pourquoi. Mark est plus *normal* qu'il ne l'a jamais été. Pourvu que cela dure.

— Ta tante Soo-ji t'a lu l'avenir quand tu étais gamin ?

— Exact.

— Tu te souviens de ce qu'elle t'a dit ?

— Oui.

— Et ?

— Elle m'a raconté que je rencontrerais une princesse amérindienne et un gros chien jaune avec lesquels je vivrais des aventures.

Cette blague nous divertit gentiment tous les trois.

Une demi-heure plus tard, nous sommes de retour rue Saint-Denis. Mark vient de se garer, il attend que nous descendions. Dans quelques secondes, il rentrera chez lui. Il me manque déjà. Si seulement il était toujours comme aujourd'hui. Un volcan qui a décidé de ne plus exploser.

— J'ai quelque chose à te donner, lui dit ma maîtresse depuis le siège arrière.

Sur ces mots, la voilà qui descend de voiture. Min-young est déjà en train de gravir l'escalier menant à son appartement. Elle nous adresse un petit signe las et nous souhaite une bonne soirée. Cette virée dans son passé l'a chamboulée, c'est perceptible. C'est un des aspects des humains que je comprends le moins.

Pourquoi éprouvent-ils ce besoin, impérieux, me semble-t-il, de ressasser leur passé ? Pourquoi ne goûtent-ils pas mieux le présent ? Qui plus est goulûment. La vie est tout de même un voyage extrêmement rapide qui mériterait qu'on en savoure tous les instants.

Mark nous suit chez nous.

Jade le fait asseoir au salon et lui colle une canette d'eau pétillante entre les mains. Entre-temps, le téléphone sonne. Elle file répondre. Mark observe ses déplacements en silence.

— Ah, désolée, je ne suis pas libre, dit Jade. Demain ? J'ai déjà un déjeuner… Écoute, c'est adorable… Ne m'en veux pas, je t'aime bien, mais… Bon, à vrai dire, je n'ai pas la tête à ça. Quelqu'un est mort dans la famille de mon entourage… Tu comprends ?

Je profite de l'occasion pour grimper sur le canapé et me faire gratouiller par Mark. Un moment délicieux s'écoule.

— J'ai comme dans l'idée que c'est le jeune sergent, me murmure-t-il.

Son sourire est difficile à déchiffrer, mais je le classifierais a priori dans la catégorie « mimiques satisfaites ».

La conversation téléphonique s'étire. Jade finit par se débarrasser de cet interlocuteur insistant avec lequel elle n'a pas envie de s'attarder. La voilà qui file vers sa chambre, mais la sonnerie du téléphone l'interrompt une nouvelle fois. L'air suspicieux, elle revient sur ses pas. Mark suit son ballet d'un œil amusé.

— Vous croulez sous les enquiquineurs ou c'est un jour spécial ? me chuchote-t-il.

Cette fois, Jade mène une conversation où il est question de photo et d'interview. Après avoir raccroché, elle nous explique que c'était un coup de fil du commandant Villeneuve. Il lui a annoncé qu'une journaliste allait faire un papier sur le groupe ayant déjoué l'attentat terroriste. Elle est conviée à venir les rejoindre avec Jindo pour la photo.

— Le gros naze est d'accord pour parler à la presse ? lâche Mark.

— Oui, à condition de ne pas révéler quel est le produit que Jindo est entraîné à reconnaître sur les puces électroniques.

— Le gros naze n'est pas aussi crétin que je le pensais.

— Lâche-nous un peu, avec Villeneuve, d'accord ?

Il me gratouille de plus belle. Avec ce talent qui n'appartient qu'à lui. Cette journée se conclut de manière vraiment paradisiaque.

— Ça te fait quoi, de devenir une star ? me demande-t-il.

Jade part farfouiller quelques instants dans sa chambre, et la voilà de retour avec une feuille sur laquelle a été tapé un texte. Je sais de quoi il s'agit. Elle s'est échinée sur ce projet pendant longtemps. J'espère que le résultat est à la hauteur des efforts investis.

— Tiens.

Mark prend le papier et lit le texte. Jade attend son verdict.

— Vraiment pas mal, dit-il en relevant la tête. Très bien, même.

Il s'extirpe du canapé, papier en main. Il passe une main gracieuse dans sa chevelure noire.

— Je ne savais pas que tu écrivais des chansons, dit-il.

— Moi non plus.

Il lui décoche l'un de ces petits sourires rapides dont il a le secret. Elle soutient son regard. Que projettent-ils de faire ? À vrai dire, je perçois de l'électricité entre eux. Il y en a toujours eu depuis qu'ils se connaissent, mais, cette fois, c'est plus vif. Généreux, ce fluide invisible me picote le bout de la truffe.

Brusquement, Mark bifurque vers la cuisine. La curiosité me chatouille les pattes, je quitte mon canapé et ma quiétude. Il a déjà ouvert la porte de la cave, il se retourne sur le seuil.

— Tu viens ? On va essayer de mettre tout ça en musique.

Jade ne se fait pas prier.

*

Mark sort de la maison, monte à bord de sa voiture et consulte ses messages sur son smartphone. Diane. Elle l'attend dans un bar de la rue Saint-Zotique. Son numéro de saoulard ne lui a pas suffi. Elle en redemande.

Il tape sa réponse.

`Arrête. On se fait du mal pour rien.`

Il démarre et va se garer dans le parking de son immeuble.

Une fois chez lui, le visage de Diane danse dans sa tête. *On est incompatibles, toi et moi. Tu ne veux pas l'admettre. Mais ça viendra.*

Ils ont joué au yo-yo longtemps. Elle l'a quitté la première. Elle est revenue. Ils n'ont pas arrêté de s'engueuler. Jusqu'à cette nuit visqueuse où tout a failli déraper. C'est le moment où il a su que ça devait s'arrêter. Pour son bien. À elle.

Il ouvre le réfrigérateur. Des boîtes en plastique partout. L'œuvre de sa mère. Il en a marre de tout ça. *C'est pas à bouffer dont j'ai besoin. Juste qu'on crève l'abcès. Qu'on purge.*

Il n'a pas faim.

Il allume la télé, écoute les infos quelques minutes sur RDI, éteint et va coller son front contre la baie. Dans la rue, il n'y a qu'un type en bonnet gris et manteau noir qui fait du surplace. Son écharpe lui bouffe les traits. Sans doute attend-il quelqu'un.

Lourds de neige, les nuages semblent prêts à s'effondrer sur la terre. À écraser les toits, les voitures. À écraser ce passant solitaire.

Il se met à fredonner la chanson que Jade a écrite. La musique lui est venue très vite, tout à l'heure. Juchée sur un tabouret, elle l'a regardé composer. À un moment donné, elle a repris le refrain avec lui. Jolie voix. Cristalline, singulière.

La sonnerie du smartphone fait exploser les yeux noirs de Jade.

— Allô ?

Diane. Énervée.

— Je suis toujours à t'attendre dans ce bar !

— Je t'ai pourtant répondu. Je ne viens pas.

— J'ai un truc urgent à te dire. Pour le boulot. Tu viens.

Elle a raccroché.

Patti Smith. « Horses ». Magnifique.

Il se décolle de cette voix sublime et écoute Diane. Ses doigts aux ongles laqués de rouge font tourner son verre embué. Gin tonic. Toujours la même chose. Lui, de l'eau. *La sobriété, je peux quand je veux.* Son truc urgent pour le boulot, c'est une ruse. Il aurait pu s'en douter. Elle s'est habillée pour tuer. Bustier décolleté, pantalon de cuir qui épouse ses longues jambes et lui fait un cul de déesse. Ses cheveux doivent avoir la douceur de la soie. Mais il n'a même plus envie. C'est vraiment terminé. Cette impression de s'étouffer dans un puits de solitude, finie.

Elle vient de lui répéter que son livre allait être traduit en anglais, et qu'elle l'invitait à une soirée pour fêter ça. Elle lui a annoncé que son prochain ouvrage porterait sur les tueurs en série canadiens. Et qu'elle avait besoin de lui pour dépeindre l'Équarrisseur, « le rendre le plus vivant possible ». Une source lui a appris que c'était reparti avec lui.

— Tout ce temps sans nouvelles, et il te convoque de nouveau, Mark. Votre lien est toujours là.

Stratagème malin. Des mois à préparer cet essai. *Et de nombreuses séances avec moi.* Pour creuser la question. Et pour lui remodeler la cervelle.

— Un lien aussi fort entre un flic et un tueur, je n'ai jamais vu ça, Mark. C'est un sujet fantastique. Aide-moi à l'écrire.

— Écris-le sans moi. Tu as toutes les infos à ta disposition.

Sous-entendu, on a en parlé mille fois quand on vivait ensemble. Tu sais tout.

— Mark, ensemble, on est meilleurs. On est plus forts.

Le couple parfait. Une fiction à laquelle il a failli croire. Diane, ma colonne vertébrale. Du bidon. Il aurait fini par la frapper. Cette nuit-là, il a été à deux doigts. *Ensemble, on est catastrophiques, Diane.*

Elle s'accroche, elle essaie de le convaincre. Elle commande un autre gin. Quand le serveur l'apporte, Mark en respire les effluves. Pas envie d'alcool. *Je gère. J'y arrive.*

Dix minutes plus tard, elle a compris. Qu'elle n'aura pas ce qu'elle veut. Alors elle change de sujet.

— Quelque chose ne va pas, Mark ? Tu as un ennui, je le sens.

Autant lui dire la vérité. Ça lui fera une excuse pour se barrer d'ici.

— Un deuil dans la famille.

— Ah, je suis désolée. C'était une personne à laquelle tu étais attaché ?

— Une tante un peu allumée que j'aimais bien. Elle est morte seule dans son café. Assez miteux. Rien à voir avec ce genre d'endroit.

— C'est quand, l'enterrement ?

— Cette semaine. Ce sera une crémation. Elle était bouddhiste.

— Ah oui, pardon.

— Il n'y a pas de quoi. En Corée, il y a aussi pas mal de chrétiens.

— Oui, je sais.

Son verre se reflète sur la surface vernie de la table en bois exotique. Cet endroit est déguisé en bar tropical. Patti Smith a cessé de chanter. Elle est remplacée par Robert Charlebois. *J'ai toujours eu un faible pour lui. Il donne tout.*

— Mark, je ne t'ai pas dit, mais…

Et elle se met à lui raconter qu'elle a voyagé en Corée du Sud il y a peu.

— Je voulais savoir à quoi ressemblait ton pays.

Ce n'est pas mon pays. Elle parle et elle parle. Il n'a plus envie d'écouter.

Certains silences sont plus éloquents que de longues discussions. C'est ce qu'on dit. Ça manquait, quand ils étaient ensemble. Ces moments où il n'y a que les peaux et les yeux. *Si tu ne m'entends pas parler en silence, c'est que tu ne comprends rien.*

Il sent ses ongles s'enfoncer dans son avant-bras.

— Il y a une autre femme, dit-elle.

— Non.

— Je ne te crois pas.

— Il n'y a personne. Mais toi et moi, on va divorcer, Diane. Deux faits.

— On va commettre une énorme connerie, je le sais.

— Je suis malade, dit-il en se frappant la tempe. Infréquentable.

— Non.

— Je ne veux pas m'en prendre à toi.

— Tu es incapable de me frapper. Je le sais.

Tu ne sais rien du tout.

*

Yong-hwan boit un soda en faisant mine de lire le journal. Il s'est glissé dans le bar où son fils est entré avec la gueule d'un type qui aurait préféré se pendre. C'est à deux pas de la rue Boyer où il crèche et à une quinzaine de minutes de chez sa mère.

Chang-wook a l'air de s'emmerder comme un rat mort avec une grande blonde. D'après les bribes de conversation, c'est son ex. La fille est baisable, si on aime les petits nichons, mais c'est tout de même lamentable que Bo-ra ne lui ait pas demandé de se trouver une Coréenne. Deux types perchés au bar l'ont reconnue. Yong-hwan a chopé leur échange en descendant pisser. La blonde s'appelle Diane Morand, c'est une journaliste qui a sa rubrique à la télé.

Une demi-heure plus tard, c'est plié. Son fils paie l'addition. La blonde est à deux doigts de chialer. Chang-wook se casse.

Yong-hwan lui file le train. Il ne fait rien de plus intéressant que de rentrer chez lui.

Ça n'a pas été une perte de temps totale. Il a au moins appris que son fils est du genre perturbé.

Il est temps d'aller mijoter dans son bain à l'hôtel. Passer sa journée à espionner, c'est aussi crevant qu'un boulot. Il va devoir déménager dans ce quartier. Ça lui évitera les déplacements inutiles.

Dans le métro, il réfléchit. L'idéal serait de pouvoir faire mumuse dans la cave de Bo-ra. Deux jours enfermés dans le noir, à poil et sans bouffer, Yogwe leur attendrirait le cuir, à la salope et à son rejeton. Histoire qu'elle n'hésite pas à lui filer ses économies. Mais elle n'a pas l'air de rouler sur l'or. Et s'il se contentait de les zigouiller avant de se barrer aux États-Unis ? Pour autant, débarquer sans un rond chez

Goro, ça la foutra mal. Il y a sûrement moyen de gratter du blé. Cette Diane Morand a l'air d'en avoir.

Le problème, c'est la flic au chien. Assiniwi est comme cul et chemise avec Bo-ra, et elle a l'œil sur Chang-wook. Peut-être qu'il la saute. Comment la faire dégager du paysage ? On peut lui bricoler un faux suicide. La filer quand elle promène son clebs à la nuit tombée, attendre le bon moment. Près de la station Jean-Talon, il y a un chantier en contrebas. Dans les dix mètres de plongée. La barrière de sécurité est merdique. Assiniwi fera un vol plané. Le clébard aussi, entraîné par la laisse. Mais ses collègues auront du mal à avaler qu'elle se suicide en entraînant son clebs.

Une agression, c'est mieux. Les ouvriers ont balisé un passage depuis la bouche de métro. Un corridor qui bouche la vue aux témoins éventuels. Un corridor de la mort. Au-delà de la barricade, il y a plusieurs terrains vagues. Autant lui faire son affaire là. Le crime d'un rôdeur. Affaire classée. La question est de savoir si elle pousse ses balades dans ce coin.

À suivre. C'est le cas de le dire.

19

Mardi 25 janvier

Mon humaine est devenue une vedette.

Hier, nous avons pris la pose pour le photographe du *Journal de Montréal* en compagnie du commandant Villeneuve et de ses hommes. Tout a bien commencé, dans une ambiance agréable, puis j'ai perçu une tension chez Jade. Quand la journaliste est arrivée à son tour pour l'interview. Une certaine Diane Morand. Si j'ai bien compris, c'est l'ex-épouse de Mark. Comprenant à qui elle avait affaire, Jade a perdu son naturel. Pourquoi ? Je n'en ai aucune idée. En tout cas, ses réponses ont été du genre monosyllabique. Heureusement, les questions de Diane Morand concernaient surtout le commandant, et tout s'est bien déroulé.

Le reste de la journée, nous l'avons passé en compagnie d'un collègue à aller d'entrepôt en entrepôt, en quête des mémoires électroniques que le kidnappeur des deux fillettes ou ses complices auraient potentiellement dissimulées. Nous n'avons rien trouvé. Aujourd'hui, notre mission se poursuit.

Avant de reprendre notre tournée, Jade se rend dans un endroit que nous aimons beaucoup tous les deux. Le Café Panda, tout proche de notre domicile et qui accepte les chiens. La patronne, terriblement sympathique, est devenue une amie. Elle est généreuse de partout. Son cœur déborde d'amour pour les gens et les animaux, son corps est grand et rond. Ses cheveux changent souvent de couleur, mais son amabilité reste constante. Mon humaine prend assez souvent son petit déjeuner dans son établissement.

Quand nous arrivons, il n'y a qu'un couple dans la salle. La patronne nous accueille avec un grand sourire. Je me dirige vers notre table habituelle. Pendant que Jade passe commande, un Asiatique d'une cinquantaine d'années entre et va s'asseoir près de la vitrine. Son odeur danse immédiatement sous mon nez. Je la reconnais, elle est si proche de celle de Mark que c'est un bonheur inattendu de la retrouver. Ce client est l'homme qui se promenait dans la ruelle et regardait notre maison. Un nouvel habitant du quartier qui connaît déjà les bonnes adresses.

— Jindo et toi êtes dans *Le Journal de Montréal*, ce matin ! annonce joyeusement la patronne en apportant un exemplaire à Jade. Vous êtes carrément les héros du jour. Tu as vu ?

— Non, pas encore.

— Je l'ai lu, ça m'a étonnée. Je croyais que tu étais spécialisée dans les agressions sexuelles sur des mineurs. Mais, dans l'article, il est question d'antiterrorisme.

— Oui, la pédophilie concerne l'essentiel de nos interventions.

— En tout cas, bravo, les gars ! Vous avez carrément empêché des salopards de faire sauter une école. Ce matin, le petit déjeuner, c'est cadeau.

— Oh non, il ne faut pas…

— J'insiste. Et tu n'auras pas le dernier mot, ma belle.

Et la voilà qui me caresse en me félicitant, moi aussi. J'apprécie, d'autant que je constate à l'expression de Jade que les attentions de cette agréable patronne lui mettent du baume au cœur.

*

Assiniwi et son clébard viennent de partir au turbin. À travers la vitrine du Café Panda, Yong-hwan les a vus monter en bagnole et mettre les bouts.

Entre-temps, il a calmé sa faim avec des œufs au bacon version Québec. Bizarrement, il est devenu un peu accro au sirop d'érable. Maintenant, la panse de meilleure humeur, il déchiffre *Le Journal de Montréal* installé derrière la vitrine de ce bistrot tenu par une nana aux cheveux roses et au format de camionneur. Cet endroit donne une vue impeccable sur la maison de Bo-ra, de l'autre côté de la rue Saint-Denis, dans la diagonale. Ça permet de ne rien perdre de ses allées et venues sans pour autant se geler les burnes. Pour l'instant, rien à signaler. Contrairement à Assiniwi, Bo-ra n'est pas le genre à déguerpir tôt de chez elle.

Le nom de la journaliste lui dit quelque chose. Ah, oui, Diane Morand, c'est l'ex de Chang-wook. Le monde est petit. La lecture du français n'est pas une partie de rigolade, mais il a compris qu'Assiniwi et son labrador sont effectivement les « héros du jour ». Ils posent pour la photo, au milieu d'une bande de gars tout sourires. « Le groupe antiterroriste et l'escouade canine empêchent un attentat dans une école secondaire d'Hochelaga-Maisonneuve ». L'article détaille l'histoire. Il est question d'une formation spéciale pour clébards. Grâce à ça, une bestiole est capable de renifler des mémoires informatiques planquées n'importe où. Moralité, le labrador au nom crétin est une sorte de technicien à quatre pattes. On n'arrête pas le progrès.

Il réfléchit. Tout à l'heure, la proprio du Café Panda a questionné Assiniwi. Elle s'est étonnée qu'elle s'occupe de terroristes plutôt que de pédophiles.

Des pédophiles.

Il commande un nouveau café. Il a besoin de se réveiller les neurones. Une partie de sa cervelle patine, elle se croit encore à Séoul.

Des pédophiles.

Qui planquent des puces électroniques. Parce qu'ils veulent être les seuls à profiter de ce qu'il y a dans ces mémoires. Des photos, des vidéos. Parce qu'ils ne veulent pas que la police y fourre son nez.

La patronne lui apporte son café. Il le sirote en regardant la rue. Le jour s'est levé, les pelleteuses ont déjà dégagé la neige.

Des infos. Planquées.

Avec son pif, Jindo est capable de trouver des fichiers très gênants pour certains. L'article n'explique pas comment il y arrive au juste. En tout cas, ça marche à tous les coups. Le clebs a même déniché le programme d'une bande de terroristes.

En fait, si on réfléchit bien, ce labrador vaut de l'or. Et ça, c'est un sujet qui mérite de gamberger.

Bo-ra s'est enfin décidée à sortir de son trou. Neuf heures trente à la pendule. Yong-hwan règle son addition au comptoir, sort, se met à la filer. Elle marque un temps d'arrêt devant l'une des affiches électorales collées sur les panneaux tout le long de la rue Saint-Denis. Une fois à ce niveau, il découvre ce qui l'a intéressée. Marie Bouchard, sans son dalmatien, mais avec une moustache à la Hitler et un nez rouge de clown. Double peine. Certains n'ont pas l'air de porter la belle renarde dans leur cœur.

Bo-ra dépasse le premier gros carrefour. Arrivée au second, elle tourne à droite. Vers le métro Jean-Talon.

À travers les portes en verre, il la voit franchir le guichet automatique. Il y a peu de monde, l'heure de pointe est passée. Il la suit dans l'escalier. Avec ces murs en briques sombres, ça fait descente aux enfers. Mais dans ces enfers-là, il y a des caméras partout. À moins de dénicher un angle mort, inutile de songer à la pousser sous une rame. Et ce serait pas marrant. Il compte bien lui faire comprendre sa douleur avant de l'évacuer.

Elle marche plus lentement qu'autrefois, se tient courbée. Même si sa tronche n'est pas trop ridée, son corps raconte qu'elle est devenue une mémère.

Elle s'immobilise sur le quai. Triste comme un jour de pluie. Ça a un rapport quelconque avec la mort de la *mudang*? Possible. Bo-ra a dû être prévenue depuis.

T'inquiète, ma vieille. Tu vas bientôt la rejoindre, ta tante.

*

Une quadra aux allures de vieille poupée émotive.

Mariette Chauvignon fait de la rétention.

Mark observe la femme du représentant en attendant qu'elle veuille bien lâcher du lest. Ce n'est pas mieux parti que la dernière fois. La semaine dernière, elle a écarquillé ses yeux globuleux quand il lui a collé sous le nez la photo du type de Roxboro, le présumé DarkMaster. Elle a déclaré ignorer s'il est ou non une relation de son mari. Hier, elle a remis ça quand il lui a fait visionner une vidéo tournée dans l'ancienne chocolaterie, montrant son mari en train de violenter une fillette. Prétendre ne pas le reconnaître aurait été difficile, elle s'est contentée de répéter qu'elle n'avait aucune idée « qu'il faisait ce genre de choses ».

Il étale les clichés imprimés à partir des fichiers retrouvés à Roxboro. On y voit les fillettes aux prises avec les complices du photographe, ces pourris qui dissimulent leurs traits derrière des masques d'animaux.

Chauvignon lui refait le coup de l'innocente interloquée.

Face à ces horreurs, une réaction normale. Ce qui cloche, c'est qu'elle a réagi exactement comme ça lors des précédents interrogatoires. Le visage du photographe lui fait le même effet que les scènes insoutenables. Le détail qui prouve qu'elle ment.

La fouille du domicile a révélé que le couple faisait chambre à part. Lui dans celle au lit double, elle dans une pièce monacale. Elle est « propre sur elle ». Cheveux et ongles nets, une odeur de savon. Un curieux contraste avec sa maison crasseuse. Exception faite de sa chambre. Rangée et astiquée. On partage la vie d'un type innommable, mais on se ménage son petit espace à soi.

Une femme labyrinthe. Il doit trouver l'entrée.

— Votre mari connaissait cet homme.

— Il ne m'a rien dit. Je vous le jure.

— Difficile à croire. Ça fait vingt ans que vous êtes mariés.

Et c'est reparti avec son numéro de chouette effarouchée. Mariette Chauvignon est assujettie à son conjoint. Certaines compagnes de pédophiles vont même jusqu'à aider ceux-ci à enlever leurs proies. Dans cette affaire, ce n'est pas le cas. Les fillettes hospitalisées ont un peu parlé et révélé que Chauvignon était seul quand il leur a demandé de monter dans sa voiture. Certaines femmes se débrouillent pour ne rien savoir, mais celle-ci, son instinct lui crie qu'elle est plus qu'une épouse qui ferme les yeux sur les penchants de son homme.

Tu détiens des infos.

Il la pressure encore un moment, puis lève la main vers la vitre sans tain. Bernard va prendre le relais.

Mark fait les cent pas dans le couloir en réfléchissant. Mariette Chauvignon joue à la pauvre loque sous influence. Quant à son mari, il refuse d'en dire plus depuis qu'il leur a donné le photographe. Il faut espérer que Jade déniche d'autres mémoires électroniques dans les entrepôts qu'elle fouille avec un collègue.

*

Yong-hwan cause avec son loueur, un vieux gâteux. Fini l'hôtel. Cette résidence touristique est à dix minutes à pied de chez Bo-ra. Le rez-de-chaussée meublé d'une baraque discrète. Il sera le seul résident. Vu le temps de merde qui fait la loi ici, il le restera le temps de régler ses affaires.

Ils sont dans le garage. Le vieux proprio lui montre un break Ford en bon état.

— Je ne m'en sers plus, alors je l'ai parqué là. Mais vous n'avez pas de voiture, je crois ?

— Non, non. Je prends le métro. Ne vous inquiétez pas.

— Désolé, je ne peux pas vous le prêter. Vous n'avez pas de permis international. Alors…

— Pas de souci. Le métro ne me fait pas peur.

Vieux schnoque, tu crois que j'ai besoin de ta permission pour emprunter ton char ? Le gars n'y verra que du feu, il n'habite pas dans le coin. Yong-hwan lui fait des risettes et le laisse noter les détails de son faux passeport bien tranquillement. Il a prétendu être à Montréal pour se trouver un logement et un job. Le vieux con a gobé l'histoire.

Il se casse enfin. Yong-hwan va se vautrer dans un fauteuil.

Il n'a pas passé sa journée à glander. En suivant Bo-ra, il a compris qu'elle bossait dans un restau à moins d'une demi-heure de métro de chez elle. Ça n'a rien de glorieux. Cette crétine n'a même pas été foutue de faire fructifier son fric, elle en est réduite à trimer pour un type qui a la moitié de son âge, si celui qui est sorti sur le trottoir s'en griller une est bien le proprio. Autant dire que la pomper n'a plus de sens. On ne va pas se fatiguer pour rien.

Du coup, il doit se creuser les méninges. Le clébard Jindo, traqueur de maniaques, est une piste qui lui plaît. Cette bestiole flaire des secrets qui valent très cher. Parce que leurs propriétaires risquent gros s'ils sont découverts. Ce genre de type, c'est la cible idéale. Des larves à la cervelle endommagée. À faire chanter et essorer.

Le problème, c'est de savoir où en trouver un bien juteux.

Il doit faire des recherches.

En chemin, il s'est acheté un téléphone portable et une carte SIM prépayée. La boutique de téléphonie lui a refilé un numéro local. La formule « spécial touristes » donne trois semaines de crédit de communication et de 4G. Inutile de dépenser son blé inutilement, la résidence a le WiFi. Il se connecte et surfe, à la recherche de reportages sur des affaires de pédophilie. Les seuls noms communiqués sont ceux de types en tôle pour un bail. Bon, Yogwe ne s'attendait pas à des miracles, il est juste à l'affût d'une idée.

Bientôt, il tombe sur un article du *Journal de Montréal* : « Habitez-vous près d'un délinquant sexuel ? » Un clic sur une carte interactive du Québec suffit pour le savoir.

Un lien l'amène sur une autre carte. Celle des « districts judiciaires » de Montréal, Québec, Longueuil et Laval. Une multitude de points. Noirs pour les accusés, rouges pour les coupables. On dirait un énorme fromage couvert de pustules. Il se voit déjà allant frapper aux portes et casser la gueule de quelques abrutis, histoire de leur faire cracher le nom d'un de leurs copains pleins aux as et partageant les mêmes petites habitudes. Ces bestiaux-là, ça fonctionne en troupeau.

Une fois qu'il se sera trouvé un riche enfoiré, il empruntera Jindo le clébard à la truffe miraculeuse pour qu'il renifle des preuves chez le gars en question. Après, ça roulera tout seul. Yogwe n'a jamais été en panne d'imagination pour convaincre un abruti de raquer.

Manque de bol, la légende qui accompagne cette invention géniale le fait déchanter. Le journal annonce détenir les noms et adresses de tous ces accusés, mais ajoute que « les possibilités d'agrandissement ont été volontairement réduites de façon à éviter que les personnes concernées ne soient identifiées ou ciblées ». C'est à se demander à quoi sert ce foutu bidule interactif. Il clique au hasard sur Montréal-Ouest pour en avoir le cœur net. Une fiche s'ouvre. « Âge de l'accusé : 47 ans. Accusations : attouchements sexuels sur un enfant de moins de 16 ans, agression sexuelle. État du dossier : accusé ».

On est bien avancés avec ça.

Il s'imagine entrant en douce dans les locaux du journal pour piquer les listes.

Risqué. Il voit déjà le topo. Caméras, gardiens, bureaux occupés même la nuit. Un journaliste, ça trime à n'importe quelle heure.

Il se redresse. Une journaliste, il en connaît.

Diane Morand. Il a étudié son cas sur Google. L'ex de Chang-wook bosse pour Radio Canada, pour la télé, mais aussi et justement pour *Le Journal de Montréal*. Une solution est de la forcer à fouiller ce fichier. Elle a sûrement le code d'accès. Mais utiliser cette nana sans se faire remarquer demandera des efforts surhumains. En prime, il faudra la dégommer. Il n'a pas que ça à foutre.

Il soupire en s'affalant dans son fauteuil. Son plan est tout pourri. Même en admettant qu'il mette la main sur ce fichier, il devra souquer comme un galérien. Écumer des tas d'endroits, casser la gueule à des tonnes de mecs, tout ça pour espérer en trouver un avec une info croustillante. À force, il se fera remarquer ; parce que ces types, il n'ira pas s'amuser à les zigouiller après les avoir fait causer.

Mon surnom, c'est Yogwe, pas Terminator.

Il ouvre un œil. Il est où ? C'est quoi, cette ombre, devant lui ? Ah, oui, il a changé d'hôtel.

Sur son smartphone, à peine 23 h 45. Il a pioncé une paire d'heures à tout casser. Le décalage horaire lui met la caboche en mayonnaise.

Une idée. Il lui faut une putain d'idée.

Jindo, Jindo, Jindo. Le clébard jaune fait mumuse dans son esprit. Comme il fait mumuse dans le jardin de Bo-ra.

Au lieu de jouer, tu pourrais donner une idée à tonton Yogwe, hein ? Je veux un pédophile friqué. Tu sais comment t'y prendre, toi ?

Bon, pas la peine, il ne se rendormira pas par magie.

Il pense à une douche pour se ramollir la carcasse, puis se décide pour la marche à pied. Au moins, il pourra gamberger. Il se rhabille, sort dans la nuit noire et manque de se ramasser en trébuchant sur la poubelle. Sa rue est déserte. Il n'y a que la neige qui fait de l'animation. Où aller ?

Il se décide pour la baraque de Bo-ra.

Au bout de quelques minutes, il repère deux silhouettes bien connues. Assiniwi et son clebs, le Jindo à la truffe magique. Il suit leur duo en se planquant dans l'ombre des grands arbres. Le clébard se retourne vers lui, sa maîtresse tire sur sa laisse pour le faire avancer. *Tu m'as flairé, mon pote. Il va falloir qu'on s'apprivoise, toi et moi.*

Elle rentre chez elle en passant par le jardin. Son clebs se retourne encore. *Eh oui, Yogwe est là. Tu es le seul à t'en apercevoir.*

La lumière jaillit dans la cuisine. À travers la large fenêtre rectangulaire sans rideaux, il distingue sa silhouette. Il n'a pas oublié le plan de l'appartement. Elle s'approche de l'évier. Ça reste allumé un moment. Il lève le nez. La neige a cessé. Le ciel est une enclume grise.

La lumière s'éteint. Il imagine Assiniwi se faufilant dans sa chambre, se glissant sous sa couette. Sa tête noire en dépasse. Chang-wook se tape ce joli petit morceau ? Il serait bien con de ne pas le faire. La fliquette est moins voyante que la journaliste blonde, mais plus bandante.

Si Yogwe pouvait tirer un coup avec Pocahontas, il dormirait très bien ensuite. Plus de problème de décalage horaire. Il s'imagine allongé, bras croisés derrière la nuque, un sourire épanoui sur la tronche pendant que cette petite bombe est en train de le sucer. Son double tourne la tête vers la gauche. Vers le bureau.

Sur ce bureau, il y a un cahier.

Un cahier bien tenu dans lequel Assiniwi consigne les détails de son boulot.

Il y a des dates, des adresses. Et il y a surtout des noms.

C'est nettement mieux que la carte interactive des pervers qui ne sert à rien.

Il ricane et voit son souffle dessiner un nuage rondouillard devant ses lèvres. Il le fait disparaître en fonçant droit dessus. Son idée, il l'a. Et dès demain, il la mettra en pratique.

20

Mercredi 26 janvier

Ce matin, le ciel ressemblait à une gigantesque lame de couteau menaçant les toits, mais c'était toujours la même histoire : le CIAM était trop proche de son domicile pour qu'elle s'y rende autrement qu'à pied. Jade remonta la rue Saint-Zotique, puis s'engagea dans la rue Clark. Le labo était installé dans un entrepôt rénové. Elle pénétra dans le hall à l'atmosphère zen et décoré de grands tableaux contemporains. Retrouver Greta tous les quinze jours dans ce haut lieu de la tech pour un café était devenu leur rituel familial. Mais Jade n'était pas dupe. C'était aussi le moyen pour sa sœur de dénicher un moment sans trop ponctionner son effrayant emploi du temps.

Elle s'annonça à l'accueil et ne patienta que quelques minutes. Greta arriva tout sourire, lui prit le bras et l'entraîna vers la cafétéria.

Les vastes baies donnaient sur un jardinet; arbrisseaux et buissons ployaient sous la couche de neige et entouraient une sculpture aérienne et multicolore. Greta lui avait expliqué que c'était un réseau de neurones stylisé.

Elle fit le service et accompagna leurs cafés de deux tranches de brioche.

— Où tu en es avec Mark ?

— De quoi tu parles ?

— La dernière fois, je t'ai conseillé de te le taper. J'espère que tu ne m'as pas prise au mot.

— Je ne vois vraiment pas pourquoi ça t'intéresse à ce point.

— Parce que je l'ai vu récemment dans un bar. Complètement bourré. Le serveur l'a foutu dehors. Alors ça m'a fait penser à papa.

Décidément depuis sa quasi-noyade, sa jumelle veillait sur elle comme une mère louve. Elle ne se pardonnerait jamais d'être responsable de sa chute dans le lac glacé. Ils avaient chahuté comme les gamins qu'ils étaient. Et l'accident était arrivé.

Greta était lourdingue avec sa culpabilité. Mais ça partait d'un bon sentiment.

— Ne jamais se choisir un alcoolo, continua-t-elle. Règle de base.

— Mark n'est pas alcoolo. Il se prend des murges de compétition de temps en temps. Il déconne avec tout ce qu'il a sous la main. Et puis il se purge.

— Il détoxe ?

— Oui, c'est ça. Plusieurs jours d'abstinence et ça repart. Moralité, quand tu es capable de faire ça, tu n'es pas accro.

— Tu es toubib, maintenant. Bravo.

Jade leva les yeux au ciel.

— De toute façon, rassure-toi, il ne s'est rien passé. Et inutile que tu joues à l'espionne internationale pour moi. Je sais ce que je fais. Bon, à part ça ?

— C'est l'anniversaire de Simon, ce soir, tu te souviens ?

— Ah, désolée, j'avais oublié.

— J'ai privatisé en partie un bar du quartier. Allez, viens.

Jade hésita. Les copains de sa sœur étaient tous des geeks. Mais, pour une fois qu'elle organisait un événement festif, ce n'était pas le moment de la laisser tomber.

— Entendu, à ce soir.

Sa sœur lui donna l'adresse, l'enlaça, puis fila de son pas alerte retrouver ses lignes de codes et ses sempiternelles réunions. En chemin, Jade se demanda si l'inquiétude de Greta à son sujet n'était pas dopée par le surmenage. Son activité de doctorante ne lui laissait jamais le temps d'évacuer la vapeur. Cette fête d'anniversaire était l'exception qui confirmait la règle.

Pour rien au monde je ne voudrais être chercheuse.

*

Une demi-heure plus tôt, il s'est mis à coller au train d'Assiniwi, en uniforme mais sans son clébard, jusqu'à une sorte de fabrique. Une plaque lui a appris que c'était un labo. D'intelligence artificielle. Qu'est-ce que cette fille venait foutre là ? S'acheter un cerveau ?

Il a réussi à l'apercevoir à travers la baie d'une cafétéria, causant avec une autre fille, qui lui ressemblait comme deux gouttes d'eau. Bref, il vient de découvrir qu'Assiniwi a une jumelle. Tonton Yogwe n'en a rien à foutre. C'est le problème des filatures, on perd souvent son temps. L'essentiel, c'est que la voie soit libre quand il se glissera chez elle. Bien sûr, il faut attendre que Bo-ra se tire.

Il fait les cent pas pour tuer la sensation que ses guiboles gelées sont sur le point de se casser en mille morceaux. Il doit avoir l'air d'un pervers, tout seul sur son bout de trottoir. Une idée lui vient. Il pourrait se trouver un clébard. Personne ne se demanderait ce qu'il fabrique à arpenter le trottoir.

Coup de bol, Assiniwi ne s'attarde pas. Elle s'en retourne chez elle par le même chemin. Quelques minutes plus tard, elle monte dans sa caisse avec son clebs et met les bouts.

Il entre dans le café de la baraquée aux cheveux roses et s'installe à la même place que la dernière fois.

À 9 h 30 pétantes, Bo-ra descend de son antre et s'engage dans la rue Saint-Denis. Elle n'a ni caddie ni sac à provisions. Vu le timing, aucun doute, elle part au boulot.

Il marche jusqu'à la ruelle donnant sur le jardin, reluque les lieux et franchit la palissade. Pas besoin d'utiliser le double qu'il a piqué la dernière fois. La porte de la cuisine n'est pas fermée à clé. Cette flic qui laisse son petit intérieur ouvert aux quatre vents a vraiment un pète au casque.

Ça y est, il est dans la chambre. Le cahier est au même endroit. Sur le bureau. Il photographie les pages une à une avec son portable et met les voiles.

Yogwe a mis la main sur du lourd, non ?

*

Jade avait rendez-vous avec son collègue devant l'entrepôt qui bordait le canal de Lachine. La voyant arriver, il descendit de son véhicule et libéra Tonnerre, son berger allemand. Jindo fonça faire la fête à son congénère.

Après une poignée de main, les deux maîtres-chiens observèrent la façade du bâtiment de cinq étages. L'endroit semblait désert, mais le risque existait de tomber sur des rôdeurs ou des junkies ; sonder les lieux en binôme était une question de sécurité.

Son collègue travaillait la plupart du temps sur des affaires de drogue ou participait à des patrouilles de maintien de la paix ; Jade voyait bien que leurs déambulations ne l'amusaient guère, et qu'il prenait sur lui. Ils réalisaient certes un travail indispensable, mais il était fastidieux et répétitif. Ça faisait plusieurs jours qu'ils écumaient le parc de location, et aucun de ces bâtiments décatis n'avait quoi que ce soit à leur raconter.

Des canettes de soda vides avaient été abandonnées dans l'entrée, mais quelqu'un avait pris la peine de les aligner contre le mur. Humant une odeur de bois brûlé, Jade songea aux grands feux de camp de son enfance. Ils réchauffaient la fraîcheur des nuits d'été lors des pow-wow organisés par le conseil de la réserve.

Tonnerre avait quant à lui flairé quelque chose de plus inquiétant. Jade échangea un regard avec son collègue. Le berger allemand s'engouffra dans l'escalier. Ils suivirent. L'électricité était coupée, ils utilisèrent leurs lampes torches. Arrivé au premier, Tonnerre se mit à trépigner. Le palier était vaguement éclairé par la lumière du jour provenant de la salle attenante. Ils éteignirent leurs lampes et firent quelques pas prudents.

L'odeur de bois calciné s'était intensifiée. La grisaille filtrant à travers la rangée de fenêtres sur la gauche leur dévoilait les contours d'un vaste cube de béton brut. Le berger allemand tendait le cou vers le mur aveugle du fond et un espace obscur. Bientôt, Jade distingua une forme pâle, de la taille d'un corps humain. Et une autre, noire et trapue. Son collègue dégaina son arme de service sans débloquer la sécurité, puis fit signe à Jade d'éclairer. Elle balaya d'abord l'espace avec sa lampe. Hormis la forme blanche, rien à signaler. Elle pointa sa lampe dans cette direction. Le halo révéla un sac de couchage contenant un dormeur. La forme noire était un bidon métallique qui avait pu faire office de brasero.

— Police ! cria le collègue.

Le sac de couchage frétilla. Et se redressa. Apparut une tête blanche hirsute et des yeux clairs écarquillés.

L'homme gardait les bras ensevelis. Ne dépassaient que sa tête, ses épaules et la moitié de sa poitrine. Il portait un vêtement d'un bleu brillant. Jade comprit vite qu'il s'était fabriqué un gilet en sacs-poubelles et le portait par-dessus son manteau.

— Debout ! On veut voir vos mains ! ordonna le collègue.

— Vous êtes revenus avec vos lumières, les salopards ! Barrez-vous. Vous n'avez pas le droit ! Dieu vous en veut. Il n'aime pas vos caméras. Il vous punira !

Jade abaissa le faisceau de sa lampe pour ne plus l'aveugler.

— On vous a dit qu'on voulait voir vos mains ! répéta le collègue.

L'homme commença à se tortiller. Jade et son partenaire s'approchèrent.

— Debout ! Doucement !

L'homme se releva en grimaçant. Le sac de couchage tomba comme une chrysalide qui révélerait un vieux papillon. Impossible de donner un âge à ce personnage efflanqué, il pouvait avoir entre cinquante et quatre-vingts ans. Malgré le froid, la puanteur qu'il dégageait avait de quoi faire chavirer, Jade se força à respirer par la bouche. Elle repéra les mêmes canettes de soda que dans l'entrée. Alignées soigneusement près du brasero. Il y avait aussi une ligne de boîtes de conserve. Un livre était posé à côté d'une bougie éteinte, collée au béton grâce à la cire fondue. Une bible.

Le collègue menotta le vieil homme. Celui-ci grommela dans sa barbe :

— C'est chez moi, ici… Dieu ne veut pas de vos caméras, j'vous dis… Vous êtes des impies, des pécheurs répugnants…

Jade utilisa la radio pour demander des renforts. Il fut décidé qu'ils les attendraient sans quitter leur emplacement, à moins de percevoir du mouvement dans le bâtiment.

Le vieil homme poursuivait ses litanies.

— Je crois qu'il vaut mieux prévenir le lieutenant Song, proposa Jade.

Son collègue hocha la tête. Elle utilisa son portable. Mark répondit immédiatement.

— Jade ? Tu vas bien ?

— On tient peut-être un témoin !

Elle lui expliqua ce qui s'était passé et lui fit une description succincte de l'homme à la bible.

— Excellent.

— On attend la patrouille.

— Ce type était seul ?

— A priori oui. Mais les collègues vont vérifier.

— Bravo, en tout cas, très beau boulot…

— À plus tard.

Elle raccrocha et imagina son visage. Sa voix était souriante.

Elle repensa aux paroles de sa sœur. « J'espère que tu ne m'as pas prise au mot… Je l'ai vu récemment dans un bar… Complètement bourré… Le serveur l'a foutu dehors. Alors j'ai pensé à papa… »

21

Pour lire le contenu du cahier photographié chez Assiniwi, Yong-hwan s'est installé devant la télé avec le son en sourdine. Les candidats aux municipales prennent des bains de foule. Marie Bouchard mouille plus la chemise que ses concurrents. Elle en veut. Ça crève l'écran, surtout quand on la regarde s'agiter sans écouter ses bobards.

Assiniwi a noté des infos de première bourre. Elle bosse avec Chang-wook et ses équipiers sur un groupe de pédophiles. Ils ont déjà mis trois gars au frais. Un comptable, qui les a branchés sur un représentant en pharmacie, lequel les a amenés à un photographe. Quand ils l'ont coffré, ce mec les a canardés. Ils lui mettent la pression, mais le gars est un coriace qui ne veut pas dénoncer les tarés qui ont le même hobby que lui.

Ces trois mecs sont en tôle et donc inatteignables. Mais il y a leurs copains, leurs familles. Chang-wook cherche à faire causer ces gens. Surtout la femme du représentant. Une certaine Mariette Chauvignon. Il est certain qu'elle en sait nettement plus que ce qu'elle raconte.

Son téléphone et son adresse sont inscrits dans le cahier d'Assiniwi.

Marie Bouchard est de retour à l'écran. Il monte le son.

— Je vous promets de faire de cette ville un centre économique et technologique de premier plan ! lance-t-elle avec des étincelles dans ses jolies mirettes bleues.

Et moi, je me promets de m'en mettre plein les fouilles et de faire un massacre avant de me casser d'ici, ma belle renarde.

Il appelle Goro sur WhatsApp. Le Grand Frère l'écoute et lui donne son avis : son plan sent bon la thune, mais passer la frontière avec beaucoup de liquide n'est pas recommandé. Le meilleur moyen de ne pas se faire gauler est d'exiger un virement en monnaie numérique. Il lui donne les références de son compte en bitcoins.

Yong-hwan raccroche avec un grand sourire aux lèvres. La technologie, il n'y a que ça de vrai.

*

Jade regarda son collègue s'éloigner à bord de sa voiture de fonction. Après que le vieil ermite mystique avait été emmené par leurs collègues, ils avaient continué à passer les entrepôts au peigne fin. Sans aucun succès, cette fois.

Quand elle se gara devant chez elle, la neige tourbillonnait avec une joie hargneuse. Impatient de sortir, Jindo tournicotait à l'arrière. Elle descendit de voiture et leva la tête vers la façade. Min-young était rentrée.

Elle rentra chez elle, son chien sur les talons. Tandis qu'elle se déchaussait, elle le vit foncer vers la cuisine. Il plaqua sa truffe au sol, zigzagua un moment, se dirigea vers sa chambre et pila devant la porte fermée.

Elle ouvrit par acquit de conscience. Son chien patientait sur le seuil, respectant l'interdiction d'aller plus loin. Elle entra. Tout était en ordre. Son cahier était posé sur le bureau. Elle ouvrit le placard. Le coffre était intact.

— Qu'est-ce qui te prend ?

Son labrador pencha la tête sur le côté et émit un jappement. Un comportement particulier, jamais il ne lui avait fait ce numéro. Elle s'avança vers la cuisine et tourna la poignée de la porte donnant sur le jardin. *Mince, je l'ai laissée ouverte.* Ce n'était pas la première fois, Greta et Mark lui avaient déjà fait la remarque. Elle la ferma à clé, puis refit le tour de l'appartement. Rien à signaler. *Et la cave, au fait ?* Elle sortit son pistolet de son étui de ceinture, ouvrit doucement la porte, écouta le silence, actionna l'interrupteur. Elle descendit l'escalier, son Glock au bout de son bras tendu. À part la Fender et les baffles, le lieu était vide.

Elle remonta, se souvint d'avoir laissé trente dollars sur le plan de travail à côté du lecteur de CD. Elle alla vérifier. Ils étaient toujours là.

Dans ce quartier tranquille, il n'y avait guère de risque qu'un voleur tentât sa chance en pleine journée. D'autant que la maison n'avait rien de luxueux. Jindo avait dû retrouver une vieille trace olfactive de Min-young, Greta ou Mark.

Elle emplit sa gamelle d'eau et le regarda boire comme s'il revenait d'une virée au Sahara.

Une ombre s'agita sur sa gauche. Elle leva la tête et vit Min-young à travers la porte vitrée. Elle alla lui ouvrir.

— J'ai fait un peu trop de *japchae,* lui dit la mère de Mark en lui tendant un récipient en verre. Des nouilles sautées au bœuf et aux légumes. Si tu aimes ça, je t'apprendrai à les faire.

— Je les aime déjà, répliqua Jade en rangeant le cadeau dans son réfrigérateur.

Elle lui proposa un thé vert, sa logeuse accepta immédiatement.

— Je voulais te remercier de nous avoir aidés à empaqueter les affaires de la tante Soo-ji, la dernière fois.

— Il n'y a pas de quoi.

La mère de Mark semblait avoir besoin d'une oreille attentive et avait trouvé une excuse pour s'épancher.

Après son départ, Jade se demanda si elle devait faire des efforts pour cette soirée d'anniversaire. Elle possédait un crayon khôl, quelques fards à paupières, un bâton de rouge à lèvres. Des cadeaux de Greta qu'elle ne pensait jamais à utiliser. C'était le moment. Elle découvrit un tutoriel en ligne qui indiquait comment se faire des *smoky eyes,* suivit les étapes, s'observa dans le miroir et constata que le résultat était plutôt réussi dans le genre Catwoman. Inutile de se barbouiller les lèvres, l'intérêt de cette coutume lui avait toujours échappé. Elle se parfuma. Ça, c'était un rituel plaisant et auquel elle s'adonnait chaque jour lorsqu'elle revenait de mission avec Jindo. Greta, qui ne faisait jamais les choses à moitié, s'était fatiguée à dénicher une fragrance à la fois fraîche et raffinée. Le flacon était presque vide. Il allait falloir songer à en racheter.

Elle étudia le contenu de son placard. S'y morfondait cette robe vert émeraude qu'elle n'avait mise qu'une fois pour le mariage de la patronne du Café Panda avec Serena, la femme de sa vie. Hésitations. Fallait-il faire un effort ou débarquer en vêtements confortables ? Les geeks avaient tendance à travailler et faire la fête dans les mêmes tenues.

En fait, elle éprouvait le besoin subit de changer de peau. *De devenir l'une des Jade que je cache au fond de moi ?* Une étrange pensée, qui la fit sourire.

Elle enfila la robe. Pas mal. Elle chaussa les escarpins assortis, dont elle avait oublié l'existence. Ces reliques aux talons vertigineux étaient plus inconfortables que dans son souvenir.

On sonna.

Elle ouvrit. Le vent glacial lécha ses bras et ses jambes nus. Et Mark la regarda comme si elle était une inconnue. Ses yeux descendirent vers son décolleté et remontèrent aussitôt.

— Je dérange, peut-être.

— Non, entre.

Elle le devança jusqu'au salon, lui proposa le canapé, lui apporta une eau pétillante. Quand elle s'installa dans le fauteuil, le regard de Mark explora ses jambes, puis revint vite à son visage. Le sien était extrêmement sérieux.

— Il y a eu un problème avec le SDF ? demanda-t-elle.

— « Mais si quelqu'un fait trébucher un seul de ces petits qui croient en moi, il vaudrait mieux pour lui qu'on suspende à son cou une meule de moulin et qu'on le jette au fond de la mer… »

— Qu'est-ce que tu racontes, au juste ?

— Le gars connaît la Bible comme sa poche. À part ça, impossible de lui arracher une parole sensée.

Impressionnant. Rassurant surtout. Malgré les cochonneries qu'il ingurgitait, ce veinard gardait une mémoire phénoménale. *Oui, contrairement à moi.* Depuis l'enfance, il avait mémorisé un nombre incalculable de chansons et de partitions ; ça devait aider.

— Ses délires laissent penser qu'il a surpris le tournage d'une vidéo.

Sous-entendu avec les petites victimes dans l'entrepôt qu'il squatte depuis le début de l'hiver.

— Personne dans ton équipe n'a réussi à lui soutirer quelque chose de concret ? Même Ludivine et sa patience légendaire ?

— Non.

— Qu'est-ce que vous allez faire ?

— Le confier à un psy en espérant que ça se passera mieux. Voilà. Je voulais que tu sois au courant.

— En tout cas, mon collègue et moi, je suis certaine qu'il nous a confondus avec des gens dont il n'approuvait pas les actes.

Il agita sa canette.

— Tu ne t'offres pas une bière ?

— Non, je suis attendue. Je ne vais pas commencer à boire avant.

Il arracha la languette de métal et but une gorgée d'eau.

— Ta mère vient de passer, reprit-elle.

— Pour... ?

— Elle avait besoin de parler.

— De quoi ?

— Nous avons discuté de tout, sauf de ce qui la préoccupait vraiment. En fait, j'ai l'impression que la mort de ta tante l'a secouée plus qu'elle ne le pense.

— Je verrai ça demain. (Il se leva.) Je ne veux pas te mettre en retard.

Elle eut envie de lui demander de l'accompagner. *Mais Mark au milieu des geeks, ça n'ira pas. Il se croira chez les extraterrestres.*

Il était déjà à la porte. Qu'il ouvrit lui-même. Le vent s'occupa de ses cheveux et les dégagea de son front. Il avait l'air soucieux.

— Bonne soirée, Jade.

— Toi aussi.

*

Mark reste immobile dans l'entrée de son appartement silencieux. *Besoin de me calmer les nerfs.* Il fourre ses gants de boxe et ses affaires de sport dans son sac, ressort et reprend sa voiture.

Quelques minutes plus tard, il est garé sur le parking de sa salle de gym. La nuit et ce froid de loup ont découragé les candidats. Ils sont rares dans les vestiaires et les différentes zones d'entraînement. Il s'acharne sur le sac de frappe jusqu'à ruisseler de sueur, utilise différentes machines de musculation et conclut par une séance acharnée de rameur. Un habitué lui lance un coup de sifflet admiratif et lui demande s'il a bouffé du lion.

De retour chez lui, il allume la télé sur CNN. Les nouvelles du monde glissent sur lui comme de l'eau. Jade squatte son esprit. Il la revoit, franchement sublime dans cette robe inattendue.

Quand elle lui a ouvert, il a eu l'impression qu'un mauvais génie le giflait sans prévenir.

22

Dimanche 30 janvier

En attendant sa station, Min-young regardait les vidéos publicitaires défiler sur l'écran sans les voir. Ce matin, elle se sentait fébrile. Elle avait passé une nuit difficile et s'était réveillée en sueur, au milieu d'un cauchemar. Il avait pourtant commencé comme un rêve agréable. Jade, Mark et elle faisaient du ski de fond dans un parc qui ressemblait à celui du Mont-Royal puisqu'il dominait Montréal. Au loin, le Saint-Laurent était un ruban bleu sous le ciel gris. Tous trois avaient planté leurs skis à la verticale dans l'épaisse couche de neige, puis Min-young avait suivi son fils et sa locataire le long d'un sentier qui grimpait entre les pins jusqu'au sommet d'une colline. Jade s'était mise à creuser frénétiquement la terre gelée avec une pelle. Pour dégager une fosse rectangulaire. Si profonde qu'elle semblait sans fin. Mark avait ouvert son sac à dos et en avait sorti Jindo. Le labrador était mort, son pelage doré flottait doucement dans le vent, ses yeux étaient clos. Mark l'avait déposé dans la fosse en pleurant. Et il avait récité un poème d'adieu. Jade et lui étaient partis en courant, main dans la main. Min-young avait entendu quelqu'un murmurer son nom.

L'appel venait de la tombe. Elle s'était penchée et avait vu Soo-ji, allongée sur le dos et qui lui faisait signe de la rejoindre en souriant. Soudain, sa tante s'était métamorphosée. Pour prendre l'apparence du patron de Min-young. Cet homme, à Séoul, quand elle avait une vingtaine d'années.

Pourquoi revenait-il la hanter ?

« Station Mont-Royal », annonça la voix féminine enregistrée. Min-young quitta la rame et pressa le pas, s'imaginant déjà à La Victorine en train de cuisiner. Une fois dans ce petit monde chaleureux, au milieu des beaux produits que son jeune patron aurait achetés, elle se sentirait mieux. Elle préparerait des plats simples mais bons, qui rendraient les clients heureux. La vie reprendrait ses droits.

*

Yong-hwan respire par la bouche pour éviter de s'entartrer le pif avec l'odeur dégueulasse des clebs. Pas étonnant qu'ils aient été largués par leurs maîtres, ils sont plus moches les uns que les autres. Il choisit le plus petit en se disant qu'il lui coûtera le moins en bouffe. C'est un bidule aux yeux noirs comme des billes et au pelage beigeasse et hirsute. D'après ses roubignolles pas plus grosses que des noisettes, un mâle. Quand il le prend contre lui en faisant des minauderies, il se met à trembler. Bon, au moins, ce modèle réduit a compris qu'il n'a pas intérêt à moufter.

Le gardien du chenil note les détails de son passeport et lui conseille de mettre un manteau au clebs quand il le promènera. Yong-hwan se fait un air benêt pour le remercier de cette bonne idée, choisit une laisse et un manteau sur le présentoir, paye et se casse vite fait. Encore un peu et la puanteur l'aurait fait dégueuler.

Il entre dans le premier supermarché venu. Au rayon bestioles, les étagères croulent sous les possibilités. Ça donne le tournis. L'article dans *Le Journal de Montréal* mentionnait qu'Assiniwi refilait des croquettes à son labrador chaque fois qu'il dénichait une puce électronique. Il en ramasse plusieurs paquets et passe à la caisse.

De retour dans sa piaule, il verse des croquettes dans un bol. Le clebs les renifle d'un air craintif. *T'as peur de Yogwe, ducon. Bien vu.*

Cette bestiole a deux avantages. Il le fera passer pour un brave pépère à chien-chien dans le quartier et il lui permettra de se rapprocher du labrador à la truffe magique.

— On va lui faire du gringue, hein, ducon ? T'as intérêt à être bon.

Le chien file se planquer dans un coin.

*

Jade et moi déambulons dans le froid. Il a cessé de neiger, mais nous sommes bien les seuls à nous aventurer dans les rues. Les dernières journées ont été plutôt mornes. Mon ami Tonnerre et moi avons poursuivi notre périple avec méticulosité aux côtés de nos maîtres respectifs, mais, depuis notre rencontre avec le vieil ermite, nous n'avons rien découvert de nouveau.

Nous arpentons notre chère Petite Italie jusqu'à ce que mes besoins naturels soient satisfaits. Je m'aperçois alors que nous sommes à deux pas de chez Mark.

Jade a-t-elle pris inconsciemment la direction de la rue Boyer ? En ce qui me concerne, je suis partisan d'un débarquement surprise au domicile du lieutenant. Personne ne me gratouille aussi bien que lui et, avec un peu de chance, il me donnera quelque chose de bon à manger.

La voilà qui s'avance vers la porte de l'immeuble. Son visage est déterminé. Je perçois l'accélération de son pouls. Elle respire par à-coups. Elle lève l'index droit vers l'interphone. Ce doigt s'immobilise en l'air. J'essaie d'influencer ses pensées. *Sonne et annonce-toi. On va passer une soirée divertissante.*

Hélas, le doigt de mon humaine retombe. Nous faisons demi-tour.

Au bout de quelques mètres, je tente de résister. Je tire sur ma laisse, museau pointé vers l'immeuble de Mark, et j'ose un jappement.

— Jindo, ce soir, je n'ai pas envie de jouer.

Décidément, je n'ai rien d'un influenceur. J'abandonne la lutte et accorde mon pas au sien. Nous voilà dans la rue Saint-Zotique. Habituellement animée, elle me fait un effet sinistre.

Soudain, je renifle une odeur que j'adore. *Mark ! Tu nous as vus et tu viens vers nous !* Je me retourne d'un bond, et la déception m'extirpe un grognement. Ce n'est pas le délicieux lieutenant qui marche derrière nous. Mais l'homme au bonnet gris que j'ai vu plusieurs fois dans le quartier, et même croisé au Café Panda. Ce quinquagénaire est accompagné d'un charmant petit chien d'une race indéterminée, mais qui évoque un peu le chihuahua. Je flaire qu'il a bon caractère, est timide et n'a pas toujours eu la vie facile.

Mon congénère se rapproche en frétillant de la queue, puis s'aplatit au sol, signe immanquable qu'il veut jouer. Bien sûr, je ne peux pas m'empêcher de fraterniser et de batifoler un moment. Mon nouvel ami me fait comprendre qu'il sort d'un chenil et vient de se trouver un nouveau maître et une nouvelle vie. Je lui déclare qu'il a bien de la chance de cohabiter avec un humain qui sent si bon.

— Ah, il me semble qu'on s'est déjà croisés au Café Panda, dit poliment Jade au quinquagénaire.

— C'est le seul café du quartier qui accepte les chiens. Alors je crois que nous nous y croiserons encore.

L'odeur de cet homme est envoûtante. Je perçois également une certaine dureté en lui. Celle que l'on pourrait imaginer à un soldat à la retraite.

Jade et lui se lancent dans une discussion aimable. L'homme explique qu'il est d'origine coréenne et vient d'emménager dans le quartier. Retraité, il veut se rapprocher de son fils et de sa belle-fille qui ont émigré à Montréal. Jade lui répond que la Corée est un pays très attirant. Ils badinent et en oublient le froid. Je m'aperçois que mon petit compagnon tremble intensément, bien qu'il soit équipé d'un manteau. Jade veut connaître son prénom. Son propriétaire marque un temps d'arrêt, puis répond avec un grand sourire :

— Tokki.

— Mon labrador s'appelle Jindo.

— Ha, ha, un joli nom coréen !

Les voilà qui mettent enfin un terme à un échange certes plaisant, mais difficile à supporter par – 30 °C. Jade et moi rentrons chez nous.

23

Lundi 31 janvier

Yong-hwan a pris le temps de pister la femme du kidnappeur. Mariette Chauvignon. La quarantaine déglinguée. Une gueule de chouette en déprime. Elle travaille dans un supermarché qui fait aussi parapharmacie. Réglée comme une horloge suisse, elle arrive à 8 h 55, fourgue du shampooing, des remontants et des antidouleurs toute la journée, prend une pause déjeuner d'une heure dans le même fast-food et laisse sa blouse blanche derrière elle à 18 h 25 avant de franchir la porte en verre automatique, emballée dans son manteau gris et son bonnet à rayures roses que termine un pompon assorti. Ce bonnet rigolo lui donne l'air encore plus triste. Elle prend son métro, voyage sans regarder personne et quitte la rame comme un robot. Une fois dans son quartier, elle fait ses courses et s'enferme dans sa bicoque de l'avenue Sainte-Croix pour n'en ressortir qu'au matin.

Son jules est en tôle, elle vit seule et personne ne la fréquente. D'après ce qu'il a lu dans le cahier d'Assiniwi, aucune crainte de croiser une femme de ménage. La baraque est crasseuse. Assiniwi a aussi écrit que le jour où Chang-wook et elle ont fouillé les lieux, le clébard de choc a trouvé une clé USB dans la chambre principale. Gavée de vidéos pornos. C'est grâce à ça que les flics ont localisé les gamines. Elles étaient prisonnières dans la cave d'un photographe, un maniaque en affaire avec le représentant. Tous ces gugusses se connaissent.

L'idée est d'en trouver un dans le tas à l'aise financièrement. Et sur lequel Chang-wook n'a pas encore orienté son radar.

Les résultats de son repérage à bord du break Ford emprunté ni vu ni connu à son vieux schnoque de loueur lui ont plu. La Mariette vit dans une baraque dont le côté droit est flanqué d'un échafaudage bâché. Cette partie n'a pas de vis-à-vis, elle donne sur un parc. Les deux fois où il est venu, à des heures différentes, il n'a pas vu un seul ouvrier s'activer. Il faut croire que le chantier est interrompu jusqu'à ce que le temps soit moins pourri et que le mur ait séché. Ou alors les Chauvignon ont des problèmes de fric et le chantier est à l'arrêt.

Elle sera chez elle dans une heure. Le jour commence à avoir envie de pioncer et des nuages gris ont eu la bonne idée de souiller le ciel. Il enfile une paire de gants chirurgicaux.

Il reluque la petite Tahitienne en plastique que son vieux loueur a pris la peine d'accrocher à son rétro, sûrement pour se consoler de vivre sur une banquise. Il lui envoie une pichenette.

— Souhaite bonne chance à tonton Yogwe, ma belle !

Il descend de voiture, vérifie que personne ne peut le voir dans les alentours, pousse la grille rouillée, s'engage dans l'allée de graviers et longe la maison jusqu'à l'échafaudage. Il y a deux étroites fenêtres rectangulaires au rez-de-chaussée protégées par des grilles en fer. Et, à l'étage, deux fenêtres normales, sans protection particulière. Comme les fois précédentes, les volets ne sont pas fermés.

La bâche en plastique crée un rideau de protection. Il se faufile derrière et gravit l'échafaudage jusqu'à l'étage. Il a apporté quelques outils récupérés dans le garage du vieux schnoque et fourré le tout dans un sac à dos. Quelques minutes suffisent pour venir à bout de la première fenêtre, sur la gauche.

Il doit faire un peu l'acrobate pour réussir à entrer. Il referme derrière lui et attend que ses yeux s'habituent à la pénombre. Il vient de débouler dans une pièce meublée d'un drôle de plumard bordé par des colonnes de bois d'où pendouillent des rideaux rouges. Ça schlingue le renfermé. Une armoire massive en bois gravé a l'air de traviole. Il ne sait pas s'il y a des tremblements de terre au Québec, mais si ce bidule tombe sur quelqu'un, il le transformera en crêpe instantanément. Il l'ouvre, le meuble grince pour lui révéler des fringues d'homme. Un petit tour dans la salle de bains confirme que le territoire est masculin.

Le sol est recouvert d'un vieux parquet qui se plaint à chaque pas. Il s'engage dans un couloir et découvre une autre chambre, en face de la première. Plus petite et qui ne pue pas. L'armoire lui apprend que c'est celle d'une femme. Moralité, ces deux cocos font chambre à part. Pas étonnant, le représentant doit juger que sa gonzesse a dépassé la date limite depuis une bonne trentaine d'années. Pendant qu'il se branle dans son antre devant ses vidéos, elle occupe ses soirées à regarder des émissions. Chacun son programme. Un magazine dort à côté de la télécommande.

Il descend au rez-de-chaussée par un étroit escalier recouvert d'un tapis rouge qui lui fait penser à une langue de dragon gondolante.

Un salon, une cuisine, une entrée et une porte donnant sur une remise et un garage.

Voilà, Yogwe a fait le tour du propriétaire. Il n'y a plus qu'à attendre madame pour qu'elle lui offre l'apéro.

*

Mark, Bernard et Philippe émergent de la salle d'interrogatoire. Ils retrouvent Ludivine dans le bureau de l'équipe. La sergente a du nouveau :

— C'est à prendre avec des pincettes. Le psy fait tout ce qu'il peut, mais le SDF a de rares éclairs de lucidité. Ce qu'on sait, c'est qu'il était ouvrier ou contremaître dans les travaux publics. Vu son âge, ça doit remonter à une bonne dizaine d'années. Le psy pense qu'il a pu reconnaître quelqu'un de son passé. Un supérieur hiérarchique. Il a utilisé le mot « patron ».

— Et c'est ce patron qu'il aurait vu dans l'entrepôt ? demande Philippe. Pendant l'un des tournages des vidéos avec les petites victimes ?

— Une possibilité.

Ludivine se tourne vers Mark, attend son approbation.

— Cette scène, il n'a pas pu l'inventer, on est d'accord, dit-il. Le problème, c'est que cet entrepôt délabré est visité régulièrement par des locataires potentiels accompagnés de maîtres d'œuvre. Pour les conseiller pour les travaux de rénovation. C'est ce que m'a appris le directeur du parc de location. Le SDF a pu voir quelque chose et plaquer un visage de son passé sur l'un des agresseurs.

— Le psy m'a effectivement dit qu'il avait tendance à s'emmêler les souvenirs.

Bernard, ses bras musculeux croisés sur son ventre rond, pousse un soupir d'ours.

— En admettant que le SDF ait vu quelque chose, ça ne vous semble pas bizarre que les autres enfoirés ne l'aient pas repéré ? C'est triste à dire, mais je pense que, si ça avait été le cas, il ne serait plus là pour en causer.

Mark est d'accord.

— Mais on ne peut pas laisser quoi que ce soit de côté. Ludivine, tu me creuses son CV, tu me trouves les photos des contremaîtres et autres supérieurs qu'il a eus dans sa vie. Tu les lui colles sous le nez pour voir s'il réagit.

C'est le moment de reprendre le marathon. Avec Bernard et Philippe, ils mettent chaque jour la pression sur les types signalés par l'équipe de surveillance des délinquants sexuels. Jusqu'à présent, personne n'a de tuyau sur ce foutu club d'enfoirés masqués.

*

Yong-hwan l'attend. Il a eu le temps d'étudier le contenu des placards. Chauvignon aime les conserves, surtout de tomates pelées. Ça l'a rendu créatif. Il a imaginé une petite installation.

À l'heure prévue, la clé tourne dans la serrure. Il visualise sa proie : elle se déchausse et accroche son manteau. Il l'entend traîner la savate le long du couloir.

Quand elle passe le seuil de la cuisine et ouvre grand la bouche, il note que son bonnet à pompon rose est toujours rivé sur sa caboche. Elle laisse tomber son sac de courses et repart en courant. Il l'intercepte au milieu du couloir, l'agrippe à la gorge et la plaque contre le mur.

Ça ne fait même pas deux secondes que t'as rencontré Yogwe et t'as déjà les fusibles fondus. Je ne te félicite pas.

Elle a perdu son bonnet en route, il le lui remet sur le crâne. C'est plus poilant comme ça. Il la traîne jusqu'à la cuisine.

— Qu'est-ce que vous me voulez ? Lâchez-moi !

Il la fait asseoir.

— Prenez mon argent ! Ne me faites pas de mal…

Elle la boucle aussi sec. Son regard ahuri vient d'atterrir sur la petite tronçonneuse à piles qu'il a piquée à son loueur et posée entre les deux verres et la bouteille de vodka.

Livide, yeux écarquillés, elle se met à hurler. Il la bâillonne avec du ruban adhésif. Son corps de sauterelle gesticule dans tous les sens. Il utilise le ruban pour arrimer son bras gauche et ses jambes à la chaise.

Une odeur aigre le dérange. Elle s'est pissé dessus. Des auréoles de transpiration lui décorent les aisselles.

— Choisis entre deux boissons. Vodka simple ou bloody mary. Tu vas me répondre calmement, d'accord ?

Elle hoche la tête. Il arrache le ruban adhésif.

— J'ai de l'argent sur moi ! Je vais tout vous donner.

— Tu crois que je me fatigue pour si peu ? (Elle avale sa salive.) Ton mari est un taré, pote avec d'autres tarés. Ils font leurs affaires avec un masque de bestiole sur la figure. Qu'ils se tapent des gamines ou des castors, je m'en fiche. Ce que je veux, c'est un nom.

— Je ne connais pas ces gens…

Il lui retourne une mandale musclée. Sa tête valse sur la droite, mais le bonnet tient bon.

— J'aime pas être contredit. Maintenant, tu le sais.

Sonnée, elle cligne des yeux. Il attend que leurs regards se scotchent.

— Tu me donnes le nom du plus riche de la bande, tu es récompensée avec un shot de vodka. Ou tu fais ta têtue et tu as droit à un bloody mary.

— Quoi… ?

— J'ai ma recette personnelle.

Il ouvre la boîte de tomates pelées, verse le contenu dans le mixeur, ajoute une dose de vodka.

— Un doigt de jus de tomate, un doigt de vodka et… un doigt.

Il fait démarrer la tronçonneuse. Elle se remet à hurler. Il agrippe sa main libre. Elle se contorsionne au point de reculer avec sa chaise.

Il éteint la tronçonneuse. L'emmerdeuse braille toujours. Il la tire par le bras pour la ramener à lui et la bâillonne une fois de plus.

— Interdit de gueuler ! (Elle sursaute et obéit.) Bon, maintenant que tu as compris le jeu, c'est simple. Je t'enlève ce bâillon, mais cette fois tu me donnes un nom. On est d'accord ?

Quand elle hoche frénétiquement la tête, son ridicule bonnet gigote avec elle et lui donne l'allure d'une marionnette. Il arrache l'adhésif en soupirant.

— Michel… Paquette, dit-elle.

— Il fait quoi, dans la vie ?

— Il dirige une entreprise de BTP.

— Tu sais où il habite ?

— À Montréal, quartier d'Outremont. Mais je n'ai pas l'adresse précise. Juré !

Outremont. Il a un peu surfé à la recherche des quartiers chics de Montréal, et celui-là arrive dans le tiercé de tête. Prometteur. Il sort son smartphone de sa poche et fait quelques vérifications sur Google. Le type existe bel et bien et dirige la boîte qu'il a créée. Paquette Construction. Siège social à Montréal. Les photos montrent un mec rougeaud à l'épaisse crinière blanche et au nez épaté. La cinquantaine grasse du bide mais contente d'elle.

— Ça fait longtemps que ton mari le connaît ?

— À peu près deux ans.

— Comment il l'a rencontré ?

— En ligne. Avant qu'on emménage ici.

— Et après, ils se sont vus en *vrai* ?

— Oui.

— Comment tu le sais ?

Elle cligne des yeux, l'air d'avoir avalé un hareng pas frais.

— Parce que mon mari… me disait tout.

Pas étonnant que t'aies cette triste tronche, pense-t-il en souriant. Son jules lui racontait ses contes à faire dresser les cheveux. Comme un papa à sa vieille petite fille. Sauf que c'étaient pas des contes.

— Ton mari, il est allé chez ce Paquette ?

— Oui, c'est arrivé.

— Pour ?

— Se faire rémunérer.

— Bon, il le cache où son fric, le Paquette ?

— Dans un coffre.

— Où ça ?

— Je ne sais pas. Je n'ai jamais mis les pieds chez lui.

Oui, logique. En tout cas, un entrepreneur en BTP qui a du liquide chez lui, ça se tient. Il faut bien qu'il graisse des pattes ici et là. Discrètement.

Il continue ses recherches en ligne et se fend d'un grand sourire. Paquette est sponsor d'une candidate à la mairie de Montréal. Il a eu le bon goût de choisir la belle Marie Bouchard.

Cette histoire commence à dégager une puissante odeur de thunes.

Il verse une dose de vodka dans un verre et l'approche des lèvres de la sauterelle.

— Tiens, je suis de bonne humeur, et t'as bien mérité ta récompense.

Elle boit sans faire d'histoires. Il repose le verre et l'observe un moment. *Qu'est-ce que Yogwe va faire de toi ?*

— Je… ne dirai rien. Parole. Paquette, je n'en ai rien à faire.

— Peut-être. Mais tu comprends bien que je dois aller vérifier sur place, hein ?

Il ne peut pas la laisser dans cette cuisine. Elle se traînera avec sa chaise jusqu'à l'entrée, elle ameutera des gens.

— Laissez-moi partir…

Avant qu'elle n'ait eu le temps de finir sa phrase, il lui remet son bâillon, coupe ses liens avec un cutter, la prend dans ses bras et monte à l'étage. Elle fait un peu de résistance, mais pas au point de mériter une autre mandale. Sans trop de mal, il réussit à l'allonger sur son lit et à la ligoter au matelas avec de la bande adhésive.

— Sois sage pendant mon absence.

Tonton Yogwe va revenir. Ou pas. Pour la zigouiller. Ou pas. Ça dépendra de la suite des événements.

Il revient sur ses pas, vérifie que personne ne peut le voir sortir de la maison et remonte en voiture.

— Eh bien, voilà ! La prochaine étape, ce sera Outremont ! dit-il à la petite Tahitienne pendue au rétro.

Il lui donne une nouvelle pichenette. Elle se remet à danser.

24

Min-young s'était sentie oppressée toute la journée. Son patron lui avait demandé si elle était souffrante. Elle avait prétexté un coup de fatigue et tenu bon jusqu'à la fin de son service.

Une fois chez elle, elle alluma Netflix et démarra un nouvel épisode de sa série préférée. Le scénario était devenu incompréhensible.

Elle n'arrivait pas à se concentrer. Sa gorge était sèche, son cœur s'affolait. Son malaise venait comme une vague, se calmait, revenait. Elle aurait voulu appeler Mark. Sa simple présence lui aurait fait du bien, mais elle ne pouvait pas le déranger. Il avait une enquête très difficile sur les bras.

En fait, la mort de Soo-ji avait retourné sa vie comme un gant. Ce qu'elle gardait sur le cœur depuis trente-quatre ans, elle n'avait jamais voulu ou pu le révéler à un psy.

Depuis le décès de sa tante, il ne restait qu'une seule personne au courant. Yong-hwan. Elle avait cru qu'il emporterait son secret dans la tombe, le jour de son exécution. Le destin en avait décidé autrement. Il était désormais lâché dans la nature, et la vérité, il la transportait avec lui. Peut-être que, avec le temps, il avait oublié. Peut-être que, avec les morts qu'il avait sur la conscience, un de plus ou un de moins ne faisait aucune différence. Ses crimes s'évanouissaient dans sa mémoire de psychopathe comme des fumées dans une bouche d'aspiration.

Elle décida de se faire une infusion relaxante. Elle fit bouillir de l'eau. En remplissant la théière, elle vit que ses mains tremblaient.

Elle lâcha la bouilloire, qui heurta le carrelage. *Je vais mourir comme Soo-ji. Seule dans ma cuisine…*

Son cœur battait à toute allure.

Jade.

Sans prendre la peine d'enfiler son manteau, elle sortit dans le froid et parvint à descendre l'escalier surplombant le jardin. Sa vision était trouble, elle trébucha, se rattrapa à la rampe.

Elle était arrivée sur le perron. La cuisine de Jade était allumée, mais la porte fermée.

Des mains invisibles lui serraient la gorge. Un étau comprimait sa poitrine. Elle se mit à taper sur le chambranle en bois. Jindo arriva. Se dressant sur ses pattes, il sauta sur la porte.

— Va… chercher Jade…

Elle se laissa glisser sur le béton.

Elle n'avait plus de force. Ses membres étaient glacés, elle claquait des dents, mais son cœur était une chaudière prête à exploser.

Mon fils… Je ne verrai plus ton visage.

*

La salle de bains était devenue un sauna. Assise dans la baignoire, jambes repliées, Jade laissait l'eau marteler son crâne, ses épaules, son dos. L'opacité de la vapeur et le bruit de cataracte la coupaient du monde.

Elle entendit un bruit. Elle ferma les robinets, écouta. Jindo aboyait. Et labourait la porte de ses griffes. Y avait-il un début d'incendie ? Un intrus dans la maison ?

Elle se leva d'un bond, enfila son peignoir et se rua dans le couloir. La voyant, son chien fonça vers la porte menant au jardin. À travers la vitre, Jade distingua une forme accroupie. Elle pensa à un animal, un ourson. L'animal releva la tête. C'était Min-young, hébétée.

Jade ouvrit et la prit dans ses bras. La mère de Mark gémissait en grelottant.

Jade la fit entrer, l'allongea sur le canapé et la couvrit d'un plaid.

— Qu'est-ce qu'il y a, Min-young ? Vous vous êtes blessée ?

— Je ne me sens pas bien. Mon cœur… me fait mal…

— J'appelle une ambulance !

Au téléphone, elle décrivit les symptômes. Moins de cinq minutes plus tard, les urgentistes sonnèrent. Ils auscultèrent Min-young et l'allongèrent sur un brancard.

Jade monta avec elle dans l'ambulance. Voulant prévenir Mark, elle tomba sur son répondeur. Elle laissa un message expliquant que sa mère avait fait un malaise et était en chemin pour l'hôpital Jean-Talon.

Dans le couloir de cet hôpital grouillant de gens, des pas sur sa gauche.

Mark. Qui arrivait en courant.

— Tout va bien ! lui dit-elle. C'était juste une crise d'angoisse. Ils vont lui donner un anxiolytique. Et ta mère pourra rentrer chez elle.

— Désolé. J'avais mis mon téléphone sur silencieux…

— Ne t'excuse pas. Aucun problème.

— Merci de t'être occupée d'elle, Jade.

Il se gara devant la maison et aida Min-young, groggy, à descendre de voiture. Jade les accompagna jusqu'à l'appartement. Il installa sa mère dans sa chambre, puis revint au salon.

— Ça va aller. Mais je vais rester dormir ici, au cas où.

— Elle a déjà eu des crises de panique ?

— Pas que je sache. Quand ma sœur est morte, elle a encaissé. Quand nous sommes venus vivre ici, elle a pris sur elle.

— Tout à l'heure, elle t'a parlé ?

— Elle ne m'a pas dit grand-chose. C'est la mort de Soo-ji qui l'a secouée. Tu avais raison.

Elle le regarda récupérer un oreiller et une couverture, et les disposer sur le canapé.

— Vraiment désolé de t'avoir embêtée avec nos histoires, reprit-il.

— J'aime beaucoup ta mère. Elle aurait agi de la même façon pour moi…

Il ploya la nuque et se passa une main dans les cheveux. Elle pensa subitement qu'elle aimait ses gestes, leur grâce… Il releva la tête, vit qu'elle le regardait avec une intensité particulière et fronça les sourcils d'un air interrogatif.

C'était le moment de redescendre sur terre et chez elle.

— Tu pars ? (Surprise, elle tenta de déchiffrer son regard. Mission difficile.) Tu as rendez-vous, peut-être ?

— Non, pourquoi ?

— La robe que tu portais, la dernière fois. C'était pour quelqu'un.

— Oui, pour une trentaine de personnes. L'anniversaire du petit ami de ma sœur.

— Tu aurais pu faire une rencontre, à cette soirée.

— Je l'ai faite.

— Ah.

— Ça laissait juste présager… un moment agréable.

— Ah oui ?

— Oui, rien que ça. Mais les moments agréables, ça ne me suffit pas.

Elle lui jeta un dernier regard et ouvrit la porte donnant sur le jardin. La nuit l'enroba dans sa langue glaciale. Elle l'entendit s'approcher. Tranquillement. Elle descendit les premières marches de l'escalier en colimaçon avant de se retourner. Calé contre le chambranle, bras croisés, il l'observait.

— Tu es une rapide, en fait.

— C'est-à-dire ?

— Moi, il m'a fallu deux ans pour arriver à la même conclusion.

— …

— Bon, inutile qu'on gèle sur place. On reprendra cette discussion dans un endroit plus adapté. Bonne nuit.

— … Toi aussi.

Elle leva les yeux vers la lune, enchâssée dans la gaze grise des nuages. Le vent s'amusait avec des volets et faisait soupirer les arbres.

« La même conclusion »…

*

Mon humaine est enfin de retour. En guise de célébration, j'exécute une petite rumba. Sachant mes humains préférés réunis sans moi à l'étage, ce moment de solitude m'a pesé.

Tiens, elle a un air inédit. Ses yeux sont humides, elle respire doucement par la bouche. Elle semble s'apercevoir de ma présence, me caresse la tête en passant ; son toucher est plus léger que d'habitude.

Se rendant compte qu'elle a toujours son manteau sur le dos, elle s'en débarrasse avec lenteur. Où est passé son dynamisme légendaire ? Je crois bien ne l'avoir jamais vue ainsi.

On frappe à la porte du jardin. Jade se retourne et s'approche. Elle ouvre. Mark est sur le seuil. Je me précipite pour lui faire la fête, il me chiffonne le dos en vitesse. En réalité, il n'a d'yeux que pour Jade.

Le cœur de mon humaine bat la chamade. Ses bras sont ballants. J'en profite pour lui lécher une paume. J'y glane une moiteur gorgée d'intenses émotions.

Mark s'attend sans doute à une formule de bienvenue. Mais rien ne se produit. Jade semble avoir perdu l'usage de la parole.

— Je ne suis pas un type recommandable.

En guise de réponse, elle avale sa salive. Mark fait un pas vers elle et la saisit aux épaules. Les jambes de ma maîtresse flageolent.

— Je ne suis pas recommandable non plus, murmure-t-elle en levant une main vers son visage.

Elle lui caresse la joue. Il agrippe sa main et dépose un baiser au creux sa paume. Elle frémit.

Leurs corps se rapprochent encore, et les voilà qui s'enlacent. Leurs lèvres se trouvent immédiatement. Leurs cœurs s'affolent au même rythme. Ils tanguent vers le canapé et, toujours aussi solidement arrimés l'un à l'autre, s'y échouent. Leurs mains et leurs bouches poursuivent une exploration mutuelle et passionnée pendant un certain temps. Leurs jambes s'entrelacent comme des serpents. Soupirs et gémissements ponctuent ce pèlerinage.

Calé sur mon derrière, je les observe en percevant chaque secousse de cette éruption qui va grandissant et s'annonce spectaculaire.

L'amour humain est vraiment surprenant.

Jade saisit le pull et le tee-shirt de Mark à deux mains. Obligeant, il cesse de l'embrasser pour qu'elle puisse l'en débarrasser. À peine son torse dévoilé, elle le couvre de baisers. C'est alors qu'il tourne les yeux dans ma direction. Elle maintient ses lèvres plaquées contre sa poitrine, mais copie son geste.

— On va traumatiser Jindo, dit-elle.

Mark sourit, se relève pour un nouveau baiser et, sans lui rendre sa bouche, recule vers la chambre en l'entraînant avec lui. Avant de franchir le seuil, il lui arrache son pull et son soutien-gorge et les jette sur le parquet. Sa main droite confisque, puis malaxe l'opulence de son sein droit, tandis que la gauche joue avec la poignée de la porte avant d'en venir à bout rapidement.

La porte avale leurs corps aimantés. Et Jade la fait claquer d'un habile coup de pied arrière.

Le reste est une affaire d'ouïe. Conscient de la pudeur humaine, je tente de ne rien écouter. Mais j'entends absolument tout ce qui se déroule dans cette pièce. Je constate que j'ai été perspicace avec le choix du mot « éruption ». Ce qui surgit du lit de ma jeune humaine est bel et bien un séisme. Et de forte magnitude.

Je suis tiré d'un rêve informe par un bruit de porte et de pas. Avant même d'ouvrir un œil, je sais Mark en phase d'approche. Redressant la tête, je le vois à l'arrêt, hanches plaquées contre l'évier, serein, complètement nu et occupé à remplir un verre d'eau du robinet. D'autres pas câlinent vite mes oreilles. Jade arrive à son tour pour se lover contre lui. Ses seins s'écrasent contre son dos dans un bruit souple. Leurs odeurs, sublimées par leurs ébats, s'harmonisent à la perfection.

— Il va falloir que je remonte. Je ne voudrais pas que ma mère se réveille dans un appartement vide.

— … D'accord, réplique Jade d'une voix alanguie.

— Demain soir ? Chez moi ?

— Oui, murmure-t-elle dans un souffle avant de lui mordiller le dos.

Il l'attire à lui. Elle agrippe ses fesses sculptées à pleines mains. Et ils se perdent une fois de plus dans un long baiser voluptueux.

Lorsqu'ils s'interrompent, Jade cambre les reins, puis délaisse le glorieux fessier de Mark pour migrer vers ses cheveux. Elle les caresse un instant.

— Reste encore un peu.

Il ne se fait pas prier et la soulève. Elle emprisonne sa taille entre ses cuisses fuselées et se laisse transporter, bouche gluée à l'ombre de son cou. Leur duo s'engouffre dans la chambre. J'ai récemment vu un reportage sur la sismologie. Qui dit séisme dit répliques.

Mais je ne pense pas que cela m'empêchera de fermer l'œil. Dormir est presque aussi délicieux que manger.

25

Nuit de lundi 31 janvier à mardi 1er février

Avenue Laurier. Minuit quarante. Calfeutré dans le break Ford du vieux schnoque, moteur tournant au ralenti, clébard ronflant sur le siège arrière, Yong-hwan planque devant chez Michel Paquette.

Aucun risque d'être filmé. Il a lu sur le Net que, contrairement aux villes des États-Unis, Montréal a choisi de se passer de caméras de surveillance. Outremont est bien un quartier rupin gorgé de belles baraques. Celle de l'entrepreneur est protégée par un muret à hauteur d'homme et un vidéophone.

Une rue quasi déserte, des fenêtres plongées dans le noir, aucun mouvement à signaler.

Malgré le chauffage de la bagnole, ses pieds sont deux pains de glace. Il a écouté les conneries de la radio pour ne pas s'endormir, tellement il se faisait braire. Ce patelin où il est obligé de se les geler et de tabasser des enfoirés pour espérer se refaire lui sort par les yeux. C'est décidé. Avec ce Paquette, ce sera un blitzkrieg. On prend le blé et on se casse.

Un taxi s'arrête enfin devant la baraque. Un gaillard à toison blanche en descend et s'avance vers le portail, téléphone portable collé à l'oreille. Le taxi se barre. Yong-hwan se gratte le menton en faisant la grimace. Paquette est plus volumineux que ses photos le laissaient penser. Au jugé, ce gars le domine d'une vingtaine de centimètres et d'une bonne trentaine de kilos, il ne va pas falloir mollir. Il continue sa conversation en faisant de courtes allées et venues.

Yong-hwan agrippe Tokki par le collet, sort de voiture, traverse la rue pendant que le type a le dos tourné. Il se rapproche avec l'air crétin d'un papy sorti pour faire caquer son clebs. Le dépassant, il l'entend parler du restaurant d'où il revient et du fait qu'il a dû mettre la main à la poche pour charmer un client et espérer décrocher un marché. D'après son ton, il est imbibé.

— Oui, je l'ai réinvité à dîner. C'est confirmé. J'ai réservé au Bonaparte. Pour demain soir. C'est sûr, ça va nous coûter un bras, mais on doit mettre le paquet. On va finir par l'obtenir, ce foutu contrat, mon vieux ! … Oui, oui. Bon, allez, on y croit ! À demain.

Moralité, le gars sera chez lui dans moins de vingt-quatre heures, après son dîner de business. Bien. Paquette compose un code sur le portail et rentre chez lui.

Yong-hwan remonte en voiture. Les lumières s'allument à l'étage. Vingt minutes plus tard, tout s'éteint de nouveau.

Il peut passer à l'attaque. Pour ça, il devra mettre la main sur le labrador. Pourquoi pas maintenant ? Il pourrait l'attirer grâce à Tokki et l'embarquer pendant que sa maîtresse roupillerait. Mais il faudra être aussi léger qu'une libellule. Il démarre en se bidonnant et reprend la direction de la Petite Italie.

Arrivé rue Saint-Denis, il voit de la lumière chez Assiniwi. Cette nana ne pionce jamais ou quoi ? Il va encore falloir glandouiller.

Il se gare dans la ruelle bordant l'arrière de la maison et attend. Au bout d'une trentaine de minutes, la porte donnant sur le jardin s'ouvre. Sur Chang-wook. Qu'est-ce qu'il fout sur le perron d'Assiniwi à 2 heures du matin ? Yong-hwan recommence son numéro de promeneur de clébard et s'approche au plus près. Son fils est occupé à rouler une copieuse pelle à cette fille tout en la pelotant. Regardant mieux, il voit un éclair de peau pâle. Assiniwi est à poil sous son manteau. *Tu t'emmerdes pas, Chang-wook !* Une blonde d'un côté, une brunette de l'autre. C'est quoi, ce cirque ? Bo-ra l'a élevé n'importe comment. Le rejeton a adopté les mœurs nord-américaines.

Bon, on s'en fout.

Il attend la suite. Chang-wook monte chez sa mère et allume la lumière. Assiniwi éteint la sienne après avoir refermé sa porte. Encore quelques minutes, et c'est l'extinction des feux chez Bo-ra. Yong-hwan baisse les yeux vers sa jambe de pantalon, qui tremblote. C'est son clébard. Il est si minus que la neige l'a englouti. C'est pas le moment qu'il crève, on en a encore besoin pour faire la danse des sept voiles à Jindo.

Il retourne dans sa caisse. Il ne se passe rien pendant de longues minutes. Apparemment, Chang-wook campe chez sa mère. Bon, hors de question de s'inviter avec deux flics dans la baraque. L'opération Jindo est remise à demain soir.

*

À 9 h 15, Mark voit Ludivine entrer dans le bureau commun. La sergente est comme d'habitude d'un calme olympien, mais une lueur brille dans son œil. Il sait qu'elle a mis la main sur une info juteuse.

— Le SDF a reconnu quelqu'un sur les photos.

— Raconte.

— Michel Paquette.

— Ah, d'accord. C'est du lourd, souffle Bernard.

— Je sens qu'il n'affabule pas. Le psychiatre pense aussi que ça peut être un vrai souvenir. J'ai vérifié, Paquette Construction était son dernier employeur.

— Ça peut être juste une question de rancune, reprend Mark. Il en veut à Paquette de l'avoir viré.

— En fait, il n'a pas été viré. (Mark hausse un sourcil et attend la suite.) Il a démissionné. Après l'accident de la route qui a tué sa femme et sa fille. Cet homme n'est pas un alcoolique, un junky ou un malade mental. Il a perdu pied après son drame personnel.

— Donc il a vraiment *vu* Paquette dans l'entrepôt ?

— Ce n'est pas une certitude, parce que, après plus de sept ans à vivre en ermite, il est salement amoché. Mais il y a une forte probabilité. Apparemment, il aurait vu le groupe en action dans l'entrepôt. Pour une raison ou une autre, Paquette n'avait pas son masque.

— Le truc qui cloche, reprend Bernard, et je te l'ai déjà dit, c'est que ces gars auraient dû logiquement s'apercevoir de la présence du SDF. Et le liquider.

— J'ai vérifié sur les photos qu'on a de l'entrepôt, réplique Ludivine. Le SDF a pu être témoin de quelque chose et s'éloigner sans bruit. Le hall est dominé par une mezzanine, mais, d'en bas, une présence peut passer inaperçue.

— À mon avis, c'est suffisant pour demander un mandat et perquisitionner le domicile de Paquette, dit Mark.

— Tu connais cette juge, soupire Bernard. Plus psychorigide et politique, tu meurs.

— Je sais. Mais on va tenter le coup.

*

Yong-hwan est en embuscade au Café Panda avec son clébard de poche. Vers 19 heures, Assiniwi sort de chez elle comme si un mini-cyclone la poussait dans le dos. C'est quoi, cette agitation ? Il paye son addition à la grosse tatouée et se lance à sa poursuite. Elle file droit chez Chang-wook, une bouteille de vin à la main. Elle se rue sur l'interphone. On lui ouvre, elle entre dans l'immeuble.

Il recule pour se poster dans un coin discret près de la porte. Depuis les fenêtres de Chang-wook, impossible qu'on le repère. Il baisse les yeux vers son clebs miniature. Le bidule tremblote. Il le fourre dans son manteau.

Quinze minutes plus tard, un livreur se pointe et s'annonce dans l'interphone. On lui répond quelque chose d'inaudible. L'air dégagé, Yong-hwan prend l'ascenseur avec lui. Le livreur descend au troisième, Yong-hwan l'imite, fait mine de s'éloigner dans le couloir et voit son fils ouvrir et récupérer la bouffe.

Moralité, les deux chauds lapins vont baiser dans leur terrier. La soirée est libre. Et, avec un peu de chance, la nuit.

Il rebrousse chemin jusque chez Bo-ra. Il y a de la lumière au premier.

Il attend un moment. Personne aux fenêtres. Pas un quidam dans la ruelle. Il soulève le loquet de la palissade et traverse le jardin jusqu'au perron. Tokki se met à frétiller du cul, à couiner et à renifler le dessous de la porte. Ça réagit de l'autre côté. Jindo les a repérés.

Que ce soit ou non fermé à clé, on s'en tape. Il a le double depuis sa première visite. Bingo, la porte s'ouvre sans problème. On passe à l'opération séduction.

Yong-hwan se glisse à l'intérieur. Jindo est content de retrouver son petit copain. Yong-hwan lui tend une poignée de croquettes. Le labrador engloutit le cadeau sans faire d'histoires. Pour la peine, Yong-hwan en refile à Tokki.

Il laisse les bestioles rigoler entre elles. Dans la chambre, il trouve une matraque télescopique. En l'empochant, il se souvient de l'épisode à Séoul avec la mère Kim. La vioque n'était pas bien grasse, il l'a estourbie en un rien de temps. Il faudra cogner plus dur sur le volumineux Paquette. Pour la peine, il s'est acheté un coup-de-poing américain dans une boutique d'arts martiaux. Il avise un spray au poivre. Il le confisque.

Il récupère le manteau bleu-noir sur la patère de la cuisine. Avec son dossard POLICE et ses écussons SPVM aux épaules, il en jette. En prime, il trouve une casquette avec POLICE bien visible au-dessus de la visière. Même le harnais du clébard a son logo. Le labrador le laisse lui mettre sans moufter. Brave bête.

Il ressort avec les deux clebs, les fait monter à l'arrière du break et met le contact.

La bagnole du vieux schnoque refuse de démarrer.

Elle ne va tout de même pas le laisser en rade ! Il tourne la clé dans le contact unc seconde fois. Cette caisse pourrie se met à geindre, mais ne veut rien savoir. *Merde !*

S'il s'énerve, il noiera le moteur. Il prend une grande inspiration et tourne délicatement la clé tout en appuyant sur l'accélérateur. Le moteur se met à ronronner. Yong-hwan grogne de soulagement. Direction l'avenue Laurier.

*

La voiture avait crachoté dans la ruelle avant de finir par démarrer. Par la fenêtre, Min-young venait de voir un break à la carrosserie claire s'éloigner. Par le pare-brise arrière, elle avait aperçu la gueule d'un gros chien jaune. Le portrait craché de Jindo. Les labradors étaient décidément très appréciés par les amateurs de chiens, ce qui n'avait rien d'étrange, vu leur bonhomie.

Elle alla se rasseoir sur la chaise de cuisine et joua d'un doigt avec le dessous-de-plat en liège posé sur la table. Elle se sentait mieux depuis qu'elle avait vu ce psychiatre aux urgences. Il lui avait donné un anxiolytique à prendre en cas de retour d'une crise, il faisait vite son effet. C'était rassurant de savoir qu'elle pouvait tuer son angoisse dans l'œuf. Cette sensation de plonger dans un trou noir était insupportable.

Elle savait qu'elle aurait dû consulter pour soigner le mal à la racine. Mais c'était impossible. La seule à qui elle s'était confiée, c'était Soo-ji. Ce soir où tout le monde avait forcé sur le *soju.* L'oncle était monté se coucher, elles avaient continué à discuter et à boire. Sans trop savoir comment, Min-young s'était retrouvée en larmes. Et elle lui avait révélé ce qui s'était passé à Séoul, cette nuit-là. De la légitime défense. Mais cela se discutait. Elle aurait pu se contenter d'un seul coup. Elle avait perdu pied.

Soo-ji l'avait écoutée sans la juger. Mais le lendemain, une fois sa lucidité retrouvée, Min-young avait regretté ses confidences.

Et c'est après cela que je t'ai abandonnée.

C'était injuste. Parce que Soo-ji n'avait jamais rien révélé. Même pas à l'oncle Dak-ho.

À présent, une seule personne connaissait toute la vérité. Heureusement, leurs chemins ne se croiseraient plus en ce monde.

*

Yong-hwan gare le break au plus près de la propriété. L'avenue Laurier est toujours aussi dépeuplée et les fenêtres de Paquette plongées dans le noir.

Son smartphone indique 22 h 30. Il attend, moteur au ralenti. Les ondes du chauffage font gigoter la petite Tahitienne.

Vivement le soleil. Yogwe a en a marre de se les geler.

Une demi-heure et trois bagnoles plus tard, un taxi jaune grossit dans le rétro et ralentit. Paquette. Yong-hwan pousse un juron. L'entrepreneur est accompagné. D'un type plus jeune. Il l'agrippe par l'épaule et l'entraîne vers la maison. Le duo tangue. Ces lascars n'ont pas sucé que des glaçons.

Pourvu que ce mec ne s'éternise pas.

26

Nuit de mardi 1er février à mercredi 2 février

Minuit quinze. Jindo couine. Il doit avoir envie de pisser. Yong-hwan se débarrasse de son manteau pour enfiler celui d'Assiniwi. Il se visse la casquette sur le crâne, remonte la capuche par-dessus, sort de voiture et se met à arpenter le trottoir jusqu'à ce que le clébard se soulage. Il revient sur ses pas.

Un bruit de moteur.

Un autre taxi, rouge cette fois, s'arrête devant le portail. Quelques secondes de plus et le pote de Paquette sort de la maison, lui jette un vague coup d'œil et monte à bord. Le taxi se dissout dans la nuit.

À toi de jouer, Yogwe.

Yong-hwan retourne à la voiture. Il coince la matraque dans sa ceinture, fourre le coup-de-poing américain et le spray dans une poche, le paquet de croquettes dans l'autre.

— Tu restes là, petit connard ! ordonne-t-il à Tokki.

Il traverse la rue avec Jindo et va se placer face à la caméra vidéo pour que Paquette voie le logo sur sa casquette et l'écusson sur son épaule. Il sonne. Pas de réponse. Il remet ça.

Une voix fuse :

— Qu'est-ce que c'est?

— Police. Pardon de vous déranger, monsieur.

— Hein? Qu'est-ce qui se passe?

— Un riverain nous a indiqué qu'un individu rôdait autour de votre propriété. Il y a eu un bruit de verre cassé.

— J'ai rien entendu.

— Il vaut mieux être prudent. On a une recrudescence des vols, en ce moment.

— C'est sûrement l'appel d'un rigolo. C'est pas ça qui manque.

D'après son élocution, le gars est bien imbibé.

— Je suis obligé de faire les vérifications nécessaires. Avec mon chien de patrouille, ça ira vite.

— Bon, d'accord, soupire l'autre.

Le portail s'ouvre avec un déclic. Yong-hwan remonte l'allée. Jindo suit sans broncher.

À travers la porte aux vitres opaques, il voit la lumière s'allumer dans l'entrée. Apparaît un menhir en robe de chambre surmonté d'un tas de chantilly. *Bon sang, pas franchement taillé dans la masse d'un cure-dents, le Paquette!*

— Je vais procéder à un tour du rez-de-chaussée, lui dit Yong-hwan. Pour repérer où le suspect a brisé une vitre.

— Faites le tour par l'extérieur, ordonne l'autre du ton d'un mec habitué à cracher des ordres. Pour ressortir, vous n'aurez qu'à tirer le portail derrière vous.

Ce type est bourré, mais pas assez pour s'être gâché le cerveau. Il ne le prend pas pour autre chose qu'un flic, mais refuse qu'il mette un orteil chez lui. *Intéressant, ça.*

Yong-hwan hoche la tête d'un air bonasse, empoigne sa matraque et fonce. Paquette ouvre des yeux en soucoupes, mais a le réflexe de reculer. *Plus vif que prévu, le mastodonte.* Yong-hwan voit le poing du gars fuser vers lui. De justesse, il évite le coup. Il déploie sa matraque et la propulse sur l'épaule de Paquette.

— Mais t'es qui, p'tite merde ?

Le coup l'a juste foutu en pétard. Jindo l'imite en se mettant à aboyer.

Robe de chambre ouverte sur un poitrail aux poils drus comme un paillasson et un bide de bouddha, le gars prend une garde de boxeur. Yong-hwan lui asperge les yeux avec le spray au poivre d'Assiniwi. L'autre pousse des braillées en plaquant ses énormes paluches sur ses yeux. Yong-hwan lui martèle le crâne jusqu'à ce qu'il s'effondre.

Alors comme ça, t'as cru pouvoir m'insulter, gros lard ?

Où est Jindo ? *Merde !* Il a foutu le camp dans le jardin.

Première chose, immobiliser Paquette.

Il l'agrippe sous les aisselles et le tire le long du couloir. Cette baleine pèse une tonne. La première porte ouvre sur un placard, la seconde sur un bureau. Il entre, hisse le bonhomme sur un fauteuil et l'y arrime avec de la bande adhésive. Il en faut nettement plus que pour la bonne femme de la rue Sainte-Croix.

Les paupières du type gigotent déjà. Yong-hwan se rue dans le jardin. Jindo veut fuir dans la rue et laboure le portail à coups de pattes. Le voyant, il se carapate vers la noirceur des buissons. Yong-hwan lui court après. Il se prend le pied dans une racine, s'affale, voit des étoiles, se relève. Où est ce foutu clébard ?

Paquette ressuscite et se met à beugler. *L'abruti va ameuter le quartier !* Yong-hwan repère une tache blonde sous la lune. Jindo. Bloqué par le mur de la propriété mitoyenne. Il plonge, réussit à agripper sa laisse, le tire jusque dans la maison et referme la porte sur eux.

Paquette beugle toujours.

Yong-hwan enfile son coup-de-poing américain.

— Tu sais pas qui je suis, minable ? T'as intérêt à me libérer !

Yogwe, un minable ?

Yong-hwan frappe avec tout ce qu'il a.

Quand il s'arrête, son dos dégouline de sueur. Il regarde son œuvre. Le nez et la bouche du gros ont viré au pudding. Parti dans les vapes, il la boucle enfin.

Yong-hwan s'adosse au bureau. Il attend que sa respiration se calme un peu.

Il scanne la pièce du regard et voit un coffre blindé. D'environ un mètre cinquante de haut. Personne n'a pareil engin chez soi pour y entreposer du salami.

L'enfoiré revient à lui.

— Qu'est-ce que… tu m'veux ? marmonne-t-il avant de cracher un bout de dent ensanglantée. Hein ? C'est quoi… ce cirque ? T'es suicidaire, ducon.

Yong-hwan a retrouvé son souffle. Il bâillonne Paquette à la bande adhésive. L'autre grommelle en lui jetant des regards haineux.

Bon, c'est le moment de l'entrée en scène du cador magique. Yong-hwan a visionné des vidéos en ligne montrant des maîtres-chiens en action. Ça n'avait pas l'air trop compliqué. Il faut beugler un ordre sec. Et, une fois le boulot terminé, récompenser le clebs avec de la bouffe.

— Cherche, Jindo, cherche !

Jindo a suivi tous ses mouvements sans réagir.

Yong-hwan agite le paquet de croquettes et le rempoche. Le clebs pousse un couinement, va s'allonger sur le tapis à bonne distance, cale sa gueule sur ses pattes et lâche un soupir.

— Jindo ! Allez ! C'est parti ! Action !

Le chien se contente de lui faire des yeux tristes, mais sans bouger d'un centimètre. Paquette suit la scène avec l'air de penser qu'il a affaire à un crétin complet. *Yogwe n'aime pas cette morgue dans ton œil.*

— Allez, le bon chien, cherche ! Fais comme d'habitude ! Au boulot !

Yong-hwan sort une croquette au foie de volaille du sachet, s'accroupit et la fait onduler sous sa truffe.

— Fais ce que je te dis et tu y auras droit ! D'accord ?

Aucune réaction.

Après un quart d'heure de salamalecs, le clébard est toujours en mode boudeur. Il se contente de le fixer de son regard dépressif.

Yong-hwan réfléchit. Le mammouth est en tenue pour aller au pieu. Quand on a des vidéos interdites et planquées chez soi, quand est-ce qu'on les visionne ?

La réponse est simple. Quand on est peinard.

Allez, exploration.

La cuisine pourrait abriter un régiment, et son équipement ultramoderne fait penser à celui d'une navette spatiale. Un rack en bois supporte six couteaux de taille croissante. Bon à savoir. Une Rolex dorée et bordée de diamants et un portefeuille replet ont été abandonnés sur le plan de travail. Le portefeuille contient un bon paquet. *Cette baraque de luxe et son contenu, c'est trop bien pour toi, mon Paquette.* Il empoche les billets et la montre. Il fait le tour du salon, de la salle à manger et va reluquer le garage, qui contient une belle Mercedes. Il entre dans la remise attenante. Les étagères sont couvertes d'un tas de bordel sans intérêt. Mais il trouve un grand sac en toile noire et l'empoigne. Il revient dans le couloir. Un escalier en marbre mène à l'étage. Yong-hwan s'y engage et visite trois chambres. La plus grande est allumée. Et équipée d'un immense plumard. Il avise la table de chevet, ouvre le tiroir, découvre une paire de menottes roses, une jolie collection de godemichés et autres vibromasseurs de différentes tailles et couleurs.

Il y a un bureau flanqué d'une chaise à roulettes. Sur ce bureau est posé un ordinateur portable ultra-plat. Ouvert. À côté, une boîte de mouchoirs en papier. Du matériel à branlette.

Il appuie sur la touche.

Sur l'écran apparaît une notification. Le temps d'utilisation est dépassé. Pour débloquer le clavier, même système que sur un smartphone. On a besoin de l'empreinte du doigt du propriétaire. Ça va s'arranger très vite.

Ordinateur sous le bras, il redescend au rez-de-chaussée. Quand Paquette voit ce qu'il a trouvé, son regard vire au brouillard et sa respiration s'énerve. Yong-hwan saisit la paire de ciseaux posée sur le bureau et découpe un peu la bande adhésive qui glue la main droite du gros au fauteuil. Il lui libère l'index et le force à appuyer sur la touche. L'écran s'illumine. Sur une vidéo en pause. Yong-hwan la fait redémarrer.

Un groupe de cinq gars, tronches planquées sous des masques. Lion, tigre, chimpanzé, cochon et zèbre. Ça fait un gentil petit zoo. Ces types entourent une gamine à poil sur un plumard, membres écartés et attachés avec des lanières. Le tigre a le gabarit massif et la tignasse blanche de Paquette.

Et Yogwe a gagné le premier prix. Bravo à lui.

Yong-hwan arrête la vidéo, la copie sur la clé USB qu'il a apportée et se tourne vers le gros.

— Tu te repasses tes vidéos de vacances. Sympa.

Il lui arrache son bâillon. Paquette mordille ses lèvres encroûtées de sang. Comme s'il gambergeait. Normalement, il devrait péter de trouille. Il n'a toujours pas son compte.

— Mais t'es qui, à la fin !? brame-t-il. Tout de même pas un vrai flic ?

— Tu as deviné ça tout seul, champion.

— C'est les autres qui t'envoient, hein ? Depuis l'arrestation à Roxboro, ils chient dans leur froc. Alors ils veulent récupérer les preuves… C'est toi qu'ils ont envoyé, hein ? T'es leur larbin. Bon, on arrête ces conneries, je veux leur parler. Tout de suite.

— J'aime bien le son de ta voix.

— Hein ?

— Bon. Le code du coffre.

— Va te faire foutre, Chinetoque de mes deux !

Yogwe déteste qu'on le prenne pour un Chinois.

Yong-hwan sort son smartphone de sa poche et prend ce mastodonte trop content de lui en photo.

27

Les êtres humains habitent cette planète depuis plus de deux millions d'années, mais ils n'ont toujours pas renoncé à la violence. Cet homme qui sent si bon, je m'étais imaginé qu'il avait le caractère assorti à l'odeur. Une grave méprise. En réalité, il est habité par une rage d'une puissance telle qu'elle détruit tout sur son passage.

Pour obtenir le code du coffre, il vient de s'acharner une fois de plus sur le propriétaire de cette demeure. Cela a pris du temps, c'était atroce. Désormais, le gros homme n'a plus qu'une masse ensanglantée à la place des traits. Et le tortionnaire à l'odeur envoûtante récupère des liasses de billets qu'il fourre dans un grand sac noir. Un sourire étrange lui mange le visage.

Il trouve également une arme dans ce coffre. Un pistolet similaire à celui de Jade et de Mark. Content de sa découverte, il le jette dans son sac avec les billets.

Lorsqu'il se tourne de nouveau vers son prisonnier, son sourire disparaît d'un seul coup, comme si un store l'avait obstrué.

— Bon, je crois que tu ne me sers plus à rien, mec.

Le voilà qui sort en trombe du bureau. Un instant passe pendant lequel j'observe l'homme ficelé sur le fauteuil. Il gesticule, fait de gros efforts pour tenter de se libérer de ses liens. Malgré sa blanche chevelure de sage, lui non plus n'est pas guidé par la bonté. C'est même tout le contraire. J'ai bien compris qu'il puisait son plaisir dans l'assujettissement de ses petites victimes et dans le massacre de leur innocence. Sa sueur ne sent pas la repentance. Elle me raconte qu'il veut survivre à tout prix.

Voilà le maître de Tokki de retour. Avec un large couteau.

Je me réfugie sous le bureau et ferme les yeux.

Je capte des bruits horribles. Et des plaintes d'agonie. C'est épouvantable.

Mon cœur bat à tout rompre, je suis parcouru de tremblements. La férocité est une mer noire et ses vagues menacent de m'engloutir.

Il est possible que je ne passe pas la nuit. Apparemment, quand on n'est plus utile à cet individu qui me fait plus l'effet d'être un monstre qu'un humain, il vous élimine. Or, tout à l'heure, j'ai refusé de faire ce qu'il voulait.

À vrai dire, il ne s'agissait pas réellement d'un refus. J'ai été conditionné pour n'obéir qu'à mon humaine. Le conditionnement a la puissance d'une drogue. On y est assujetti. Quoi qu'il arrive, même si je le souhaitais, jamais je ne pourrais réagir aux ordres de cet individu.

Il m'agrippe par mon harnais et me force à le suivre. J'évite de regarder le mort. L'odeur du sang a habituellement un effet euphorique sur moi. Cette fois, je la trouve suffocante.

L'homme cruel me fait remonter à bord de sa voiture. Tokki m'interroge immédiatement. Je lui mens. Je prétends que cette demeure n'a été que le théâtre d'un vol. Mon petit compagnon est trop fragile et naïf pour connaître la vérité. Elle le submergerait.

Nous démarrons, et je suppose que c'est en direction du néant. Je concentre mes pensées sur Jade et Mark. Imaginer leurs visages penchés sur moi me réconforte. C'est avec ce souvenir que je veux quitter ce monde.

*

Yong-hwan remonte le boulevard de Maisonneuve au ralenti. Une fois devant le bon numéro, il hoche la tête, admiratif. Ça, c'est de la baraque ! Deux étages, des tourelles, deux garages. Un mini-palais bordé par de grands arbres et protégé par un haut mur et un solide portail. Moins massif que chez Paquette, beaucoup plus chic.

Il libère Jindo. C'est reparti pour leur numéro de flics. À quoi bon changer une formule gagnante ?

Il s'approche de l'interphone. Encore un système vidéo. Il sonne.

— Oui ? questionne une voix masculine.

— Police. J'ai une information urgente pour Mme Bouchard. Au sujet de M. Paquette.

— Vous avez vu l'heure ?

— Ah, pardon, mais c'est vraiment urgent.

Il attend en regardant son souffle pondre des nuages. Le portail automatique pleurniche en s'écartant lentement sur un type bien sapé. La monture métallique de ses lunettes brille sous la lune. Le gars reluque son uniforme et jette un rapide coup d'œil à Jindo.

— On est une patrouille du SPVM, précise Yong-hwan avec un grand sourire.

— C'est à quel sujet, exactement ?

Ce type a un ton, un costume et des godasses de tarlouze.

— C'est confidentiel. Et c'est pourquoi je me permets de me présenter si tard.

Le français est vraiment une langue chiante, il en a plein la bouche, épuisant.

— Je suis le directeur de campagne de Mme Bouchard. Vous pouvez donc tout me dire.

— Ah, désolé. M. Paquette m'a donné des instructions précises.

Le gars l'étudie encore un peu et lui fait signe de le suivre. Ils se retrouvent dans un couloir gavé de bibelots et de tableaux. Ça sent la fleur.

— Asseyez-vous, je vous prie.

Du menton, il lui désigne un canapé blanc garni de coussins ronds et écarlates. En y posant ses fesses, Yong-hwan pense à des globules rouges. Après ça, la gravure de mode s'assoit en face de lui. Il ne doit pas comprendre le sens du mot « confidentiel ». Jindo est déjà vautré sur le tapis. Mais à bonne distance. Ce clébard buté est devenu très méfiant.

Une vieille horloge de la taille d'une armoire picore le temps. *Si on lui donnait cette belle baraque classe, Yogwe ne dirait pas non.* Bientôt, Jindo se redresse sur ses pattes. Et Marie Bouchard déboule avec son dalmatien, lequel lui arrive à mi-cuisse. Elle est plus petite que prévu, mais a plus de courbes. Ses cheveux sont en feu, ses yeux abritent un petit lac glacial, sa robe est du même bleu, ses lèvres entrouvertes sur une rangée de dents impeccables rappellent le rouge des coussins.

Le dalmatien file vers Jindo. Yong-hwan les regarde une seconde se renifler les roubignoles, puis se tourne de nouveau vers Bouchard. Elle le toise, l'air de ne pas aimer ce qu'elle voit. Dommage. Connement, ce bon vieux Yogwe aurait voulu une réaction plus chaleureuse.

Elle se cale dans le même canapé que son sbire. Le dalmatien abandonne Jindo pour venir s'allonger à ses pieds. Elle croise ses jambes galbées et emprisonne un genou doré entre ses mains ornées de bagues. Une déesse sur sa petite banquise.

— Paquette ne se sent pas bien, dit Yong-hwan.

— Pardon ?

— Ça m'a même l'air incurable.

Il lui tend son smartphone. En découvrant son sponsor transformé en rosbif, elle reste de marbre. Ah, cette gonzesse a vraiment du tempérament. Il a toujours eu un faible pour les salopes au cœur de granit. Les plus bandantes une fois matées.

La tarlouze s'est redressée. Il est aussi impressionnant qu'un moustique. Bouchard pose sa jolie main sur son avant-bras et le fait se rasseoir presto.

— Qu'est-ce que vous voulez ?

Une voix assortie à la météo du moment. *Décidément, Yogwe n'aime pas qu'on lui parle mal. Même avec une bouche aussi attirante.*

— Deux millions de dollars canadiens.

— Marie, j'appelle la police ? ose le godelureau.

Sans quitter Yong-hwan des yeux, d'un élégant petit mouvement de la main, Bouchard ordonne à ce crétin de la boucler.

— Ton directeur de campagne, c'est plutôt moi, en fait, dit Yong-hwan.

— Quoi… ?

— Paquette, c'est ton principal donateur. (Elle ne réagit pas.) Manque de bol, c'est aussi un type qui aime se faire des gamines. Et en bande.

— Mais qu'est-ce que vous racontez ?

— Tu n'étais pas au courant ? Bah, ça ne change rien. Un scandale, ça te torpille une campagne électorale en un éclair, de nos jours. Parce que ça devient viral sur le Net. Pas besoin de te faire un dessin.

Il dépose la clé USB sur la petite table qui les sépare.

— Cadeau. Mais tu devines que j'ai l'original.

Elle regarde cette clé, le regarde lui et fronce ses jolis sourcils. Ça y est. Il a capturé toute son attention.

— Allez me chercher votre ordinateur portable, lance-t-elle à son esclave.

Ce niais file récupérer ce qu'elle réclame.

D'un geste sûr, elle insère la clé USB dans l'ordinateur, clique une paire de fois et fait démarrer la vidéo. Elle ferme les yeux, les rouvre, relève la tête.

Yong-hwan fait glisser un bout de papier sur le marbre de la table basse. Y est notée la référence du compte en bitcoins de Goro.

— Dès que j'aurai ton virement, je détruirai les fichiers de Paquette.

— Qu'est-ce qui me le garantit ?

— Réfléchis. Tu crois que j'en ai quelque chose à faire de ta campagne électorale ? Je ne travaille pas pour tes ennemis politiques. Je veux juste de l'argent.

Elle passe une main blanche dans sa chevelure rousse. Lentement. Puis hoche la tête. Bien, renarde matée, affaire conclue, il se fait tard, c'est le moment de s'extraire.

Il lui sourit et se lève.

— Si le virement n'est pas fait dans les deux jours, la quéquette à Paquette se retrouvera dans toutes les rédactions de Montréal.

Le sous-fifre a l'air au bord de la diarrhée. Le dalmatien pique un roupillon. Jindo fait la gueule.

— Après ça, tu n'entendras plus parler de moi. Garanti.

Il saisit la laisse de Jindo, remonte le couloir parfumé, sort et attend. Le portail automatique ne s'ouvre pas. Quelques secondes meurent avec le trafic routier en fond sonore.

Déclic. Le portail se remet à pleurnicher.

Allez, en voiture, Yogwe.

28

Huit heures du matin. La prison et son odeur de soupe à l'os. Le gardien et sa gueule dégoûtée. Il en a plus qu'assez. Mais impossible de reculer. Qui sait combien de morts Timothée Lavigne a laissés derrière lui ? « Il n'y a qu'à toi que je veux parler, Mark Song. On est liés. »

Ses yeux de guépard sont humides. Sa langue joue sur ses lèvres crevassées. Il a son plus beau sourire de dingue. Mark s'assoit face à lui.

— Alors, mon petit fiancé, tes gars l'ont trouvé ?

— Bien sûr.

— Je l'ai fait pour toi, Mark. Rien que pour toi.

— Je sais. Tu voulais me voir. Je suis là.

— Oui, j'ai une grande nouvelle à t'annoncer.

L'autre a posé ses mains menottées sur la table. Nerveuses. Ses ongles rongés jusqu'au sang. Et Mark repère quelque chose de nouveau. Un simple anneau d'or. À son annulaire gauche.

— Je vais me marier.

— Félicitations. C'est pour ça que tu voulais me voir ?

— Et pour te dire de ne pas m'en vouloir. Ce sera toujours toi et personne d'autre. Quand je le baiserai, c'est à toi que je penserai. Il te ressemble. Des cheveux noirs. Des yeux comme les tiens.

— D'accord.

— Tu as fait ce que je t'ai dit? T'as essayé avec un mec?

Sa montre indique 8 h 20. Mark sait que s'il veut voir la juge, il lui faudra être sur place avant 9 heures. Il se lève.

— Attends... Pas déjà. Tu sais, j'ai parlé de toi à mon futur mari. La dernière fois qu'il est venu me voir au parloir. Peut-être que je n'aurais pas dû.

— ...

— Tu ne dis rien?

— C'est vos affaires.

— Il est très jaloux. Il sait que c'est toi que je veux.

Une fois dehors, Mark questionne le gardien. Le type lui confirme que ce que dit Lavigne est en partie vrai. Le même homme vient le voir régulièrement au parloir. Depuis un mois ou deux.

— Vous pouvez me le décrire?

— Un Asiatique. Grand et mince. Dans les trente ans.

C'est comme s'il l'entendait penser. *Dans ton genre, en fait.* Son sourire donne envie de lui en coller une.

Mark remonte en voiture, appelle le Vétéran, lui demande de creuser la question.

— Une complicité éventuelle... Je m'en occupe, Mark.

Il raccroche. Bernard pense comme lui. L'Équarrisseur a toujours œuvré en solo. Mais les tueurs en série ont leurs fans. Des gens qui leur écrivent. Des gens qui veulent les épouser. Des excités. Des mouches devant un charnier.

— Lieutenant Song, j'ai pourtant été claire au téléphone, la dernière fois. Ce n'était pas utile de vous déplacer.

Ton cassant, œil morne, la juge est salement de mauvais poil. Il parie que ça n'a rien à voir avec le côté très matinal de leur entretien. Elle le connaît de réputation. Et n'aime pas ce qu'elle sait.

Il prend sur lui :

— Pardon d'insister, mais je pense vraiment que nous tenons un témoin.

— Autoriser la perquisition du domicile de Michel Paquette sur la base du témoignage d'un SDF psychotique me semble léger. Je suis étonnée que vous ne compreniez pas ma décision.

— Le psychiatre suppose que cet homme a pu voir Paquette.

— Vous me l'avez déjà dit et je l'avais compris dès la première fois. Si j'ai bien suivi votre démonstration, ce vagabond a été ouvrier il y a longtemps dans le BTP et a travaillé, entre autres, sur des chantiers de Paquette Construction. Il a pu imaginer toute la scène. Ou voir n'importe qui dans l'entrepôt. Et ses souvenirs ont pu se plaquer sur un visage. Celui de Paquette. Un homme médiatique, envié et au fort tempérament. Quelqu'un qui fait partie du paysage montréalais. Qui vous dit que ce SDF n'en veut pas à Michel Paquette, à titre personnel ?

— Il n'a pas été licencié. Il est parti de lui-même. À cause d'un drame familial, indépendant de son travail. Je me fie à l'avis du psychiatre. Et à celui de mes équipiers. On sent tous qu'il y a une piste.

— L'instinct, c'est bien joli, soupire-t-elle. Mais un peu juste pour que je vous délivre un mandat. Revenez avec de véritables munitions et on en reparle.

— Des vies sont en jeu.

— Vous ne m'apprenez rien, lieutenant. En revanche, moi, je vous rappelle qu'on a déjà sous la main le pédophile de Roxboro. C'est lui qui tire les ficelles. Je l'ai interrogé deux fois. Je ne désespère pas d'obtenir ses aveux.

— Il ne craquera pas.

— Eh bien, chacun ses intuitions, lieutenant.

Raide à pleurer. En prime, le parfum politique enrobant la vie de Michel Paquette n'arrange rien. L'entrepreneur est le soutien majoritaire de la campagne de Marie Bouchard. Laquelle est favorite dans les sondages. La juge n'a aucun intérêt à s'attirer les foudres d'un entrepreneur de l'envergure de Paquette et d'une candidate du calibre de Bouchard.

Il va falloir trouver d'autres « munitions ».

De retour dans la salle commune, Mark pose une fesse sur le bureau de Ludivine et annonce que la juge n'a pas accordé son mandat. Sa sergente, bien qu'à l'origine de la piste Paquette, hausse les épaules, philosophe.

— Bref, on doit se dénicher un témoin, mais qui ne soit pas timbré ! ricane Bernard.

— Il va falloir y aller mollo, rétorque Mark.

Il abandonne le bureau et va s'adosser au châssis métallique de la fenêtre. Le froid emprisonné imprime un trait glacé sur sa chair. Il se revoit au lit avec Jade. L'écrasant de tout son poids. Leurs bouches soudées…

Il se masse la nuque et part se gluer à une chaise.

— Paquette connaît tout le monde. S'il fait partie de ce cercle de salopards et qu'il apprend qu'on est sur son dos, il risque de détruire les preuves. C'est ça ?

— Exact, soupire Mark. Toujours pas de nouvelles de Mariette Chauvignon ?

Leur groupe essaie de joindre la femme du représentant depuis que Ludivine a flairé Paquette.

— Elle ne répond pas au téléphone.

— Tu es passé chez elle ?

— Oui. La maison semblait inoccupée. J'ai aussi appelé son patron, tôt ce matin. En principe, Chauvignon démarre à 9 heures. Problème, elle s'est présentée à son travail lundi et, depuis, plus rien. Elle ne répond ni sur son téléphone portable ni sur son fixe.

Jade. Ta peau. Ce que tu m'as dit…

Il se lève, agrippe sa doudoune, l'enfile en marchant. Fait signe à Bernard.

— On retourne chez elle.

La rue Sainte-Croix est travaillée par un vent glacial. Dans le parc près de la maison, arbres et buissons luttent dans la tourmente. Les bâches enveloppant l'échafaudage claquent à intervalles réguliers. Mark sonne depuis une longue minute. Bernard a composé le numéro du domicile. La sonnerie s'échine à l'intérieur de la maison.

Si la porte n'est que claquée, ils peuvent entrer sans l'aide d'un serrurier.

Le Vétéran est passé maître dans l'art du *by-pass*. Mark le regarde intercaler entre le pêne et la gâche la feuille de radiographie médicale qu'il laisse toujours dans leur voiture banalisée. De sa main libre, Bernard secoue légèrement la porte en tirant sur la poignée. Pénétration. La porte cède.

Mark appelle. Aucune réponse, aucun son. Ils longent le couloir, débouchent dans la cuisine. Sur la table, un mixeur rempli d'un liquide brunâtre, deux verres, une bouteille de vodka. Ils font le tour du rez-de-chaussée et débouchent dans le garage. La voiture du couple y est.

Mark s'engouffre dans l'escalier. Bernard suit.

L'odeur, caractéristique d'un corps qui a lâché prise, les guide jusqu'à la plus petite des chambres.

Elle est allongée sur le lit, ligotée avec de la bande adhésive. Son corps marbré raconte qu'elle a tenté furieusement de se libérer. On n'a plus de nouvelles d'elle depuis lundi soir, et ça fait peu de temps qu'elle est morte. Un être humain tient en général trois jours sans s'hydrater. Mariette Chauvignon a tenu moins de quarante-huit heures.

Bernard se penche vers le corps.

— À première vue, elle n'a pas été torturée. En admettant qu'elle ait eu des infos sur Paquette, pourquoi l'immobiliser et la laisser mourir comme ça ?

— Bonne question.

Mark regarde sa montre. Midi dans quelques minutes. Il prévient la commandante Carrier, puis appelle l'Identité judiciaire.

*

Jade avait patienté devant un débat télévisé. Maintenant, les commentateurs s'entendaient pour dire que Marie Bouchard avait été la plus convaincante. Il était 23 h 35.

Elle soupira. Toujours pas de nouvelles, alors que Mark devait l'appeler dès son retour chez lui afin qu'elle puisse le rejoindre. Dans la journée, il lui avait passé un coup de fil pour lui annoncer la découverte du corps de la femme du représentant. C'était une fin sordide. Qui leur enlevait un témoin crucial. Son équipe et lui s'étaient attardés un bon moment sur la scène de crime et escrimés sur l'enquête de voisinage.

Jindo l'observait depuis son grand coussin rouge. Elle se leva d'un bond, lui mit sa laisse et sortit.

Ses pas l'amenèrent tout naturellement vers la rue Boyer. Elle distingua deux silhouettes, juste devant son immeuble. Mark ? Elle fit quelques pas. C'était bien lui. En discussion avec quelqu'un. Par ce froid ? Impossible de les entendre.

L'autre silhouette était celle d'une femme. Elle s'approcha encore. Chevelure blonde, corps élancé… Diane Morand, à n'en pas douter. Peut-être tentait-elle de lui soutirer des informations pour son journal. Elle en était donc à oblitérer le fait qu'il l'avait quittée pour obtenir de quoi alimenter ses enquêtes. D'après ce que lui avait dit Mark, son ex était d'une ambition folle.

Mais n'était-elle pas en train de pleurer ? Quant à Mark, il continuait à lui parler. Que pouvait-il bien lui dire ?

Jade se figea. Diane Morand venait de se jeter dans ses bras.

Contre toute attente, il ne réagit pas. Bras ballants, il la laissa se blottir contre lui. Jade sentit la jalousie l'enflammer. Elle voulut sortir de l'ombre où elle se cachait, intervenir, en avoir le cœur net.

Mark resserra ses bras autour de cette femme. Ils restèrent ainsi un moment. Elle sanglotant. Lui murmurant des propos inaudibles. Il saisit Diane aux épaules et l'entraîna. L'immeuble les avala.

Jade sentit un éclair lui cisailler la cervelle. Elle repensa à cet instant où le lac l'avait prise. Cet instant blanc.

Elle s'aperçut que Jindo tirait sur sa laisse. Il voulait poursuivre la promenade. Malgré ses yeux gros de larmes, elle observa la façade. L'appartement de Mark s'illumina.

Que devait-elle faire ? Téléphoner ? Monter et les surprendre ? Pas question, elle avait sa fierté.

De toute façon, s'il avait fait monter son ex-femme chez lui, c'était pour une simple raison. Il avait décidé de renouer.

Il lui sembla que Greta murmurait à son oreille. « Ne jamais faire confiance à un alcoolo. Règle de base. »

*

Jeudi 3 février

Mark la fait asseoir au salon. Quand Diane se colle contre lui, il constate que ses joues sont glacées et qu'elle tremble. Elle pue l'alcool. Il prépare un café corsé.

— Bois, ça va te réchauffer.

Elle se remet à pleurer.

Elle choisit mal son moment. Il est lessivé. Son équipe et lui ont arpenté le quartier de Mariette Chauvignon. Personne n'a rien vu. On n'a pas le début d'une piste sur l'enfoiré qui a laissé cette femme se dessécher comme une momie.

Il pose une boîte de mouchoirs entre eux.

— Tu aurais pu te retrouver en hypothermie à piétiner devant chez moi. Qu'est-ce qui t'a pris ?

— Aie au moins les couilles de me le dire, qu'il y a quelqu'un dans ta vie !

Ce vocabulaire, c'est inédit. Il se masse la base du nez. Au jugé, la nuit est loin d'être terminée.

— Ta peur d'être violent avec moi, c'est du bidon ! Arrête de me prendre pour une conne, tu veux bien !

Elle s'est mise à hurler. Les voisins doivent en profiter cinq sur cinq.

— Écoute, il faut qu'on arrête ça. J'ai une enquête très compliquée en ce moment.

— Comme si je n'étais pas au courant. Je la suis aussi, ton enquête, figure-toi !

Elle se propulse vers le bar, saisit la bouteille de whisky et s'en envoie une rasade.

— Diane, arrête ton cirque.

La faire monter ici était une idée désastreuse.

— J'ai décidé de me mettre à picoler. Comme toi.

— Tu vas te rendre malade.

— Malade, je le suis déjà, espèce de salaud !

Elle l'observe d'un air provocant, puis lâche la bouteille. Le contenu asperge le parquet. Son corps tangue. Il la rattrape au vol.

— Je ne me sens pas bien.

Il l'entraîne jusqu'à la salle de bains, la regarde s'agenouiller devant la cuvette des WC, referme la porte, nettoie les dégâts, consulte son smartphone. Minuit largement passé. Jade doit attendre son appel, c'est mal parti. Il ne peut pas laisser Diane seule dans cet état.

Qu'est-ce qu'elle fabrique ? Il se précipite. La salle de bains est vide. Il la trouve dans la chambre, allongée sur le lit.

Il se penche pour lui toucher l'épaule. Vive comme l'éclair, elle lui balance une gifle. Elle va recommencer. Il lui immobilise les bras, la plaque sur le lit.

— L'oreiller pue le parfum ! Arrête de mentir !

— Il faut vraiment que tu te calmes, d'accord ?

— Ce parfum, je l'ai déjà senti quelque part…

— Je te raccompagne chez toi.

— Non.

— Lève-toi. Ça devient ridicule.

Elle finit par obéir. Il lui tend son manteau, remet sa doudoune, empoche sa clé de contact.

À bord de la voiture, elle reste immobile à fixer le mur du parking.

— Mets ta ceinture.

Elle ne réagit pas. Il se penche pour l'attacher pour elle. Diane en profite pour l'enlacer.

— Dis-moi qui est cette femme… C'est horrible de ne pas savoir.

Elle se remet à sangloter. Il se dégage de son étreinte, démarre.

— Je ne vois pas à quoi ça peut te servir.

— Parce que j'ai besoin de comprendre. Je t'ai donné trois ans de ma vie, Mark. Je ne t'ai jamais trompé. Tu me dois bien ça.

— Je ne t'ai pas trompée non plus. C'est arrivé après.

Ils roulent en silence jusque chez elle.

Dans l'ascenseur, le miroir lui renvoie le reflet d'un homme au visage froid et d'une femme dévastée. Cheveux en bataille, maquillage dégoulinant. Elle n'a pas tort. Il lui a volé une partie de sa vie. Il aurait dû arrêter les frais bien avant. Il est resté pour essayer. Parce que, jusqu'à Diane, il ne s'était jamais attardé avec quiconque. Mais essayer, ce n'est pas suffisant. Les paroles de Jade surgissent dans son esprit. « Les moments agréables, ça ne me suffit pas. »

Une fois dans le couloir du troisième étage, Diane s'adosse au mur et se laisse glisser lentement jusqu'à se retrouver accroupie, tête entre les mains. Il fouille son sac à la recherche de sa clé.

Elle s'engouffre dans son appartement comme une somnambule, s'affale sur le canapé, enfouit sa tête dans un coussin et lui tourne le dos. Il la recouvre d'un plaid.

Son smartphone indique 1 h 20. Trop tard pour appeler Jade.

Diane se redresse d'un bond.

— Je sais sur qui j'ai respiré ce parfum ! lance-t-elle.

À ce rythme, c'est parti pour une nuit blanche.

Il prend sur lui. Rester calme. Ne plus lui répondre. Alors qu'il a envie de la secouer. De lui hurler de le lâcher pour de bon.

— C'est avec Jade Assiniwi que tu couches ! Je sais. Je l'ai interviewée. En même temps que Villeneuve. (Il attend la suite.) Comme oses-tu me larguer pour cette gamine au job minable !

Il pourrait rétorquer que rien de ce qu'elle dira, surtout des paroles méprisantes, ne changera quoi que ce soit. Mais pas question d'envenimer la situation. Objectif : la faire dessaouler avant de foutre le camp d'ici.

29

Avenue Laurier. Bientôt 10 heures du matin. Avec le Vétéran. Mark a à peine dormi. Il s'est gorgé de café, n'a pas pris de cachets, a résisté. Il se gare dès qu'il peut. Le van de l'Identité judiciaire et une voiture banalisée stationnent devant la propriété. Il repère aussi un véhicule d'ICI Radio-Canada Télé. Diane en surgit, micro à la main. Elle est flanquée d'un cameraman.

— Lieutenant Song ! Qu'est-ce que les Crimes sexuels viennent faire ici ? La section Crimes majeurs est déjà dans la place.

Expression neutre, tailleur élégant. Comme d'habitude, impeccable et professionnelle. La femme désespérée de la nuit passée n'existe plus.

Avec ses contacts à tous les niveaux dans la police montréalaise, Diane a une fois de plus l'info la première. En arrivant, il n'a vu aucun autre véhicule de journalistes.

Mark pointe la caméra, puis le micro.

— Tu m'arrêtes ça tout de suite, dit-il calmement.

Elle reste interdite une demi-seconde, puis demande à son cameraman d'obtempérer.

— *Off the record*, alors. Un commentaire pour que j'y comprenne quelque chose ?

— Je te suggère de voir ça avec l'officier en charge. Et donc avec les Crimes majeurs, comme tu le soulignais à l'instant. De plus, on ne sait rien, on vient d'arriver.

— Tu t'imagines bien que je ne vais pas me contenter de ça.

Mark fait signe à Bernard de le suivre.

Il entend des portières claquer, se retourne. En un rien de temps, les parages se sont mis à grouiller de journalistes.

L'agent en faction leur ouvre. Leur collègue des Crimes majeurs, le commandant Jandot, leur fait signe. Un peu plus loin, quelqu'un sanglote.

— La femme de ménage, précise Jandot.

Mark sait déjà que c'est elle qui a découvert le corps de son employeur quand elle est arrivée comme chaque jeudi matin à 9 heures. D'après elle, le coffre à combinaison était ouvert – il ne contenait plus que des documents –, le reste de la maison était intact.

Le commandant les mène jusqu'à un bureau. Avec les trois techniciens qui s'y activent, cette pièce de taille moyenne est déjà bondée. Ils s'arrêtent sur le seuil, passent une tête. Paquette est dans un sale état. Visage méconnaissable. Les indentations dans la chair sont profondes.

— On parie sur un coup-de-poing américain, reprend Jandot. On lui a aussi cogné le crâne à maintes reprises avec un objet contondant. Genre matraque.

— Y avait comme une petite intention de nuire ! persifle Bernard.

— Et tu n'as pas tout vu, réplique le commandant.

Mark et le Vétéran enfilent des surchaussures en polypropylène et se glissent dans le bureau. L'un des techniciens relève des empreintes rougeâtres sur le parquet. Apparemment, celles d'un animal, qui a piétiné les flaques de sang. Il y en a jusque sur le tapis.

Jandot a suivi le regard de Mark.

— Ça, c'est le détail qui nous plaît, dit-il. (Mark l'interroge du regard.) Paquette n'a jamais eu d'animal de compagnie. Son employée l'affirme.

Mark s'accroupit devant le corps. Le torse et l'abdomen de l'entrepreneur ont été sauvagement lardés de nombreux coups. Le commandant agite un couteau emballé dans un sachet en plastique de l'Identité judiciaire.

— C'est celui qui manque sur le rack de la cuisine. Le plus grand.

Mark prend le temps de scruter les lieux. Il avise le coffre, volumineux et entrouvert.

Jandot ne perd pas de temps :

— Tout à l'heure, au téléphone, tu m'as dit que vous soupçonniez Michel Paquette d'être impliqué dans ton affaire actuelle ?

— Oui. D'ailleurs, hormis le côté boucherie, et le fait qu'on a retrouvé son corps sur un fauteuil et non pas sur un lit, le mode opératoire est similaire à celui de l'homicide tout récent de la rue Sainte-Croix. Celui de la femme d'un des types qu'on a arrêtés.

Mark fait signe au Vétéran de prendre le relais.

— Ligotage à la bande adhésive argentée, précise Bernard. D'après les relevés chez cette Mariette Chauvignon, on sait qu'elle a d'abord été immobilisée sur une chaise de cuisine. Sans doute pour la faire parler. Si c'est le même type qui les a agressés, Chauvignon n'a pas attendu de se faire massacrer pour lâcher le morceau.

— Elle était à l'aise financièrement, cette femme ? demande le commandant.

— Pas du tout, réplique Mark.

— Ici, l'argent paraît être le mobile. Et Paquette a pu être tabassé jusqu'à ce qu'il lâche la combinaison du coffre. Mais, ensuite, il a été tué avec une rage décuplée…

— On a le témoignage d'un SDF. Ça n'a pas suffi à la juge pour nous accorder un mandat pour le domicile de Paquette. On s'est rabattus sur Mariette Chauvignon.

— Du coup, vous allez pouvoir fouiller cet appartement à la recherche d'éventuels fichiers cachés ?

— C'est ça. Je viens d'avoir la juge au téléphone. On a le mandat.

— Cette fois, elle a admis qu'on tenait quelque chose, ricane Bernard.

— Tu m'étonnes, soupire le commandant. (Il s'adresse à Mark.) Bon, je te laisse contacter l'escouade canine.

Mark demande à un technicien si son équipe a trouvé du matériel informatique dans l'appartement. Notamment un ordinateur ou une tablette.

— Non, on n'a trouvé qu'un smartphone.

— On vient de l'ouvrir avec l'empreinte de son pouce, intervient Jandot. Ça nous a donné des infos sur son emploi du temps. Paquette revenait d'un dîner. Je te donnerai des infos quand j'en saurai plus.

— Merci. Je vais dire deux mots à la femme de ménage.

— Pas de problème.

Une quadragénaire dévastée est assise sur un canapé du salon. Mark lui demande si elle veut bien regarder des photos et lui dire si elle a croisé ces gens au domicile de son patron. Elle étudie les visages du couple Chauvignon, du comptable de la société de location d'entrepôts et du photographe de Roxboro. Et affirme ne les avoir jamais vus.

Mark s'éloigne dans le couloir pour appeler Jade. Elle met du temps à répondre.

Son ton est distant. Il lui explique la situation, lui demande de venir au plus vite avec Jindo et lui communique l'adresse à Outremont.

Il vérifie que personne ne peut l'entendre.

— Qu'est-ce qui se passe, Jade, c'est à cause d'hier ? Désolé, je suis rentré trop tard…

— Non, tout va bien. J'arrive.

— Tu as une voix bizarre. Tu as un souci ?

— Je te répète que tout va bien.

Elle lui raccroche au nez. Bilan, elle n'apprécie pas qu'il ne lui ait pas téléphoné comme promis. C'est compréhensible. Il s'excusera de vive voix.

*

Mon humaine et moi roulons vers l'adresse que nous a communiquée Mark. Je suis impatient. Lors de cette nuit de cauchemar, j'ai bien cru que ma dernière heure était arrivée et que jamais plus je ne les reverrais, elle et lui.

Ce souvenir ne s'effacera pas de ma mémoire. Non seulement cet homme odieux en a tué un autre sous mes yeux, mais en plus je l'ai imaginé nous poignardant, Tokki et moi, avant de jeter nos corps ensanglantés dans le premier fourré venu. J'ai alors visualisé nos carcasses servant de festin à une confrérie de ratons laveurs et d'écureuils. Et, pire, de chats. Je sais que ces créatures fourbes sont capables de dévorer n'importe quoi, et même leurs maîtres, sans le moindre remords. C'eût été une fin des plus dévalorisantes.

Contre toute attente, cet ignoble individu m'a ramené chez moi. Sans faire de commentaires et sans s'attarder, il s'est garé dans la ruelle, a ordonné à Tokki de rester tranquille, m'a fait traverser notre jardin et m'a ouvert la porte de la cuisine. Je me suis précipité au salon pour me blottir contre le canapé.

Moi qui n'ai jamais éprouvé la moindre agressivité à l'égard d'un être humain, cette fois j'étais prêt à charger et à mordre. Mais il s'est contenté de ranger les affaires qu'il avait empruntées. Mon harnais a retrouvé sa place. Tout comme le manteau, la casquette, le spray et la matraque de Jade. C'est avec un énorme soulagement que j'ai vu cet homme repartir. J'ai entendu son moteur démarrer, sa voiture s'éloigner.

Je me doutais que ma maîtresse passait cette nuit de mardi à mercredi chez Mark, j'ai donc attendu son retour en cauchemardant. Quand elle est rentrée au petit matin, je me suis jeté sur elle pour qu'elle me caresse et me rassure. Ce moment de détresse, elle l'a pris pour la simple joie des retrouvailles.

Je voudrais tant pouvoir lui révéler que, avant d'assassiner cruellement le propriétaire de la maison dans laquelle il a pénétré déguisé en policier, cet abominable tueur souhaitait utiliser mon flair. C'est atrocement frustrant.

Depuis l'arrière de notre véhicule, je scrute les rues et, petit à petit, le paysage me semble familier. Plus tard, mes soupçons se confirment. Nous voilà, Jade et moi, garés devant la propriété maudite.

Nous mettons pied et patte à terre et entrons dans la vaste demeure. Un instant, je suis saisi par l'envie de fuir. L'odeur du gros homme a viré au remugle angoissant. Les images de sa mise à mort dansent la sarabande dans mon esprit. Elles se mêlent à l'empreinte olfactive du tueur. Une odeur jadis appréciée, mais qui me donne désormais la nausée. Enfin, j'aperçois Mark. Sa présence fait exploser mon marasme. Heureusement, son odeur à lui reste des plus agréables. Le tueur n'est pas parvenu à me gâcher cela.

Ma joie de le retrouver est si forte qu'un instant j'oublie mes tracas pour me laisser caresser par ses mains élégantes et fermes. Le rythme cardiaque de

Jade a augmenté et sa transpiration a pris une note très légèrement acide. En prime, ce n'est pas l'électricité de la passion que je perçois. C'est celle de la colère, voire du désespoir. Ce qui coïncide à son état mental depuis qu'elle a vu Diane Morand enlacer Mark devant chez lui. Évidemment, si elle bénéficiait de ce que j'appelle, à défaut d'une meilleure définition, mon sixième sens, elle saurait que Mark n'est plus le moins du monde attiré par son ex-femme ; en sa présence, la modestie de ses émanations parlait pour lui. Il n'agissait que contraint et forcé.

Décidément, les êtres humains ne sont pas si bien servis que cela par la nature. S'ils savaient déchiffrer les odeurs, ces messages invisibles, ils encaisseraient moins de déconvenues.

Mark explique à Jade les détails de ce qui s'est passé et ce qu'il attend de nous. Elle l'écoute, mais je constate à son langage corporel qu'elle est crispée et profondément malheureuse. N'empêche, en bonne professionnelle, elle obtempère.

La voilà qui s'agenouille devant moi pour capturer mon regard et prononcer la formule habituelle.

— Cherche, Jindo ! Allez !

Un instant, je suis perdu. Que faire ? Je sais bien que le meurtrier a trouvé l'ordinateur sale qu'il cherchait en se passant de ma collaboration. Une fouille est donc inutile.

— Qu'est-ce qui lui prend ? s'étonne Mark.

Mon humaine réitère son ordre. Je suis obligé de faire semblant. Une attitude que j'ai en horreur. Truffe au sol, je me déplace de pièce en pièce.

Bien évidemment, je finis bredouille.

Jade plonge la main dans sa sacoche pleine de croquettes au foie de volaille. Une recherche, même sans résultat, est récompensée ; c'est la règle. Mais toute cette histoire m'écrase l'échine, comme si l'on m'avait greffé un bébé hippopotame sur le dos. Puisque je suis incapable de leur faire comprendre qu'ils sont manipulés par un être malfaisant, cette gâterie, je considère que je ne l'ai pas méritée.

— Il est un peu spécial aujourd'hui, non ?

Jade répond à Mark par un haussement d'épaules. Il insiste :

— Tu es sûre qu'il va bien ?

— Jindo n'a rien trouvé, c'est donc qu'il n'y a rien, réplique-t-elle d'un ton sec. Si tu n'y vois pas d'inconvénient, je vais repartir.

Elle n'attend pas sa réaction.

Avant de franchir le seuil de cette demeure maudite, je me retourne. Mark est figé. Surprise et tristesse ont envahi ses traits.

*

La nuit passée, Yong-hwan a mal dormi. C'est l'excitation. Goro lui a appris l'arrivée du virement de Marie Bouchard sur le compte en bitcoins. « Joli coup ! Tes deux millions, je te les garde au frais, mon pote ! » Cette admiration dans sa voix, ça lui a rappelé leurs belles années. Une fois en Californie, ça repartira. Goro lui a toujours porté chance.

« Ton flingue, c'est comme ta bite, mon pote. Faut en prendre soin… » Il s'esclaffe en repensant à cette réplique favorite du Grand Frère. Goro a raison, il faut garder ses outils bien huilés. Il a démonté le Beretta de Paquette et posé les pièces sur un tissu. Marrant, après toutes ces années, de nettoyer un flingue. Il n'a pas perdu la main.

Les billets sont alignés en tas bien nets sur la table basse à côté du semi-automatique en morceaux. Trois cent cinquante mille dollars canadiens en grosses coupures. Ça tiendra tassé dans un sac à dos.

Le rendez-vous est fixé. Goro a « pris ses dispositions » pour le faire sortir du Québec. Ce n'est pas la première fois qu'il gère ce genre de problèmes. « Je t'envoie quelqu'un de sûr. Ça va couler tranquille, mon pote. Ne t'inquiète pas. »

« Michel Paquette… »

Le nom vient de jaillir de la télé. Yong-hwan relève la tête. Sur les yeux clairs de l'ex de Chang-wook. Plantée dans une rue, micro à la main.

— Nous venons d'apprendre que l'entrepreneur et philanthrope de cinquante-cinq ans a été retrouvé mort ce matin à son domicile de Montréal. Je suis justement devant sa villa, dans le quartier résidentiel d'Outremont, et, comme vous pouvez le constater, l'émotion est à son comble.

L'œil de la caméra la quitte pour s'intéresser à une petite foule ahurie. D'autres journalistes s'agitent avec leurs micros et leurs bidules. Deux types en combinaison blanche vont et viennent entre la baraque et un van. En arrière-plan, Chang-wook au milieu d'un groupe.

— Le fondateur de Paquette Construction a été torturé et poignardé. Le crime, particulièrement violent, remonte à la nuit de mardi à mercredi. Nous restons sur place et nous vous informerons de tous les détails de cette affaire au fil de la journée. C'était Diane Morand, en direct d'Outremont, pour ICI Radio-Canada Télé.

Soudain, il les voit. Assiniwi et son clebs. Elle discute avec des collègues. Et la voilà qui remonte dans sa bagnole. Yong-hwan se marre. Le duo n'a rien trouvé à se mettre sous la truffe.

30

Vendredi 4 février

— Ça fait froid dans le dos de penser qu'on peut se faire massacrer chez soi ! C'est d'autant plus horrible que Michel était jovial, ce soir-là. Vous savez, ça faisait des années qu'il travaillait dans le BTP, mais il avait toujours la passion. Chaque contrat gagné, c'était une victoire.

Ce collaborateur de Michel Paquette est la dernière personne à l'avoir vu vivant. Mark et le Vétéran assistent à son interrogatoire. En tant que patron de la section Crimes majeurs, Jandot mène la danse. Ça fait une demi-heure qu'elle dure.

— Lui et vous dînez au restaurant avec votre client. Un dernier verre au domicile de Paquette, et vous rentrez chez vous en taxi. Je résume bien ?

— Oui. Je lui ai tenu compagnie un moment. On a parlé de notre contrat. On était comme des mômes… Fiers de nous. Ah, bon sang, c'est tellement moche, cette histoire !

— Il n'avait rendez-vous avec personne, vous êtes sûr ?

— Pas à ma connaissance. D'ailleurs, il était épuisé. Ça faisait des semaines qu'on travaillait ce client au corps, qu'on le sortait dans les meilleurs endroits. Michel avait déployé des trésors d'énergie pour emporter l'affaire. On s'est séparés sur son perron. Si j'avais su que c'était la dernière fois…

— Vous lui connaissiez des ennemis ?

— Ah oui ! Je peux vous faire une liste, d'ailleurs. Dans ce milieu, on ne se fait pas que des copains. Et Michel n'avait pas sa langue dans sa poche. Mais de là à ce que l'un d'eux en vienne à le trucider, et de cette manière affreuse, je ne vois pas…

Jandot veut des noms. Le type lui en communique une dizaine. Aucun qui sonne à l'oreille de Mark.

— Quelqu'un en particulier qui aurait proféré des menaces ?

— Non. Je ne vois pas.

— Et dans le Milieu ?

— Je ne vais pas jouer à l'innocent avec vous. La mafia et le BTP, ce ne sont pas des mondes éloignés. Ces gars-là, Michel les avait dans sa poche.

— C'est-à-dire ?

— Il avait besoin d'eux et vice versa. Ça se passait bien.

— « Besoin d'eux ». Vous pouvez être plus explicite ?

— Quand un propriétaire hésitait à nous vendre un terrain, Michel leur demandait de lui filer un coup de main. Pour le persuader. Mais c'est arrivé rarement, en fait. Il engageait aussi certains gars à eux sur ses chantiers sans trop vérifier leurs papiers. De toute façon, s'il y avait eu un problème de ce côté-là, je l'aurais su. Michel était diplomate. Et généreux. J'ai assisté à des soirées chez lui où il donnait carrément des liasses de billets à ces gars. Vous voyez, je ne vous cache rien. Pas la peine de vous perdre dans une enquête inutile.

Jandot se recule sur sa chaise. Mark et lui échangent un regard. Mark aligne les photos du couple Chauvignon et du type de Roxboro sur la table.

— Vous reconnaissez ces gens ?

— Non. Je devrais ?

— Vous êtes certain de ne pas les avoir vus en compagnie de Paquette ?

— Aucun doute là-dessus. C'est qui ? (Mark reste silencieux.) Vous pensez qu'il a ouvert sa porte à quelqu'un qu'il connaissait, c'est ça ?

— Une possibilité.

— Moi, c'est ce que je crois. Michel n'avait peur de personne, mais ce n'était pas un inconscient. Je le vois mal accueillant un inconnu en pleine nuit.

— Eh bien, on va s'employer à trouver la réponse, réplique Jandot en se levant. Bien, je vous remercie pour votre collaboration.

— Aucun problème, répond l'autre. Je me tiens à votre disposition.

Récupérant son manteau sur sa chaise, il suit le commandant, qui le guide vers la porte.

— Je ne comprends pas que ce soit arrivé dans un quartier aussi sûr, reprend le type. Cette dernière soirée avec Michel, j'avais même aperçu l'un de vos confrères dans l'avenue Laurier avec son labrador.

Mark encaisse le coup.

Un labrador ? Impossible.

Les chiens du SPVM qui patrouillent avec leurs maîtres dans les quartiers sont tous des malinois ou des bergers allemands. Le seul labrador de l'escouade canine, c'est Jindo. Jade et lui n'assurent jamais de mission de gardiens de la paix. Ils sont des techniciens dédiés à la recherche de mémoires numériques.

Le Vétéran et le commandant ont tiqué eux aussi.

— Vous pouvez nous détailler ce policier ? demande Mark.

— Quelqu'un de taille moyenne. Mais à part ça… Il faisait nuit et il est passé en vitesse sur l'autre trottoir au moment où j'allais monter dans mon taxi. Il portait un manteau sombre avec POLICE en lettres blanches dans le dos. Sa capuche couvrait sa casquette de policier. Son chien aussi avait un harnais avec POLICE écrit dessus.

— Vous avez vu ses traits ?

— Ah non. C'est allé trop vite.

— Vous êtes sûr que c'était un homme ?

La question est venue de Bernard. Mark se sent tétanisé.

— À vrai dire… non. D'autant qu'on avait quand même bien picolé, avec Michel. J'ai pensé que c'était un homme parce que, dans la police, vous n'avez pas de femmes qui patrouillent seules en pleine nuit, si ?

— Le chien, vous êtes certain que c'était un labrador ? insiste Bernard.

— Oui, avec un pelage clair. Là, je ne peux pas me tromper. Ma sœur a le même.

Mark sent des serpents lui dévorer le plexus. Il se tourne enfin vers Bernard. Le Vétéran fait de gros efforts pour rester impassible.

Moins de deux heures plus tard, le verdict tombe. De la bouche du Vétéran. Qui revient du labo avec Jindo.

— L'Identité judiciaire confirme que les empreintes animales retrouvées dans les flaques de sang chez Paquette correspondent à celles du labrador de Jade.

Mark a l'impression que son esprit est parti se coller au plafond. Son corps n'est plus qu'une enveloppe vide.

Il se lève, plaque les mains sur le bureau, encaisse le coup. Il saisit le sachet qui contient la matraque télescopique de Jade et sort sans un mot. Il se rend à son tour au labo. En chemin, il le sent. Ça va partir en vrille.

Une fois seul avec le technicien, il attend.

Dans la pièce sombre, les traces bleutées jaillissent. À plusieurs endroits. Trente secondes et elles s'évanouissent.

Mark avale sa salive.

Il faudra quelques heures supplémentaires pour savoir si c'est bien le sang de Paquette qui macule cette matraque. Il confie cette tâche au technicien.

Mark est de retour dans le bureau commun. Il annonce que le test au luminol sur la matraque est positif.

— Jade est en salle d'interrogatoire, dit Ludivine. (Mark l'interroge du regard.) Elle m'a posé mille questions. J'ai préféré attendre ton retour.

— Tu as bien fait.

Bernard, accroupi au niveau de Jindo, lui caresse l'échine.

— Si seulement tu pouvais causer, mon beau !

Mark se souvient de l'attitude étrange du labrador chez Paquette. C'était la première fois qu'il n'obéissait pas immédiatement à un ordre de Jade. Elle aussi s'est comportée de manière particulière. Il a mis ça sur le compte de la frustration. Celle qu'elle a pu ressentir parce qu'il lui a fait faux bond à cause de Diane.

… *Pourtant, quand Paquette se faisait tuer, tu étais avec moi.*

Ce n'est peut-être pas la bonne analyse. Parfois, la réalité sait déployer une cruauté inédite.

— Il faut que je joue franc jeu avec vous.

Ses équipiers le dévisagent. Il leur explique que Jade et lui ont entamé une relation. Et que, au moment du meurtre, ils passaient la nuit ensemble. Le trio encaisse le coup. Bernard réagit le premier :

— Dans ce cas, je ne vois pas comment elle pourrait être impliquée.

Mark se mord les lèvres. Livrer ainsi leur intimité lui répugne, mais il n'a pas le choix.

— Techniquement, rien ne prouve qu'elle est restée toute la nuit à mes côtés. D'autant qu'elle avait apporté une bouteille de vin.

— Elle a pu s'éclipser et revenir s'allonger à tes côtés au retour de chez Paquette. C'est à ça que tu penses ?

Le Vétéran lui parle doucement. Comme s'il était un pain de plastic prêt à tout défoncer autour d'eux au moindre mouvement. Mark s'aperçoit qu'il se triture les joues comme un malade. Il cesse, il hoche la tête.

Ses équipiers comprennent immédiatement le problème. Le témoin a vu un policier avec un labrador mercredi un peu après minuit, avenue Laurier. Paquette est mort entre 1 et 2 heures.

— Son domicile est à une quinzaine de minutes à pied du mien. Ça impliquerait qu'elle repasse chez elle, remette son uniforme, récupère Jindo et file chez Paquette. Et fasse la même chose au retour.

— Plusieurs heures d'absence, dit Bernard. Risqué, comme méthode.

— Mais pas impossible.

— Dans un cas comme ça, moi, j'aurais un peu amélioré le vin pour ne pas prendre de risque. Tu t'es senti dans les vapes, cette nuit-là ?

Intoxiqué ? Oui. On a fait l'amour comme si c'était la dernière nuit sur la Terre. Et je me suis endormi comme une masse.

— Non. Je n'ai rien ressenti de bizarre.

Ludivine compatit. Philippe a l'expression d'un gars qui a surpris une scène dont il aurait pu se passer.

Est-ce que le monde a quoi que ce soit de stable ? Est-ce qu'on est tous cinglés ?

Mark sent qu'on lui plaque une main dans le dos. Bernard.

— Ça ne va pas être une partie de plaisir, dit sobrement le Vétéran.

Mark s'adresse à Ludivine et Philippe.

— Prenez trois hommes et allez perquisitionner son domicile.

Il quitte le bureau. Une fois seul dans le couloir, il appelle sa mère. Et la prévient qu'un groupe va venir fouiller l'appartement de sa locataire. Elle reste interloquée. Puis demande des explications.

— C'est compliqué. Je t'expliquerai quand j'aurai le temps.

— Mais, Mark ! Attends… !

Il s'imagine lui détaillant la situation. Il n'en a pas la force. Il s'excuse et raccroche. Sa mère rappelle. Il met son smartphone sur silencieux.

*

Jade était mortifiée. Bernard était venu la chercher dans les locaux de l'escouade canine. Il lui avait demandé de lui remettre son manteau et sa casquette, mais aussi son arme de service, les menottes, le spray et la matraque. Il était « désolé », il avait « juste une vérification à faire ». Après ça, on l'avait laissée se morfondre dans cette salle d'interrogatoire, sous la surveillance d'un agent. Pendant un temps infini.

Bernard était enfin de retour. Avec Mark.

Mark méconnaissable. On aurait dit un étranger.

Jusqu'à présent, personne n'avait voulu répondre à ses questions. Même lui. Leur mutisme était un supplice et une humiliation.

Maintenant, elle leur faisait face. Comme si elle était une suspecte. Elle sentait que ses joues avaient pris feu. La honte se bagarrait avec la colère. Une sensation horrible.

Elle les regarda tour à tour.

— Vous allez enfin me dire ce qui se passe ?

Se maîtriser lui était très difficile. Le visage fermé de Mark lui broyait le cœur.

C'est Bernard qui prit la parole. D'une voix neutre, il lui expliqua qu'un témoin l'avait possiblement vue avec Jindo devant chez Paquette avant son assassinat.

Elle en resta bouche bée. Puis se tourna vers Mark comme pour l'appeler à l'aide. Son regard était une mer de goudron. Qu'est-ce qui lui prenait ?

— On a les analyses du labo, intervint Bernard. C'est Jindo qui a piétiné le sang sur le sol du bureau, chez Paquette. Et ta matraque a réagi au luminol.

Elle crut qu'elle allait défaillir et porta involontairement sa main à sa poitrine. C'était comme si un bélier invisible lui défonçait le plexus. Elle prit une grande inspiration. Quand elle releva la tête, Mark l'observait sans ciller.

— Tu ne dis rien ? réussit-elle à articuler.

— Pour le moment, j'essaie de comprendre, lâcha-t-il.

— Attends, de quoi tu parles... ? Comment tu peux imaginer que j'ai tué Paquette ? Parce que c'est à ça que tu penses, hein ! Assiniwi est un peu déficiente, alors une nuit elle décide de massacrer un type à coups de couteau. Vous êtes tous devenus dingues !

Incapable de se contrôler, elle s'était mise à crier. À cet instant précis, elle le détestait.

— Jade, on est tous de la même maison, réagit Bernard. On est obligés de vérifier, OK ?

— La même maison ! Tu as vu comment vous me traitez ?

Elle tremblait de rage. C'était comme si de vieilles frustrations remontaient de loin. *Du lac blanc qui m'a transformée en débile mentale... !* C'était à ça qu'ils pensaient. Ils s'étaient persuadés qu'elle n'avait pas toute sa tête.

— Je sais comment fonctionne Jindo, reprit Bernard. Il n'obéit qu'à toi. Et, tu le sais comme moi, on n'a rien trouvé chez Paquette. Alors que, logiquement, on aurait dû.

— Et alors ? Il faudrait que je sois cinglée pour utiliser Jindo à mon profit. Et dans quel but ? Trouver les saloperies de Paquette et en faire quoi ?

Mark s'était renfoncé dans son siège. Un instant, elle eut un flash. Elle se revit dans ses bras, cette nuit-là. Comment pouvait-il croire deux secondes qu'elle n'avait pas été sincère ?

— Le coffre était ouvert, dit platement Bernard.

— Mais je me fous de l'argent de ce type ! Et vous avez vu son gabarit ? Vous me voyez en venir à bout et lui défoncer le portrait ? Et me le faire en sashimi !

Elle avait compris à quoi ils pensaient. À un scénario dans lequel elle entrait chez Paquette, l'immobilisait, faisait fouiller le domicile par Jindo, lequel trouvait un ordinateur ou une tablette. Mais alors pourquoi torturer cet homme ? Eh bien, parce qu'il ne suffisait pas d'avoir trouvé l'ordinateur, il fallait aussi le code pour avoir accès aux fichiers compromettants. Et si elle jouait cavalier seul, elle n'avait pas un technicien à son service pour craquer ce code.

Le Vétéran leva la main dans un geste d'apaisement.

— Désolé, Jade, a priori, on ne te voit pas en tueuse, loin de là, mais on a besoin de tout mettre à plat. Parce que rien ne prouve que Paquette a été agressé par une seule personne.

— Tu me vois avec un complice, maintenant, Bernard ! Génial.

— … Je n'ai pas dit ça. Par contre, il est certain que Jindo s'est trouvé dans l'appartement. Si ce n'est pas pour chercher une mémoire électronique, on ne voit pas d'autre explication.

— … Justement, j'ai un problème de mémoire, dit-elle. Ça m'arrive d'oublier de fermer à clé chez moi.

— Eh bien, on va enquêter dans ton voisinage, tu t'en doutes bien. Tu habites la Petite Italie, c'est ça ?

— Et?

— Ce n'est pas comme si tu vivais au milieu de nulle part. Les intrusions, ça se repère.

— Par ces nuits de purée de pois, un témoin qui aurait vu quelqu'un s'introduire dans mon appartement ? Franchement !

— Tu n'as repéré aucun signe d'intrusion chez toi ?

— Une fois, Jindo a eu une réaction bizarre en rentrant chez nous…

— Comme s'il flairait un intrus ?

— Peut-être.

— À part ça ?

— Rien. Bon, de toute façon, ça n'a pas de sens.

— Comment ça ?

— En admettant que Jindo ait trouvé une mémoire chez Paquette, pourquoi est-ce que je massacrerais ce type ensuite ?

Mark gardait le silence. Il était parti s'adosser contre la baie. Elle voyait son profil. *Tu ne veux plus me regarder. Plus me parler.*

— Effectivement, on nage, pour le moment. Alors personne ne va s'énerver, et on va y aller étape par étape. On va essayer de comprendre tous ensemble.

— Ça veut dire quoi ? Que tu m'arrêtes ?

Elle pensa soudain qu'ils ne la traitaient pas différemment des centaines d'enfoirés qui étaient passés par ce bureau.

— On doit attendre les résultats d'analyse pour savoir si c'est le sang de Paquette ou non sur ta matraque, admit Bernard. Désolé.

— Faites toutes les analyses que vous voulez, les gars. Je n'ai rien à voir là-dedans. J'étais avec lui, dit-elle en désignant Mark du pouce. Il ne te l'a pas dit ?

— Si, soupira Bernard. Tout à l'heure. Jade, tu comprends bien qu'on doit tout vérifier. Devant la cour, la moindre erreur et c'est la cata. L'enquête est invalidée. Tu sais bien comment ça marche. Les enjeux sont trop importants.

Elle comprit que Mark venait à peine de révéler à ses équipiers qu'elle et lui étaient amants. Est-ce que ça signifiait qu'il ne le leur avait dit qu'une fois contraint et forcé ? *Parce qu'il a honte ? D'être avec moi ? Ou… parce que je n'étais qu'une conquête parmi d'autres…*

Subitement, elle n'eut plus envie de répondre à leurs questions. C'était trop insultant. De toute façon, elle n'était coupable de rien. Ils finiraient par le comprendre, les faits parleraient d'eux-mêmes. Quant à elle, c'était fini. Elle ne leur ferait plus la grâce de réagir.

Bernard se leva, malaxa l'épaule de Mark et annonça qu'il sortait cinq minutes.

Quand ils se retrouvèrent seuls, elle garda l'œil rivé sur le bureau. Elle l'entendit approcher, s'échouer sur la chaise en face d'elle. Il fallut un certain temps avant qu'elle entende sa voix, impérieuse :

— Ne fais pas ça !

Elle releva la tête. Quoi ? Il était en colère ! Comment osait-il ? C'était elle qui essuyait son mépris.

— Ne te réfugie pas dans le silence, Jade.

Elle se contenta de le défier froidement du regard. Ce visage, elle l'avait tellement aimé ; à présent, c'était une douleur déchirante de le voir. Elle avait envie de lui hurler : « J'étais avec toi, cette nuit. Tu as déjà oublié ? Tu t'emmêles ? Tu ne sais plus où tu en es avec tes partenaires ou quoi ? »

— Jade ? Parle-moi !

— Tu y tiens vraiment ?

— Quoi ?

— Il n'y a qu'une chose que j'aie à te dire. Contrairement à toi, je n'ai jamais eu le moindre doute à ton sujet. Jusqu'à présent.

31

Sa peau ruisselle. Ses cheveux sont trempés. Il cesse de s'observer dans le miroir. Son propre visage est effrayant. Comme s'il voulait l'aspirer dans le néant.

Il pense aux cachets dans le tiroir fermé à clé de son bureau. Non. Il ne les prendra pas. Il ne boira pas d'alcool. Pas une goutte. Il se le promet. Besoin d'être lucide.

Comprendre, c'est ça qu'il doit essayer de faire.

Il sort des toilettes, entre dans le bureau commun. Personne. Ça tombe bien, il n'a plus envie de parler avec ses hommes et Ludivine. Il ne veut pas de leur pitié, il ne veut pas de leur gêne, il ne veut pas de leur compassion.

La perquisition rue Saint-Denis est finie. Le groupe n'a rien trouvé de spécial. À part des cahiers. Dans lesquels Jade note les détails des enquêtes. *Ce n'est pas une découverte en ce qui me concerne. Elle m'en a parlé.* En tout cas, ils ne contiennent rien de compromettant. Ils sont juste factuels.

Un maigre soulagement. Mais un soulagement tout de même.

Il faut qu'il analyse. Froidement.

Les preuves sont implacables. Le sang sur la matraque. La présence de Jindo sur la scène de crime.

Ce chien dressé pour n'obéir qu'à elle. L'idée de l'utiliser pour retrouver des mémoires ne peut pas jaillir de l'esprit de n'importe qui. Et très peu de gens savaient que leur équipe soupçonnait Michel Paquette de pédophilie.

Et ta fragilité, Jade.

Cette fragilité qui ne fait que renforcer sa grâce. Mais une fragilité tout de même.

Il est bien placé pour savoir que la violence est un monstre qui peut jaillir du fin fond de notre cerveau reptilien et tout ravager en un instant. Son père a massacré sa sœur. D'un seul coup. Quant à lui, en première année à l'université, il a failli tuer un type à coups de poing. Et Diane, il s'est vu la frapper. Comme dans une scène en 3D. Comme si c'était inéluctable, à moins de trancher leur lien.

Il existe un risque que Jade ait pu s'en prendre à Paquette. Un risque minime, mais réel.

Il ne croit pas à la thèse du chantage et de l'appât du gain.

Mais il y a peut-être un traumatisme dans son passé, en plus de cette quasi-noyade qui l'a abîmée. Elle aussi a pu être victime d'un pédophile. Son père était un saoulard. Et quoi de plus ?

Dans le fond, il ne la connaît que depuis moins d'un an. Elle s'est peu confiée à lui. Leur fusion charnelle est si puissante qu'ils en ont oublié les mots, ces quelques heures où ils ont été ensemble. Comme si la puissance de leur désir prenait toute la place.

Il a vu la colère et l'incompréhension dans ses yeux. Il a vu qu'il l'avait blessée. Pendant que Bernard l'interrogeait, il s'est senti incapable d'intervenir.

Mortifiée, elle s'est raidie.

Je ne peux pas jouer la comédie, Jade.

*

— Je suis navré de vous rappeler avec de si mauvaises nouvelles, madame Park. Mais il était de mon devoir de vous prévenir… Allô ? Vous m'entendez ?

Min-young était tétanisée. Maître Won venait de lui apprendre que Yong-hwan était très probablement à Montréal. La police avait interrogé l'un de ses complices présumés.

— Oui, maître, je vous écoute. Pardonnez-moi, mais c'est dur à admettre.

— Je m'en doute. Je partage votre inquiétude. Si votre ex-mari se trouve dans la même ville que vous, cela ne peut pas être un hasard. Avez-vous quelqu'un sur place auprès de qui trouver une assistance ?

— Ne vous inquiétez pas. Mon fils est lieutenant de police à Montréal.

Elle entendit l'avocat pousser un soupir de soulagement.

— C'est une excellente nouvelle. Je suppose qu'il a contacté ses homologues à Séoul quand vous lui avez appris que son père avait été libéré…

— … Je suppose qu'il l'a fait. Mais je n'en suis pas certaine.

— Ah. J'aurais cru, mais… Écoutez, dans ce cas, et pour faciliter les choses, je vais vous donner les coordonnées d'un officier de police à Séoul. Il connaît très bien le dossier de Park Yong-hwan. Votre fils pourra l'appeler et obtenir bien plus d'informations que moi. Entre policiers, ce serait normal.

Elle nota le nom et le numéro de téléphone, puis remercia l'avocat et raccrocha.

Pendant la communication, elle avait entendu le petit signal accompagnant l'arrivée d'un message. Elle consulta son répondeur. Mark. Il lui annonçait qu'il passerait au plus vite. Sa voix était grave. Était-ce lié à cette histoire incompréhensible de perquisition de l'appartement de Jade ? Ou bien… avait-il appris de son côté que son père se trouvait désormais dans la même ville qu'eux ? Était-ce de cela qu'il voulait lui parler ?

Elle repensa à son ex-mari. Que voulait-il ? Après tout ce temps, ce cafard cherchait à la retrouver ? Est-ce qu'il s'était un peu assagi ? Peut-être avait-il compris ce que c'était d'avoir un fils. Voulait-il voir Mark ? Lui donner sa version des faits ?

De toute façon, elle ne le craignait plus. Avec Mark, elle était protégée. Maître Won avait poussé un soupir de soulagement en apprenant qu'il était lieutenant de police. Oui, elle ne risquait rien.

C'était d'elle-même qu'elle avait eu peur. Elle avait un crime sur la conscience.

Pourvu que Mark comprenne. Pourvu qu'il lui pardonne de lui avoir caché la vérité si longtemps.

En tout cas, pour le moment, rien n'allait. Les étranges agissements de Yong-hwan. Les ennuis de Jade. La dureté de Mark qui refusait de lui donner des explications…

Autour d'elle, le silence lui sembla assourdissant.

*

— On a un problème, dit Bernard.

Il lui tend son smartphone.

Mark voit que c'est un article en ligne qui préoccupe le Vétéran. Sur le site du *Journal de Montréal*. Il est signé de Diane et titré : « Affaire Paquette : une policière du SPVM soupçonnée ».

« Jade Assiniwi a fait récemment la une de notre journal après que le groupe auquel elle prêtait main-forte a brillamment empêché, dans la nuit du 19 au 20 janvier derniers, un attentat terroriste à l'école secondaire publique d'Hochelaga. Mais le vent a tourné pour l'héroïne d'un jour. La jeune femme de 25 ans, native de Haute-Mauricie, et qui exerce depuis un peu moins d'un an la fonction de maître-chien au sein de l'escouade canine du SPVM, est désormais soupçonnée d'homicide et de chantage.

La policière est en garde à vue dans les locaux de la police montréalaise, et son domicile a été perquisitionné aujourd'hui, dans le cadre de l'enquête sur l'assassinat sanglant, dans la nuit de mardi à mercredi derniers, à son domicile d'Outremont, de l'entrepreneur Michel Paquette, patron de Paquette Construction.

De solides preuves semblent être retenues contre cette fonctionnaire que certains, dans sa réserve natale de Wemodjiwan, désignent comme "fragile, voire mentalement instable". De source policière, on évoque les empreintes de son labrador retrouvées sur la scène de crime, et cela avant l'intervention officielle de l'escouade canine. À l'heure actuelle, la confusion règne au sein du SPVM. Le fait que Jade Assiniwi entretenait une liaison cachée avec le lieutenant Mark Song, l'un des officiers en charge d'une enquête liée à l'affaire Paquette, obscurcit encore une situation déjà complexe... »

Mark se rue hors du bureau. Il appelle son ex-femme. Elle répond au bout de trois sonneries.

— Allô ? Quelle surprise ! Et qu'est-ce qui me vaut ce plaisir ?

— À quoi tu joues ?

— Mais je fais mon travail, mon cher. Tu y vois une objection ?

— Tu vas me publier immédiatement un démenti en ligne. « Mentalement instable », qu'est-ce que c'est que ces conneries ?

— Ah bon, pourquoi ? Ta petite amie n'est pas en garde à vue ? Vous n'avez pas fouillé son appartement ? Son chien n'a pas piétiné le sang de Paquette alors qu'elle n'était pas censée être à son domicile ? Ma source m'a raconté n'importe quoi ? Ce serait bien la première fois.

— Tu es allée jusqu'à traquer des gens dans la réserve indienne. C'est de l'acharnement.

— Non, du journalisme d'investigation. Le père d'Assiniwi est loin d'être apprécié par tout le monde, dans sa réserve. C'est un alcoolique notoire. Plusieurs fois arrêté pour violence domestique. Les langues ne demandaient qu'à se délier. Qu'est-ce que j'y peux ? Tu ne savais pas que sa fille avait eu un accident étant gamine ? Elle a survécu, mais, depuis, elle est… Comment dire ?… Bizarre. Une bien triste histoire. Si j'avais le temps, je compatirais.

Cet insupportable ton plein de morgue. Il s'imagine lui retournant une paire de claques. Prendre une grande inspiration lui permet de ne pas hurler.

— Je t'ai connue plus professionnelle.

— Tu confonds. C'est toi qui baises l'une de tes consœurs. Entre parenthèses, c'est rarement bon pour une carrière, mais c'est ton problème. Moi, en revanche, je connais la définition du mot « déontologie ». Appelle mon patron. Et prouve-lui que mes infos ne sont pas vérifiées. Bonne chance avec ça.

Elle lui raccroche au nez.

Il reste un instant le smartphone collé à l'oreille, puis le rempoche.

Il constate que sa mère a essayé de le joindre à plusieurs reprises sans laisser de messages. Il se promet de la rappeler. Pour le moment, c'est Jade qui colonise ses pensées.

Jade est tout sauf un cas psychiatrique. Son rire, sa grâce, sa générosité, ça ne colle pas avec le portrait dégueulasse que Diane a brossé d'elle à gros traits vengeurs.

C'est trop facile.

Utiliser Jindo. Faire chanter Paquette. Tuer cet homme. Le voler. Avec ou sans complice, ça n'a aucun sens. Ce n'est pas elle. « Mentalement instable ». Absurde.

Il n'y a qu'une explication. Quelqu'un veut qu'elle paye à sa place.

Bernard lui annonce que la patronne le convoque. Inutile de demander pourquoi. Mark quitte le bureau commun, remonte le couloir et va frapper à la porte de la commandante.

Il entre. Dans le dos de Carrier, la neige. Elle tombe au-delà de la vaste baie. Les rues en contrebas sont devenues une masse laiteuse que les voitures traversent comme des spectres.

Sans un mot, la patronne tourne l'écran de son ordinateur vers lui. Il est ouvert sur le site du *Journal de Montréal*.

— C'est quoi, ce bazar, exactement ?

Il se masse la nuque et se mord les lèvres. Diane a obtenu sa petite vendetta bien mesquine. Et tout ça leur coûtera à tous un temps précieux.

*

Dès la nouvelle identité de son fils découverte, Yong-hwan a mis « Mark Song » en alerte. Son smartphone vient de lui annoncer qu'un article en ligne mentionnait son nom.

Il est de Diane Morand. La petite photo qui accompagne le texte lui rappelle que c'est la blonde chichiteuse que sautait son fils avant de s'envoyer Assiniwi. La Morand n'a pas mégoté. Pocahontas s'est pris un Scud dans la tronche.

Il relit l'article. Rien que du bonheur. Non seulement Assiniwi n'est pas près de revenir dans la baraque de Bo-ra, mais en plus elle est désignée comme responsable de la mort de Paquette. Comme elle a été placée en garde à vue et que sa piaule a été fouillée, son clebs est sûrement hébergé ailleurs que chez elle.

Yogwe aurait voulu le faire exprès qu'il ne s'y serait pas mieux pris. Pendant que les flics, Mark en tête, essayent de démêler ce sac de nœuds, il gagne du temps.

En général, Bo-ra est de retour chez elle vers 17 heures, sa locataire un peu après. Cette fois, celle-ci ne rentrera pas.

Le diable te donne un coup de patte, Yogwe. La salope sera seule chez elle. Ça va rouler pour toi.

Le rendez-vous avec l'homme envoyé par le Grand Frère, c'est cette nuit. Il faut qu'il y soit à partir de 23 heures et qu'il poireaute. Le gars n'a pas pu donner une heure précise, ça dépend si la voie est libre ou non côté américain.

Seul problème, la météo a annoncé ce matin le démarrage d'une tempête de neige sur une partie de Montréal dans l'après-midi. *Bah, c'est pas ça qui va secouer Yogwe.*

Bo-ra doit être rentrée depuis un moment.

Yong-hwan vérifie qu'il a le double des clés d'Assiniwi en poche.

Ses affaires sont prêtes. Il s'est acheté un grand sac à dos et a réussi à y tasser le fric de Paquette. Il a la copie de ses fichiers sur clé USB au cas où Goro déciderait de demander une rallonge à cette renarde de Bouchard. Il est prêt.

Reste l'ordinateur portable de Paquette. Qu'est-ce qu'il peut en foutre ? Le noyer dans la baignoire ?

Il a une meilleure idée. Assiniwi est soupçonnée par ses copains flics, pourquoi ne pas leur donner encore un peu plus de grain à moudre ? Elle plongera définitivement pour la mort de Paquette. Ça foutra un bordel monstre. Bouchard, qui a pris Yogwe de haut, mordra la poussière.

Les flics ont déjà fouillé chez Jade. Mais, après ce qui va arriver à Bo-ra, ils remettront ça.

Il glisse l'ordinateur dans sa doudoune.

Une fois assis dans l'entrée pour enfiler ses godasses, il entend un bruit léger derrière lui. Il se retourne. Tokki en phase d'approche.

Il l'a complètement oublié, celui-là. Le sac de croquettes est resté dans sa poche. Il le jette sur le carrelage. Le clebs sursaute.

— T'es sevré, Tokki ! Démerde-toi !

Il claque la porte de l'appartement sur sa tronche de chihuahua bas de gamme, actionne celle, automatique, du garage, monte dans la Ford de son vieux proprio et met les gaz. Cette fois, il a fait vérifier le moteur par un garagiste, tout baigne. Direction la ruelle.

Il se gare une dizaine de mètres avant la palissade. La nuit rapplique en douce. Bo-ra est chez elle.

Vingt-cinq piges à attendre. Et tout le temps de savourer nos retrouvailles.

32

Le vent a commencé à s'énerver. Tant mieux. Ça fera moins de chieurs dans les rues capables de le repérer.

Pour une fois, c'est fermé à clé. Pas de problème, Yogwe est prévoyant. Il entre avec le double.

Perquisition oblige, le bordel règne dans le petit nid d'Assiniwi.

Yong-hwan file dans la chambre avec l'idée de glisser l'ordinateur de Paquette sous le matelas. Mais les flics l'ont éventré. Il a une idée. Il descend à la cave et met l'ordinateur dans l'étui d'une des guitares. Chang-wook le trouvera à coup sûr.

Il remonte à la cuisine. Quelques CD se battent en duel à côté du lecteur. Sur l'un d'eux, un lascar à la peau orange chante, yeux fermés. « Radiohead » est écrit en blanc sur un fond rouge. Un truc bien barré, on dirait.

Il glisse le CD dans la machine, fait démarrer, règle le volume à fond. Ça commence gentiment, ça ne dure pas. Le mec braille. Les guitares encore plus. Parfait.

Il tire une chaise à lui, s'installe près de la porte, hors de vue du jardin, attend.

Le boucan est pénible. Au bout de quelques longues minutes, Bo-ra se décide enfin.

— Jade, tu es revenue ? Qu'est-ce qui se passe, à la fin ? Mark est avec toi ?

Alors comme ça, dans l'intimité, elle appelle son fils par ce prénom de Yankee ? Il est pourtant né Chang-wook, et ce sera comme ça jusqu'à ce qu'il crève.

La salope referme derrière elle, s'avance vers le lecteur de CD et veut l'éteindre.

Elle doit sentir un truc. Elle ne bouge plus. À deux mètres de lui. Elle se retourne brusquement. Il lui sourit. Elle sursaute.

— Mais… vous êtes qui ?

— À ton avis ? réplique-t-il en coréen.

Elle le dévisage. Une lueur lui électrise l'œil. Ça y est, elle a percuté. Déception, il a imaginé une surprise totale. Même une panique carabinée. C'est moins atomique que prévu.

— Yong-hwan…

— Eh oui, Bo-ra. Ça fait un bail, hein ?

Il lui bloque la sortie jardin. Elle va sûrement se carapater par la rue. Non. En fait, elle recule d'un pas, mains dressées.

En garde ? Elle se fait un trip krav-maga ou quoi ? Il a entendu dire que c'était la mode, chez les bonnes femmes, de se mettre à toutes ces conneries d'autodéfense. Sa gueule est défigurée par la trouille, mais ses yeux restent rivés aux siens. Qu'est-ce qu'elle croit ? Qu'elle fera le poids ?

Il veut l'agripper par l'avant-bras. Elle recule pour garder sa distance de sécurité.

Il s'était attendu à ce qu'elle s'affole, questionne, baragouine. Silencieuse, elle ne le quitte pas des yeux.

Sûr qu'elle va foncer pour lui balancer son poing dans la tronche. Classique. Il est prêt, et elle pèse facile vingt kilos de moins que lui. *Toujours aussi marrante, Bo-ra.*

Elle fait un pas en avant. Et sa main droite atterrit à la base de son cou. *Quoi ?* Il étouffe un grognement, happe l'air. Il a chancelé et manqué de s'affaler.

Il se redresse. Groggy.

Hein ? C'était quoi ce truc ?

La salope en a profité pour se barrer. Vers la porte principale. Il rassemble ses forces pour lui courir après. Il l'agrippe par les épaules de toute sa poigne et veut la ceinturer.

Une douleur lui incendie le bas-ventre.

Il hurle. Cette chienne, bien que dos tourné, lui broie les couilles de la main droite ! La douleur est atroce.

Il trouve la force de se redresser et de lui balancer son coude sur la tempe. Elle flageole. Il lui donne un nouveau coup. Elle s'effondre face contre terre.

Il reste buste penché et mains sur les genoux un moment pour reprendre son souffle. Ses roubignoles lui font l'effet d'avoir été passées au barbecue.

Une fois remis, il la tire jusqu'à la porte de la cave. Il ouvre. Toujours aussi raide, la descente.

Il la soulève dans ses bras et ricane en pensant à ces mariés qui montent joyeusement l'escalier.

Eh bien, nous, on va le descendre, Bo-ra. Tu veux bien ?

*

La commandante Carrier est une femme rationnelle. Elle a fini par se calmer après lui avoir balancé de veiller à ce que « sa vie privée n'empiète pas sur le boulot ». Doit-il repasser par le bureau commun ? Mark a la tête comme un camion. Jade est en garde à vue. Il ne peut rien pour elle pour le moment. À part réfléchir. Il a besoin de silence. Pour s'entendre penser.

Sa décision, c'est de retourner au domicile de Michel Paquette. En arpentant la maison, une idée lui viendra peut-être.

Il passe chercher les clés de la propriété à l'Identité judiciaire, file au parking, se coule derrière le volant de la Dodge Charger. L'autoradio se déclenche quand il tourne la clé dans le contact :

« Comme annoncé ce matin, vingt à trente-cinq centimètres de neige devraient être tombés d'ici ce soir, s'ajoutant aux quatre centimètres de la nuit dernière. Les vents ont déjà forci. Ils pourraient souffler jusqu'à quatre-vingt-dix kilomètres à l'heure sur Montréal et créer ainsi une poudrerie importante. La visibilité sera donc assez réduite, prudence à tous sur les routes. L'épisode venteux se calmera en fin de soirée… »

Une fois à l'extérieur, il entend mugir le vent. La nuit est devenue une masse de coton grisâtre. Les lumières de la voiture font ce qu'elles peuvent.

Il trouve une chaîne musicale et roule en direction d'Outremont en compagnie de Creedence Clearwater Revival. « Fortunate Son ». John Fogerty joue et chante son hymne pacifiste avec tout ce qu'il a dans le ventre.

Mark se gare, la musique meurt. Il sort de sa voiture et s'adosse à sa carrosserie pâle. Les fenêtres de la demeure sont des rectangles noirs qui tremblent légèrement derrière l'opalescence de la neige. Seul bruit : celui du trafic sur les autres artères. Il attend, inspire et expire à fond, son souffle blanchit la nuit. La rue Laurier n'est pas si large que ça. Logiquement, le collaborateur de Paquette aurait pu au moins deviner le sexe de celui ou celle qui tenait Jindo en laisse.

D'autant que Jade a une démarche gracieuse. Difficile de la confondre avec un homme.

Mais il avait bu.

Il s'apprête à traverser la rue. Puis il pile. Une voiture passe au ralenti. Le conducteur va se garer un peu plus loin.

Mark se poste devant l'écran vidéo.

Il se concentre, se projette… Un policier en tenue avec un chien. Le policier sonne. *Paquette n'a eu aucune raison de se méfier.*

Une portière claque à quelques mètres de là.

Mark glisse la clé dans le contacteur. La grille s'ouvre. Il entre, laisse ouvert derrière lui. Le parc de la propriété est engoncé dans la neige.

Il est sur le perron. Il imagine Paquette, massif, face au policier. L'Identité judiciaire a relevé des traces de sang sur le seuil. Ce qui signifie que l'agresseur s'est jeté d'emblée sur l'entrepreneur.

Jade, je ne te vois pas te ruant avec ta matraque télescopique sur un type d'un mètre quatre-vingt-dix et de plus de cent kilos. Un colosse habitué à frayer avec la mafia.

Son smartphone vibre dans sa poche. Il répond. C'est le Vétéran. Avec une voix lugubre. Qui lui annonce que les résultats viennent d'arriver du labo. Le sang de Paquette matche avec celui de la matraque de Jade.

Ah non ! C'est pas possible !

Mark a fermé les yeux et retenu son souffle. Il libère une longue goulée d'air, se ressaisit, remercie Bernard et raccroche.

Le silence se froisse.

Un mouvement tranche l'air. L'instinct lui fait ployer les genoux. Quelque chose a sifflé au-dessus de sa tête.

Il se retourne sur une ombre.

Un homme. Grand, mince. Armé d'une batte en métal.

Ce type l'abat sur son avant-bras avec un grognement rageur. Il a frappé avec une force de malade. *Il veut me tuer.*

Mark serre les dents, ravale son cri. L'autre remet ça. Mark recule et balaie la cheville du type d'un coup de pied. L'autre chancelle. Il n'a pas lâché sa batte. Maintenant, il vise sa tempe. Mark esquive. La batte siffle à un millimètre de son crâne. Mark balance un coup de boule au cinglé.

Il voit des étincelles, tient bon. Le type a lâché sa batte. Mark croise son regard. Un puits de haine. Il lui flanque un direct dans la gueule. L'autre grogne de douleur, puis pousse un cri strident et se rue sur lui.

Mark sent la colère l'enflammer. Elle monte des tripes. Brûle tout derrière elle. Il ne voit plus que la tronche de ce connard. Une lune blafarde dans son champ de vision. *Je vais te réduire en bouillie.* Il lui met un direct dans le plexus. Le type tombe à genoux.

Je vais te crever !

Mark lève le poing. Il va l'écraser sur la gueule de l'autre. Il va le pilonner.

Le type reste là. Prêt à se manger sa rage. Il n'a toujours pas prononcé un mot.

Je n'ai pas ça en moi.

C'est une voix qu'il entend. Et c'est la sienne. *Je ne suis pas comme toi, Park Yong-hwan. Et je ne le serai jamais.*

Il reprend son souffle. Le type glisse sur le côté, s'affale. Il respire par la bouche parce que son nez pisse le sang. Ses yeux ne se focalisent sur rien en particulier. Il gémit.

Mark s'accroupit et le menotte.

Il attend un peu, le fait se redresser, utilise sa lampe torche. Il observe le gars. La trentaine. Un Asiatique. *Jamais vu de ma vie.* Il fouille sa veste, trouve ses papiers. Le nom ne lui dit rien. Un mec d'origine japonaise, a priori.

— Tu es qui ? Qu'est-ce que tu me veux ?

L'autre se contente de le dévisager. Son œil gauche a déjà doublé de volume. Sa cloison nasale a pris cher.

Il le fait monter à l'arrière de la Dodge et passe la chaîne de ses menottes dans une courroie.

Il appelle le Vétéran, lui explique ce qui est arrivé.

— C'est qui, ce mec ?

— À vue de nez, je sens plus un rapport avec l'Équarrisseur qu'avec l'affaire Paquette, annonce Mark.

— Comment ça ?

— Je t'expliquerai.

— Tu l'amènes ?

— Oui. On va se le travailler à deux.

— Au fait, j'allais te rappeler, tu m'as devancé. On a reçu un appel de Corée. Un avocat. Qui cherchait à parler à un lieutenant d'origine coréenne. Et donc le patronyme serait… Attends, je relis mes notes… Park Chang-wook. J'en déduis que…

— Oui, il s'agit bien de moi.

— Il a laissé un numéro de portable. J'ai l'impression que c'est urgent.

Il lui communique le numéro. Mark appelle. Pendant un temps, il n'entend que la respiration laborieuse du cinglé à l'arrière. Et ça commence à sonner. Une, deux, trois sonneries…

— Allô, Won Ji-hyuk à l'appareil, répond un homme en coréen.

Une voix posée, un phrasé élégant.

— Ici Mark Song, lieutenant au SPVM de Montréal. Vous avez tenté de me joindre, je crois ?

— Je suis vraiment désolé de vous déranger. Vous ne vous souvenez probablement pas de moi, mais j'étais l'avocat de votre mère, Park Bo-ra, au moment du… drame.

Mark garde un vague souvenir de lui. Un homme jeune et doux. Une ombre du passé.

— Vous ne me dérangez pas. Que se passe-t-il ?

— J'ai contacté votre mère, il y a une quinzaine de jours. Pour lui annoncer que votre père, Park Yong-hwan, avait bénéficié d'une libération anticipée.

— Oui, elle m'a mis au courant. Il y a du nouveau ?

— Je ne veux pas me mêler de votre vie de famille, mais il m'a semblé indispensable de vérifier auprès de vous que vous déteniez toutes les informations. Parce que j'ai appris récemment que votre père était très probablement à Montréal. Et je viens aussi de découvrir, en questionnant le directeur de la prison d'Uiwang où Park Yong-hwan a effectué toute sa détention, qu'il avait étudié le français. Il a commencé ses cours très peu de temps après son incarcération. Je pense que c'est un détail important. Voire alarmant. Sans compter que, à l'heure actuelle, un homme est toujours interrogé par la police de Séoul. Il prétend que votre père l'a utilisé pour voler et assassiner une dame âgée. Il m'a donc semblé vital que vous soyez mis au courant.

Mark a l'impression qu'une mini-tornade lui dévaste le cerveau. Il repense à la crise d'angoisse de sa mère. À son changement d'attitude. *Elle savait ?* Et tout à l'heure, ses appels… Il aurait dû la rappeler immédiatement.

— D'après vous, depuis combien de temps est-il à Montréal, maître ?

— Je l'ignore. Mais, si on se réfère à l'homicide dont je viens de vous parler, je dirais qu'il peut y être depuis une douzaine de jours. Vous avez changé d'identité, votre mère et vous, mais, avec l'Internet, retrouver l'adresse de quelqu'un est devenu beaucoup plus facile que par le passé.

Mark se remémore l'échange entre Jade et Bernard. « Une fois, Jindo a eu une réaction bizarre en rentrant chez nous… — Quoi ? Comme s'il flairait un intrus ? — Peut-être… »

— Maître Won, je vais devoir écourter notre conversation, désolé. Il faut que j'appelle ma mère.

— ... Je comprends. Je lui ai communiqué les coordonnées d'un officier de l'agence métropolitaine de Séoul. Au cas où. Je peux vous les envoyer sur votre smartphone.

— Oui, je vous remercie. Pour tout.

Mark raccroche. Et appelle sa mère sur sa ligne fixe. La sonnerie s'échine dans le vide. C'est anormal. Elle mène une vie casanière. À cette heure-ci et par ce temps pourri, elle devrait être chez elle. Il appelle sur son smartphone. Aucun résultat. Il laisse un nouveau message sur son répondeur. Cette fois, il annonce que son père se trouve sans doute à Montréal. Il lui demande de se barricader et de n'ouvrir à personne. « J'arrive », conclut-il.

Il entend quelqu'un se plaindre. Avise le type dans le rétro.

Qu'est-ce que je vais faire de lui ? Pas le temps de repasser au SPVM.

Il rappelle Bernard. Répondeur. Il lui laisse un message, lui dit de le rejoindre vite fait rue Saint-Denis.

Il redémarre et prend la direction de la Petite Italie. La puissance du vent a doublé, les essuie-glaces luttent contre une mélasse blanchâtre. La neige tombe si vite que les déneigeuses n'ont pas eu le temps de faire leur boulot. Il se cramponne au volant, la chaussée est sûrement devenue une patinoire. En chemin, il appelle La Victorine. Le patron de sa mère lui dit qu'elle a fait des heures supplémentaires. Le restaurant a été privatisé par un groupe. Elle est repartie depuis un peu plus d'une heure.

Mark le remercie et raccroche. Il fait ses calculs. Elle devrait déjà être rentrée chez elle... À moins qu'elle n'ait décidé de faire ses courses dans une galerie souterraine en attendant que la tempête se calme. Une explication au fait qu'elle ne réponde pas. Elle met toujours son portable sur mode silencieux au travail et oublie souvent de réactiver le son en rentrant chez elle.

L'autre animal bougonne à l'arrière. Il veut savoir où ils vont.

— Toi, tu la boucles !

Mark déclenche la sirène et, malgré le sale temps, accélère.

33

Ça caille, dans cette cave, mais Yong-hwan s'est donné chaud avec tout ce sport. Il remonte à la cuisine. Il a laissé la musique, mais baissé le son. Le guitariste est vraiment du genre énervé. Dehors, le vent se prend pour une meute de loups. Ça hurle.

Il remplit une carafe d'eau, prend un verre et descend rejoindre la salope.

— À la tienne.

Il boit une gorgée et étudie le résultat de ses efforts. Sous l'effet des baffes, ses paupières ont pris l'allure de deux melons bien mûrs, son nez s'est transformé en fontaine et ses lèvres se sont fendues. Lui en coller enfin une bonne, ça a été une vraie fête. Mais, au bout d'un moment, même avec ses gants, il a eu mal aux mains.

Il pousse un juron. Yogwe n'a pas vu passer le temps !

Il ne doit pas s'éterniser.

Ce foutu smartphone se remet à sonner. Elle l'avait sur elle. Et, quand il lui a mis sa dérouillée, il est tombé par terre.

Il le ramasse. « Mark » s'affiche sur l'écran. Il veut des nouvelles de sa maman. Et lui souhaiter une bonne soirée ? Et lui dire de rester bien calfeutrée pendant la tempête ? Mignon, tout ça.

Elle l'a déçu, tout à l'heure. Il aurait voulu voir la terreur dans ses yeux avant de l'évacuer pour de bon.

Le coup de fil du rejeton, c'est un signe. Yogwe doit faire croire à cette salope qu'il va lui prendre ce qu'elle a de plus précieux. Son « Mark », justement. Rien à foutre, de ce con, plus le temps d'attendre.

— On est bien, ici. On se croirait dans un bar. Un guitariste va venir, non ?

— Je… n'ai pas… peur de toi, réussit-elle à baragouiner.

— Mauvais calcul. Parce que, quand l'artiste sera là, je lui dirai que je n'aime pas sa musique.

— Je t'interdis… de toucher à Mark !

— Mark ? C'est qui ? Notre fils s'appelle Changwook, non ?

Ah, c'est pas encore de la trouille. Ni des supplications. Elle lui fait ses yeux missiles. Il n'aurait jamais cru qu'elle éprouvait cette haine-là. Après tout ce temps. Finalement, ils sont raccord, tous les deux.

— Le type qui va arriver s'appelle Mark, tu dis ? Il n'est pas de moi, alors.

— Qu'est-ce que tu veux, à la fin ?!

— Ton Mark, je vais le crever. Et je te laisserai dans cette cave avec son cadavre. Dans cette baraque que tu t'es payée avec mon fric. Tu crèveras comme ça. En le regardant pourrir. En prenant ton temps. T'inquiète, ça ne durera pas un quart de siècle.

Elle écarquille enfin les yeux. Elle le croit sur parole.

Il l'imagine braillant à pleins poumons devant le cadavre et dans ce trou d'où personne ne peut l'entendre.

Si Yogwe avait toute la vie devant lui, ce serait marrant.

En fait, peut-être qu'il a le temps, Yogwe. Si Changwook se pointe, il le butera. Et ce sera réglé.

*

Mark descend de voiture, sent le vent le flageller, court jusqu'à la maison, manque de déraper sur le trottoir verglacé. L'étage est plongé dans le noir, c'est allumé chez Jade. Une lueur. Probablement en provenance de la cuisine.

Mais, d'abord, l'appartement de sa mère. Il se rue dans l'escalier. Arrivé au premier, il sonne plusieurs fois. Rien ne bouge. Il colle son oreille contre la porte. Aucun bruit.

Il redescend au rez-de-chaussée. En tant que propriétaire, sa mère a un double des clés de sa locataire. Mais aucune raison de pénétrer chez elle en son absence. À moins qu'elle n'ait décidé de constater les dégâts après la perquisition. Et de ranger. Mais ça semble peu probable. Elle a toujours respecté scrupuleusement l'intimité des autres.

Le plus logique, c'est la présence de Greta. Venue récupérer des affaires pour sa jumelle en ayant appris sa garde à vue. Bizarre qu'elle choisisse de braver la tempête, mais pourquoi pas. Il imagine sa tête en le voyant débouler arme au poing.

Il doit s'y prendre en douceur.

Il fonce vers la ruelle et l'arrière de la maison. Aucun passant pour s'aventurer au-dehors. Il court jusqu'à la palissade. La cuisine est bel et bien éclairée. Il franchit la porte du jardin, remonte l'allée, déboule sur le perron, écoute. Radiohead. Le morceau « The Bends » sur l'album du même nom.

Ce ne peut être que Greta. Jamais sa mère n'écouterait Radiohead. Le groupe lui rappelle le drame. Ce matin d'été. Quand ils ont pris leur dernier repas avec sa petite sœur. Il s'en souvient comme si c'était hier. « Karma Police », le tube de l'album *OK Computer*, passait à la radio.

Il frappe, plaque son front à la vitre, scrute l'intérieur. Personne. Il tourne la poignée, ce n'est pas fermé à clé. Il fait le tour de l'appartement. Vide.

Reste à vérifier la cave.

Greta n'a aucune raison de s'y trouver. Mais il faut qu'il en ait le cœur net.

Il éteint le lecteur de CD, s'approche de la porte.

Aucun bruit.

Mark a un mauvais pressentiment. Et si sa mère était rentrée directement du travail ? Et si, pour une raison ou une autre, elle était descendue dans cette cave ?

— Il y a quelqu'un ?

Pas de réponse.

Il actionne l'interrupteur et s'engage dans l'escalier. Il voit la guitare, l'ampli.

Un gémissement étouffé. Il dégaine son Glock, se penche par-dessus la rampe.

Sa mère. Le visage meurtri. Elle gémit faiblement.

Le cœur de Mark se glace.

Son assaillant se tient derrière elle. Il la maintient contre lui, son bras gauche autour de sa taille. De la main droite, il plaque une arme contre son crâne. Un pistolet semi-automatique.

Il l'a reconnu. Cet homme. Il lisait le journal, cette nuit-là. *Dans ce bar où j'étais avec Diane.*

— Lâche-la !

— C'est comme ça que tu me parles, petit merdeux ?

Cette voix, elle le traverse comme une onde malsaine. Des années qu'il ne l'a pas entendue. Il se revoit. Accroupi dans leur rue. La pluie. La peur. L'incapacité de réagir.

Sa vision devient floue. Le temps s'est ralenti.

Il prend une grande inspiration et sort de sa transe.

Je ne suis plus ce gamin.

— Qu'est-ce que tu veux ? Repartir en tôle ? Pour de bon, cette fois ?

— C'est bien de t'inquiéter pour ton paternel, Chang-wook. T'es un bon garçon.

Il ricane. Il est répugnant. Mark resserre son poing sur son Glock.

— Libère-la et je te laisserai te barrer. T'auras ta chance.

— T'es généreux, dis-moi. Mais c'est pas toi qui décides, mon gars. C'est Yogwe.

Yogwe ? Un nom de créature devenue démoniaque… ? *Ce type est plus dingue que jamais.*

Du bruit. Derrière lui.

— Mark ?

La voix rocailleuse du Vétéran.

— Il a un Beretta, dit Mark. Et il tient ma mère.

Bernard s'engage dans l'escalier. Lentement.

Mark devine que le sergent a dégainé son Glock 19. Mais, d'où il se trouve, il ne peut pas encore voir ce qui se passe dans le fond de la cave.

Bernard descend quelques marches supplémentaires.

— Lâche ton arme ! reprend Mark en coréen. Ma proposition tient toujours. C'est elle contre toi.

— Tu rigoles !

Bernard est presque au bas de l'escalier, il peut évaluer la situation.

— Dégage le passage ! ordonne le père. Ton copain aussi.

— Libère-la. On va discuter, toi et moi.

— Bouge-toi de là. Je ne le répéterai pas.

Sa voix est devenue aussi calme que glaçante. Ses mains ne tremblent pas. Mark sait que, pour le moment, cette ordure a le dessus. La mort dans l'âme, il demande à Bernard de l'imiter, de reculer.

— Déposez vos flingues, faites-les glisser vers moi ! braille le père. Après, je remonterai avec elle. C'est clair ?

Une fois son pistolet au sol, Mark le projette d'un coup de pied. Le Vétéran copie son geste.

Son arme toujours pointée vers lui, et les regardant tour à tour, son père s'engage à reculons dans l'escalier avec sa mère en otage. Elle s'est mise à pleurer. Vite, Bernard n'est plus dans leur champ de vision. Mark continue de regarder ses parents gravir l'escalier. Du coin de l'œil, il perçoit un mouvement sur sa droite. Il sait que Bernard est en train de récupérer leurs armes.

— T'as rien compris, Chang-wook ! Elle aussi, c'est une tueuse. T'es le rejeton de deux cinglés ! Il faudra que tu vives avec ça.

Ils sont sur le seuil de la cuisine. Son père éteint et referme la porte sur lui. La cave plonge dans le noir. Mark entend la clé tourner dans la serrure. Un halo sur sa droite. Bernard utilise sa lampe de poche. Il lui glisse son Glock dans la main. Ils se précipitent dans l'escalier.

Mark tire dans la serrure et défonce la porte d'un coup d'épaule. La cuisine est vide, ouverte sur le jardin. Il se précipite, dos courbé, s'accroupit sur le seuil. Une détonation. Un bris de verre. Une balle a fait exploser une fenêtre. Celle de la chambre de Jade.

Impossible de riposter. Il risque de toucher sa mère.

La porte de la palissade geint sur ses gonds. Quelques secondes de silence, et sa mère se met à hurler en coréen.

— Lâche-moi, espèce de salaud !

Déduction, son père est déjà engagé dans la ruelle et tente d'entraîner sa mère.

Derrière lui, Bernard appelle les renforts avec sa radio.

Mark se rue dans le jardin et se propulse dans la ruelle. Ses parents sont deux silhouettes dans l'ombre des grands arbres ravagés par les rafales de vent. Le père la tire par la main, l'oblige à le suivre. Elle lui hurle des insultes. Mark se précipite. Derrière lui, les pas du Vétéran.

Son père se tourne dans leur direction. Il est à moins de dix mètres. Il agrippe toujours sa mère, mais celle-ci se dégage, tente de fuir. Mark s'immobilise, puis pointe son arme. La silhouette de sa mère lui bouche la vue. La neige en rajoute.

Une nouvelle détonation. Son père a tiré. Mark bondit sur le côté. Un grognement sourd. Il se retourne. Son sergent gît sur le sol.

— Bernard !

— Ça va, c'est bon ! L'enfoiré m'a eu à l'avant-bras…

Mark voit que son père a rattrapé sa mère. Il essaie de la faire monter dans une voiture. Elle se débat, lui balance des coups de pied.

Non, ne fais pas ça !

Il entend le coup de feu. Elle s'effondre.

Mark sent la terreur le harponner. *Pas le moment de craquer.*

Il se ressaisit.

La voiture a démarré. Carrosserie gris clair. Un break. Ford. La silhouette du père derrière le volant. Gorge nouée par l'angoisse, Mark tire. La balle perfore le pare-brise arrière. Il voit le corps de son père tressauter. La voiture fait une embardée, mais reprend sa course. Tout droit.

Des résidents qui rentrent chez eux. Il ne peut plus tirer. Trop risqué.

Il se met à courir. Sa mère s'est effondrée sur le dos. Il se jette à genoux dans la neige.

Du sang jaillit de sa poitrine. Il comprime la blessure des deux mains. Il faut éviter le pneumothorax. Sinon, elle suffoquera.

— Chang-wook… je ne veux pas te quitter…

Elle lui parle en coréen. Comme quand il était enfant.

La voix de Bernard résonne dans son dos :

— Allô ? C'est une blessure au thorax. Par balle. Le poumon est perforé. Faites au plus vite !

Il communique l'adresse, puis s'accroupit à côté de Mark. Il est livide, son bras droit est en sang. Il rempoche son smartphone de sa main valide. Et s'évanouit.

Mark maintient la pression. Dans son pauvre visage broyé, le regard de sa mère est devenu vitreux.

34

Le vent s'est calmé. La neige aussi. La colère du ciel, c'est fini. Yong-hwan roule vers la « porosité ».

Ce mot, il a fallu qu'il le cherche dans le dictionnaire. Quand Goro lui a indiqué un endroit où la frontière est « poreuse ». Le chemin Dorham. À même pas soixante-dix bornes de Montréal. En plein milieu des bois.

Un certain Adam l'y attend. Il le mènera jusqu'en Californie.

Il faut qu'il tienne bon. Avec la balle qu'il s'est mangée dans l'épaule à cause de cet enculé de Chang-wook, il a chaud et envie de roupiller. La fièvre lui fait les yeux doux.

Mais il a ses chances. Il a réussi à échapper à tout comme s'il était transparent.

Bo-ra, il l'a massacrée. Et il lui a collé une balle dans le caisson. Évacuée, la salope. Yogwe, après vingt-cinq longues années, est très content.

Et il a foutu un énorme bordel dans cette ville, secoué un maximum de gens et la tranquillité de sa « chère petite famille ». Chang-wook passera le reste de ses jours à se demander ce qui lui est tombé dessus. Yogwe hantera ses cauchemars jusqu'à la fin. Il est *infecté*, le fils.

Il a un petit rire.

— En fait, je suis un virus, dit-il au vide.

La mort invisible.

Le dernier à en avoir fait l'expérience, c'est ce type à qui il a chouré sa BMW à un feu, dans une zone industrielle juste avant la sortie de Montréal. Un canal a avalé son corps. Yogwe devait changer de carrosse. Chang-wook a forcément donné la description du break Ford à toute la flicaille du Québec.

La route, de plus en plus maigre et cahoteuse, a d'abord déroulé sa langue grisâtre dans une campagne enneigée. Maintenant, elle tranche la noirceur de la forêt.

Le Grand Frère lui a expliqué qu'il devrait s'arrêter à cinq bornes de la frontière, là où le chemin s'enfonce entre les champs sur la gauche. De l'autre côté, c'est la masse des bois. Yong-hwan doit la traverser pour parvenir à un croisement de sentiers. C'est le lieu du rendez-vous avec Adam. Mais c'est dans plusieurs heures.

Goro lui a dit d'être équipé pour tenir bon dans le froid. Son gars arrivera en motoneige, mais on ne peut pas savoir quand. Les douaniers américains veillent au grain.

Ça y est. Il est arrivé. Il gare la voiture dans un chemin creux, récupère son précieux sac à dos, revient sur ses pas et s'enfonce dans le bois. Il a l'impression que son cœur s'est déplacé dans son épaule. Ça tape sans arrêt. Les cris des bestioles font une bande-son bizarre. On dirait qu'elles flairent son odeur.

La balle a embarqué le haut de la manche, alors il éclaire son épaule pour voir où il en est. Le givre s'occupe déjà de fabriquer des cristaux de sang.

Enfoiré de Chang-wook ! Il a failli avoir sa peau.

Ses bottes s'enfoncent d'au moins trente centimètres. Il manque de se casser la gueule et s'aperçoit qu'il s'est mordu la langue. Il crache un jet de salive empoissée de sang et reprend sa marche. Chaque pas lui demande un effort de superhéros.

Une colline, juste devant lui. Il la gravit en faisant un boucan d'asthmatique. Les arbres s'éclaircissent, mais la couche de neige devient drue. Il sue comme une bête, ses doigts et ses orteils lui font l'effet d'être devenus des glaçons. Il s'engage dans la pente. Soudain, il sent qu'il décolle. Son pied droit s'est pris dans une racine. Il valdingue cul par-dessus tête. Se retrouve à faire le tonneau.

Un mur noir l'avale.

Il se redresse sur les coudes, sonné. Son crâne hurle plus fort que son épaule. Un ver luisant gigote sous son nez. Ah non, c'est sa lampe de poche. Il se penche pour l'agripper, sent la douleur incendier sa jambe et grogne entre ses dents soudées.

Il s'y prend plus lentement, se tord la taille pour éclairer sa jambe. Sa cuisse droite pisse le sang.

Il essaie de se relever, impossible. Où est son sac avec le fric ! ? Ah, toujours sur son dos. C'est bon.

Il réussit à se tourner sur le flanc gauche, coince sa lampe entre ses dents, reprend son souffle et commence à se traîner entre les arbres en éclairant devant lui. C'est comme s'il se tapait une nage indienne dans la neige.

Après un temps infini, le sentier. Là, entre les arbres noirs. Droit devant. Il peut y arriver. Pas question de crever ici. À même pas vingt mètres du but.

La fièvre veut le bouffer tout cru. Ses membres tremblent, ses dents claquent. Il a le crâne en feu et le bide glacé.

Il veut prendre son smartphone pour voir l'heure, il n'en a pas la force. Ça fait combien de temps qu'il est là ? Et comment s'appelle celui qui doit venir à la rescousse, déjà ?

— Adam !

Yong-hwan appelle et appelle encore. Et se dit que c'est pas la bonne idée. Des douaniers peuvent rappliquer.

Il se remet à ramper. La neige l'enserre comme un cercueil. Le gars de Goro ne le trouvera jamais. Il se met sur le dos. Il faut qu'il se repose un peu.

En fait, il n'a plus mal. Le froid s'occupe de lui. Le froid veut qu'il dorme.

Yogwe emmerde la neige ! Yogwe ne veut pas crever.

À un moment, il rouvre les yeux. Sa lampe a glissé sur sa poitrine, elle éclaire une racine. Il entend des craquements, tourne la tête. Une bête. Oui, une bête qui le mate avec ses yeux de goudron.

Ou alors, il rêve… Mais peut-être pas… Cette bestiole, c'est le gros chien jaune. Le labrador qui vaut de l'or. Mais qui ne veut pas partager. Parce qu'il n'obéit qu'à Assiniwi.

Eh bien, tu vois, ce clébard, il t'aime, Yogwe… Il ne peut plus se passer de toi…

C'est presque marrant. Ses paupières sont lourdes. Il a vraiment trop sommeil.

Samedi 5 février

Un son. Quoi, la sonnerie d'un réveil ?

Il écarquille les yeux. Sur de très hauts sapins. Entre leurs têtes pointues, le ciel vend des kilos d'étoiles.

— Park Yong-hwan ? *Is it you ?*

Un type lui parle. Et ce type doit être un douanier. Un douanier américain, d'après son accent. Un visage s'encadre dans son champ de vision.

Goro.

Il n'a pas vieilli. Incroyable.

Impossible de lui répondre, Yogwe a la tronche congelée.

Il est peut-être arrivé en enfer, et le diable a la belle gueule de Goro jeune. Ah, c'est une bonne blague.

Le Grand Frère le tire par les épaules. Ça ne fait pas mal. De toute façon, son corps est devenu un glaçon géant. Ça dure, ça dure. Et il se retrouve allongé près d'une sorte de moto montée sur une luge. La moto a la couleur de la forêt.

Goro s'accroupit à côté de lui.

— *Hi, I'm Adam. Nice to meet you.*

— Je ne comprends pas l'anglais, Goro. Tu sais bien.

— Goro… c'est… mon père, lui répond l'autre dans un coréen bricolé. Vous êtes… blessé ?

— Une balle dans l'épaule.

— Il faut qu'on passe… la frontière d'abord, monsieur Park. Après, je vous soignerai et vous mènerai à mon père. Mais ça va être un peu long, je vous… préviens.

Il lui explique que sa blessure à la cuisse n'est pas grave, l'artère n'ayant pas été touchée. Et l'épaule, ça tiendra bien le coup encore un moment.

Goro a un gamin ? Ils se ressemblent méchamment. Mais le rejeton du Grand Frère est déguisé en sapin. Quelle idée !

— Pourquoi t'es déguisé en sapin, mec ?

— On a des… contacts chez les survivalistes. C'est eux qui… m'ont donné l'idée. C'est un treillis… militaire avec des branches de pin par-dessus. J'ai le même… camouflage pour vous.

Le fils de Goro lui explique que passer des États-Unis au Canada est relativement facile par ici. Mais l'inverse beaucoup moins. Les arbres ont été taillés pour dégager la vue. Et il y a des drones. Ça va être sportif, mais ils y arriveront. Pas de raison. Ce n'est pas la première fois.

Yong-hwan n'a pas la moindre idée de ce qu'est un survivaliste ou un drone. Pas grave. Pas grave du tout.

Il sourit aux étoiles. Sa cinquième vie vient de commencer.

La question est de savoir à combien Yogwe aura droit en tout.

35

Vendredi 18 février

Ce matin, le ciel est une insolence bleue. Mark nourrit Jindo, lui fait faire sa promenade, reprend la direction de la rue Boyer et le ramène à son appartement. Après quoi, il se rend à pied à l'hôpital Jean-Talon.

Les affiches de Marie Bouchard ont pris cher. Certaines ne sont plus que des lambeaux. D'autres sont couvertes de graffitis rageurs. Le premier tour des élections est pour bientôt. Les commentateurs sont unanimes. L'ex-favorite des sondages perdra. Le scandale Paquette a explosé dans les médias et pulvérisé ses rêves. Les extraits des vidéos avec les hommes aux masques d'animaux ont enflammé les réseaux sociaux. En prime, ils ont libéré la parole. Après une palanquée de déclarations fantaisistes, une information sérieuse sur l'un des membres potentiels de la bande est arrivée. Un type est en garde à vue. Un bon client. Qui, si tout se passe bien, ne résistera pas longtemps avant de faire tomber ses petits camarades.

Oui, les langues se délient. Une à une. Quand Bouchard a compris que l'affaire était perdue, elle a joué cartes sur table. Les interrogatoires auxquels

Mark a participé l'ont convaincu. Elle ignorait l'existence du groupe organisé de pédophiles. L'implication de Paquette lui a été révélée par le chantage de Park Yong-hwan. En attendant, la piste qu'elle leur a donnée, ce fameux compte en bitcoins sur lequel elle a déposé la rançon, est impossible à remonter.

Reste entre autres à savoir pourquoi son père a abandonné l'ordinateur de Paquette chez Jade. Pour l'incriminer et brouiller les pistes ? Sans doute, mais ça reste à prouver. Quels que soient les efforts et le temps nécessaires, Mark est déterminé à remonter jusqu'à lui. Il a contacté l'officier dont l'avocat Won lui a donné les coordonnées à l'agence de la police métropolitaine de Séoul et récupéré les pièces du dossier. L'enquête est loin d'être terminée.

Avant d'entrer dans l'hôpital, Mark sent un regard sur sa nuque. Il se retourne. Un jeune aux cheveux noirs et lisses l'observe. Il ressemble vaguement à l'homme qui l'a agressé devant chez Paquette. Mais l'inconnu fait signe à une fille de son âge. Ils s'éloignent.

Aucune raison qu'un autre admirateur de l'Équarrisseur ne cherche à le tuer. Celui qu'ils ont inculpé a fini en psychiatrie. Ce type a rencontré Timothée Lavigne plusieurs fois au parloir. Ils ont échangé des lettres. Beaucoup. Elles ont été retrouvées à son domicile. Dans celles-ci, il jure un amour éternel au tueur en série. Et lui assure qu'il le débarrassera du « salopard qui l'a arrêté », qui « le méprise et vient le narguer en prison ». Dans ses réponses, l'Équarrisseur l'encourage et aiguise sa jalousie. Il le manipule comme une marionnette. Il le demande même en mariage. Il accepte l'alliance que l'autre lui fait envoyer. Il le remercie de suivre le lieutenant Song à la trace.

Mark se souvient des mots de Lavigne. Ils sont gravés dans son esprit. « Tu ne sais pas à quel point je t'aime. À la vie, à la mort. »

À la mort surtout! Il sourit. Puis se dirige vers les ascenseurs.

Son cœur se serre. Assise dans son lit surélevé, elle paraît si frêle. Elle a beaucoup maigri. Sa peau évoque la soie fripée. Sur son visage, des traces mauves et jaunes zigzaguent encore.

Elle revient de loin, la balle a frôlé son cœur. Et avant ça, Park Yong-hwan le dingue a failli la tuer à mains nues.

Il s'assoit près du lit, lui prend la main et lui demande comment elle se sent.

— Beaucoup mieux.

Le sourire de sa mère est teinté d'appréhension. Cette conversation, elle la redoute. *Il faut pourtant que nous l'ayons, toi et moi.* Il la laisse prendre l'initiative.

— Ton père t'a dit la vérité, commence-t-elle.

Il l'écoute lui raconter ce qui s'est passé, plus de trente ans auparavant.

Elle est la secrétaire du patron d'un grand magasin de produits électroniques. Cet homme a réuni ses employés pour le dîner annuel. Tous ont pas mal bu. À la fin, son patron propose de la raccompagner en voiture. Il est tard, elle habite une banlieue éloignée, elle accepte. Ils se retrouvent seuls. Il prétexte qu'il lui manque des documents. Il faut retourner dans les bureaux pour les récupérer. Elle ne voit rien venir. Jusque-là, cet homme marié et père de famille s'est contenté de flirter de manière certes un peu lourde, mais sans dépasser les limites.

Une fois sur place, cela tourne mal. Il y a un lit de repos dans la pièce attenante, il lui fait des propositions. Elle refuse, il s'emporte, la plaque sur le bureau, déchire sa robe, agrippe son entrecuisse.

Elle saisit un coupe-papier et le lui enfonce dans l'abdomen. D'abord horrifié, il se met à l'insulter de manière abjecte, il hurle qu'elle ne retrouvera jamais plus de travail. Une digue se rompt en elle.

Elle lui assène un second coup, et encore un autre. À vrai dire, elle ne sait plus combien. Un instant, elle n'a plus été elle-même.

Quand elle émerge de sa stupeur, elle le voit baignant dans son sang. Inerte. Son visage la terrifie. Elle s'enfuit sans réfléchir, en laissant le coupe-papier derrière elle. Veut-elle alerter les secours ?

Elle ne sait plus à quoi elle a pensé alors.

Le bureau donne sur une ruelle. Un jeune homme y fume, adossé à la façade.

Elle l'a reconnu. C'est ce vendeur de téléphones portables qui rencontre régulièrement son patron. Du moins, c'est ce qu'elle croit. La voyant hors d'elle, il la questionne. Il la convainc de retourner voir si on peut sauver son patron. Sur place, ils constatent sa mort.

— J'étais comme folle. Yong-hwan m'a proposé de faire disparaître le corps. Il a dit que, sans ça, je finirais en prison. J'avais à peine dix-huit ans.

Elle se mordille les lèvres. Mark garde sa main dans la sienne. La législation coréenne lui est inconnue, mais il suppose qu'il y a prescription.

Quoi qu'il en soit, mon père a dit vrai. Elle et lui sont des meurtriers.

Leur histoire a démarré dans le sang et dans la violence. Et s'est terminée de la même façon.

Cette réalité, Mark sait qu'il mettra du temps à l'assimiler. Mais, au moins, il connaît la vérité.

— Ce n'est que bien plus tard que j'ai compris. Ton père faisait partie d'un gang. Il voyait mon patron pour lui faire payer le prix de la protection.

En effet, tous les commerces étaient rackettés. Et Park Yong-hwan a donc commencé sa « carrière » comme collecteur.

— Au début, je l'aimais, dit-elle.

Mark hoche la tête.

Une voix lui fait tourner la tête. C'est celle de l'infirmière en chef.

— Ah, c'est bien que vous soyez là, monsieur Song. Je voulais vous confirmer que votre mère pourra rentrer chez elle dans deux jours, annonce-t-elle en coup de vent.

— Je vous remercie.

Sa mère semble épuisée par ses confidences. Ils restent silencieux un moment à regarder les silhouettes des immeubles plaquées sur l'azur.

— Jade est venue me voir, hier soir. Elle était très inquiète à mon sujet… Je l'ai rassurée.

Il se redresse sur sa chaise. Un coup de canif lui a égratigné le plexus. Ça fait des jours qu'il essaie de la joindre. Elle a déserté la rue Saint-Denis. Sa sœur Greta n'a rien voulu lui dire. Il a toutefois appris que Jade avait posé un congé sans solde. Il se souvient de sa froideur, de son mutisme quand il l'a libérée de sa garde à vue.

— Tu sais où elle est ?

— Non. Mais elle m'a dit qu'elle quittait Montréal. Elle m'a rendu les clés de l'appartement. Je suis triste, Mark, je l'appréciais beaucoup. Et, si j'ai bien compris, toi aussi, non ?

Le jeu de clés de Jade est sur la table de chevet ; il a reconnu le porte-clés en forme de guitare électrique. Voyant qu'il l'observe, sa mère s'en saisit et le lui donne.

Le chauffage est réglé sur minimum, mais, quand il entre dans l'appartement, c'est le vide qui lui mord la peau. Ne subsiste que le vieux coussin rouge de Jindo.

Il descend à la cave. Sa Fender patiente sur son trépied à côté de l'ampli. Il lui semble qu'il n'a pas joué depuis un siècle. Il remarque une partition sur le portant. Elle n'était pas là la dernière fois. C'est la chanson que Jade a écrite pour lui et qu'il a mise en musique.

Il remonte à l'appartement, entre dans la chambre abandonnée. Il se souvient de cette fois-là. Leur première nuit. Il n'y a plus rien d'elle, à présent. Même plus le moindre vestige de son parfum.

Il ouvre le placard. Sur le sol, une masse colorée. Il s'accroupit, reconnaît le sac recouvert de perles formant un motif géométrique, en caresse la surface. Un oubli.

Quand il a vu Jade avec ce sac vintage en bandoulière, c'était à la cafétéria du SPVM. Il a alors pensé que c'était la création d'un artisan de sa réserve natale.

C'est là que tu es repartie ?

36

Lundi 23 mai

Les rues sont détrempées. La fonte des neiges est ce moment visqueux que personne n'aime, mais c'est le prix à payer pour la renaissance. Bientôt, les températures monteront en flèche et Montréal se dorera au soleil.

Ses pas le guident vers la rue Clark. Il connaît l'itinéraire par cœur.

La jeune réceptionniste lui fait son sourire apitoyé.

— Je suppose que vous voulez parler à Mlle Assiniwi.

— On ne peut rien vous cacher.

— Je vais voir si elle est là.

— Oh, je suis certain qu'elle est dans la place.

— Alors je vais lui demander si elle veut bien vous recevoir. En attendant, asseyez-vous, je vous prie, dit-elle en désignant la rangée de sièges design sous le grand tableau jaune et bleu.

Cette toile, Mark pourrait la dessiner de tête.

Il a ses chances. Ça fait des semaines qu'il essaie. Greta Assiniwi est l'obstination faite femme, mais, sur ce terrain-là, elle ignore encore qu'elle a trouvé son maître.

Elle met un certain temps à arriver. Aujourd'hui, pas de nattes, la somptueuse masse de sa chevelure se déploie jusqu'à sa taille. Mais elle est aussi mal lunée que d'habitude.

— C'est du harcèlement ça, Mark Song. Tu es au courant ?

— Bonjour, Greta. Moi aussi, je suis content de te voir.

— J'ai l'impression d'être dans ce film où le héros revit la même journée sans cesse. Je ne sais pas s'il faut que j'utilise le langage des signes ou que je te mime une saynète, mais la réponse est toujours la même. Ma sœur ne veut plus te voir. Jamais.

— Et moi, je veux l'entendre de sa bouche.

— Jade n'a pas envie de t'écouter. Hors de question que je te dise où elle est. Voilà.

— Passons un contrat. (Elle fait la grimace.) Si elle me le dit en face, je renoncerai. Et vous n'entendrez plus parler de moi.

— Ce que tu ne supportes pas, c'est qu'elle t'ait largué.

— Merci pour la consultation gratuite. Mais, justement, tu n'en as pas assez de la protéger comme si elle était une porcelaine de Saxe ? C'est parce que c'est à cause de toi qu'elle est tombée dans ce foutu lac ? C'est toi qui l'as poussée par mégarde. Je me trompe ?

Constat : il a mis dans le mille. Greta le transperce d'un regard atomique.

— Tu es vraiment très sûr de toi, Song.

— Qu'elle me dise elle-même d'aller me faire foutre. Et, si elle me déteste tant que ça, peut-être même que ça lui fera du bien.

— Tu me saoules.

— Je viens de te donner la méthode pour que ça s'arrête.

Elle regarde ses pieds, elle regarde le grand tableau et elle pousse un soupir. Énorme.

— Tu me jures que si elle te dit de te barrer, tu la prendras au mot ?

— Parole.

— Elle est dans la réserve de Wemodjiwan.

Il hausse les sourcils. C'est pourtant par là qu'il a commencé ses recherches. Il s'est avalé les dix heures de route aller et retour, en plein hiver. À la réserve, personne n'avait vu Jade. Même pas les ennemis de son père. De retour à Montréal, il a pressuré la patronne du Café Panda jusqu'à ce qu'elle avoue que Jade était partie faire un tour en Europe. Sans qu'elle connaisse son itinéraire. L'info remonte à plus de deux mois.

— Ne me fais pas ton œil incrédule, Song. Jade est allée bourlinguer un peu. Mais elle est de retour au Québec.

— Depuis quand ?

— Depuis une dizaine de jours.

Épilogue

Ce matin, nous avons quitté Montréal très tôt et roulé longtemps sur cette autoroute rectiligne et sous un soleil de plus en plus brillant. Ce trajet, je l'ai déjà fait avec Jade, Greta et le petit ami de celle-ci. Si mes souvenirs sont bons, c'était peu de temps après l'arrivée de Jade à l'escouade canine. L'ambiance était alors très différente. Le trio n'avait pas arrêté de bavarder et de rire tout le long du chemin. Surtout les deux sœurs.

Mark a mis la radio et une station musicale pour tuer le temps. De temps à autre, il fredonne un refrain, et sa belle voix grave me berce. Parfois, je m'abandonne à un somme et, à chacun de mes réveils, je suis heureux de constater que lui et moi sommes toujours dans le même monde et la même voiture, et que nous remontons ensemble vers le nord.

Je reconnais ce croisement. Si nous devions continuer tout droit, nous arriverions à La Tuque. Je me souviens de Greta expliquant à son chéri que cette ville tenait son nom du plus vieux couvre-chef connu, un bonnet inspiré de celui des marins français et adopté par les colons pour arpenter les bois et commercer avec les Amérindiens.

Comme je m'y attendais, Mark néglige La Tuque pour tourner à gauche et s'engager sur la route forestière. Je sais que, à partir de là, le paysage va devenir irrésistible et que nous ne croiserons plus que quelques rares voitures. La nature va nous envelopper dans sa gangue verte et odorante. Le plaisir s'étirera sur une centaine de kilomètres.

Mark entrouvre sa vitre, et c'est un enchantement. Je pose ma tête sur son épaule et profite de ce délicieux courant d'air. Bouleaux, trembles et saules me régalent de leurs parfums.

Encore quelques kilomètres et nous pénétrons dans la merveilleuse forêt boréale, royaume des conifères. En plus de leur fragrance revigorante, je perçois vite d'autres odeurs, encore plus puissantes. La forêt regorge de vie. Il ne m'est pas difficile d'imaginer les orignaux broutant les jeunes pousses ou les ours noirs s'égaillant après des mois de demi-somnolence. M'arrive la signature des loups. Délicate, presque imperceptible. Je connais leurs réticences. Craignant les humains comme la peste, ils se tiennent toujours à bonne distance de la route.

Soudain, un fauve rutilant bouche l'horizon. Il est gigantesque et fonce sur nous. Un instant, je crains que notre dernière heure ne soit venue, mais Mark ralentit et se rapproche du bord de la route. Le danger passe en rugissant. Je comprends que nous venons de croiser l'un de ces gigantesques camions grumiers transportant sa cargaison de troncs. Malgré les nids-de-poule, l'intrépide chauffeur roulait comme un beau diable.

La forêt commence à s'éclaircir et, petit à petit, vallées et collines se succèdent. Notre voyage touche à sa fin.

Enfin, le dernier pont, celui qui franchit la rivière Saint-Maurice. Les premières maisons de Wemodjiwan apparaissent. Nous débouchons sur la large route bien entretenue, croisons quelques automobilistes et un motard. Deux bus scolaires jaunes sont garés devant un haut bâtiment moderne à la façade de bois et aux piliers métalliques vert vif. J'entends encore Greta annoncer à son petit ami que c'est là qu'elle et Jade ont fait une partie de leur scolarité.

Mark dépasse l'intersection, et l'église apparaît à deux cents mètres. Une toiture et un clocher blancs, des murs noirs. Et nous voilà devant la bâtisse qui abrite le conseil.

Mark se gare sur le parking où quelques pick-up tiennent compagnie à un camion à l'éblouissante carrosserie rouge. Nous sommes heureux de nous dégourdir les jambes et les pattes sous le bleu étincelant du ciel. Au loin, les collines jadis ensevelies sous la neige ont retrouvé leurs rondeurs.

Nous entrons. La jeune réceptionniste salue Mark et va vite me chercher une gamelle d'eau. Je me désaltère, puis lui lèche abondamment les mains pour lui témoigner ma gratitude. Elle annonce à Mark que le chef Assiniwi est dans son bureau.

La porte est entrouverte. Mark frappe. Le septuagénaire lui fait signe d'entrer. Je n'ai rien oublié du décor. Un mur est couvert de photos anciennes de la communauté atikamekw. D'autres clichés, récents, montrent Joseph Assiniwi sur une motoneige, prenant la pose avec ses concitoyens, participant à un pow-wow d'été en vêtement traditionnel ou assistant à l'inauguration de l'école. Il y a aussi une grande carte de la région. La rivière Saint-Maurice y déploie sa générosité bleue.

Nous sommes dans un territoire où je pourrais vivre heureux, je crois.

— Vous êtes un jeune homme persévérant.

Le ton du grand-père des jumelles Assiniwi n'est pas déplaisant. Il est même amusé. J'imagine que Greta l'a prévenu de notre arrivée.

— Greta m'a dit que Jade était de retour.

— Elle l'est. Vous la trouverez au bord du lac. Elle vient de partir.

Le vénérable chef lui donne des indications précises. Je me dis que j'aurais pu guider Mark moi-même. Ce lac, j'y suis venu avec les deux sœurs. C'est un bel endroit. Mais dangereux en hiver. C'est là que Jade a failli mourir.

Le chef se lève pour me cajoler. J'aime sa poigne calme et généreuse. La façon qu'ont les gens de me caresser est toujours un excellent indice de la quintessence de leur caractère.

— Jade va être très heureuse de revoir Jindo, dit-il. Il lui a beaucoup manqué. Énormément, même.

— Le sentiment est réciproque.

— Oui, j'imagine.

Mark vient de découvrir de qui les sœurs Assiniwi tiennent leur sourire en coin. Ce patriarche sait se payer la tête de ses visiteurs avec une douceur remarquable.

Nous sommes arrivés au bord du lac. Son odeur est à la fois chaude et froide. Un aigle trace une diagonale dans la pureté du ciel, comme s'il voulait signaler notre présence. La chorale des insectes ne s'est pas interrompue. Pour l'instant, Jade n'est visible nulle part. Mais je la vois avec mon nez, son odeur fraîche et émouvante danse déjà autour de moi, et je guide Mark dans la bonne direction.

Ah, la cible est identifiée. Elle ne semble pas nous avoir remarqués. Sa silhouette et son profil se détachent sur la surface gris-bleu de l'eau. Elle porte un débardeur kaki, un short et une casquette noirs. Sa peau a pris une belle couleur cuivrée. Elle a l'allure d'un joli petit militaire.

Pour la première fois, je remercie ce lac majestueux pour sa mansuétude. J'aurais dû le faire lors de ma précédente venue, mais, aujourd'hui, le moment est on ne peut plus approprié.

Merci infiniment d'avoir recraché Jade, ce jour d'hiver.

Le lac me répond que son heure n'était pas venue et que, de toute façon, il avait mieux à faire que d'avaler des adolescentes. Du moins, c'est ce que je crois comprendre. Mais je dois imaginer des choses, ce dialogue n'a guère de sens, le plaisir ineffable de revoir mon humaine me perturbe sans doute l'entendement.

Mark est extrêmement ému, lui aussi. Son corps le raconte très bien, même s'il n'en montre rien. Il a simplement ralenti le pas.

Jade se tourne enfin vers nous. Mark s'immobilise. Moi, je ne peux plus me retenir. Le bonheur m'inonde. Je fonce, la rejoins, tourne plusieurs fois sur moi-même, me jette sur elle et tambourine sur son ventre et son torse à coups de pattes. Elle me laisse la lécher, elle roucoule des mots doux à mon oreille, et la voilà qui me prend dans ses bras et enfouit sa tête dans ma fourrure. Comme avant.

Que ressent-elle à ce moment précis ? Le plaisir de me retrouver, c'est certain. Mais, concernant Mark, c'est plus complexe. En tout cas, je perçois un léger bruissement tout au fond de ses pensées.

L'électricité est toujours là.

Mark et elle n'en ont pas fini de leur histoire. Leur faut-il juste un petit coup de pouce ? Ou une longue discussion ?

Mais, en fait, à quoi bon parler encore et encore ? Les reproches qu'ils pourraient se faire ne doivent pas gâcher la perfection du moment.

Ce lac, je le soupçonne d'être très froid, même en cette saison. Peu importe.

Allez, je m'y jette. Et plouf! Ah, l'eau est glaciale, mais la sensation plaisante après ce long voyage.

Je barbote un peu et me retourne vers ces deux êtres que j'aime de tout mon cœur. C'est une invitation, j'espère qu'ils vont le comprendre.

Jade est la première à percuter. Elle se débarrasse de ses vêtements en un éclair. Dans les rayons audacieux du soleil, son corps est un galet poli. Mark observe ce spectacle saisissant en avalant sa salive. Jade pousse un cri aigu, se jette à l'eau et nage vers moi avec aisance. Elle m'a déjà rejoint. Sa tête noire brille comme la peau d'un jeune phoque, ses yeux sont deux talismans, un sourire est revenu enchanter ses traits.

— Alors, tu te jettes à l'eau, oui ou non? lance-t-elle.

Nous regardons tous les deux Mark se débarrasser de ses vêtements avec la grâce qui lui est coutumière. Une fois de plus, il me faut constater que, malgré ses excès et ses problèmes, c'est vraiment un beau spécimen. Prudent, il teste l'eau du bout de l'orteil, fait la grimace et s'aventure dans le lac.

— Tu me le paieras, Assiniwi! jure-t-il entre ses dents serrées.

Et, enfin, le voilà qui fend la surface de l'eau dans notre direction.

Remerciements

Merci à mes amis Stéphanie et Thomas Artarit pour leur relecture « impitoyable » et leurs conseils toujours précieux.

Côté québécois, merci à Richard Migneault qui a veillé à ce que je ne raconte pas trop de bêtises sur Montréal. Merci également à mes fils, Tristan et Virgile, qui vivent dans cette ville formidable depuis quelques années et m'ont permis d'y faire des repérages et d'en capturer l'atmosphère.

Et enfin, un remerciement spécial à Yuki (« neige » en japonais), la ravissante husky de Tristan, qui m'a inspiré le personnage de Jindo et son flair magique.

La photocomposition de cet ouvrage
a été réalisée par
GRAPHIC HAINAUT
30, rue Pierre Mathieu
59410 Anzin

MIXTE
Papier
FSC FSC® C003309

L'éditeur de cet ouvrage s'engage dans une démarche de certification FSC® qui contribue à la préservation des forêts pour les générations futures.

Pour en savoir plus :
www.editis.com/engagement-rse/

Cet ouvrage a été achevé d'imprimer en février 2021
sur les presses de Normandie Roto Impression s.a.s.
61250 Lonrai (Orne)
N° d'édition : 61476/01 - N° d'impression : 2100464

Imprimé en France